致青春 001

悲傷逆流成河

郭敬明　著

高寶書版集團

目錄
CONTENTS

楔子

你曾經有夢見過這樣無邊無際的月光下的水域嗎？
無聲起伏的黑色的巨浪，在地平線上爆發出沉默的力量。
就這樣，從僅僅打濕腳底，到蓋住腳背，漫過小腿，一步一步地，走向寒冷寂靜的深淵。

你有聽到過這樣的聲音嗎？
在很遙遠，又很貼近的地方響起來。
像是有細小的蟲子飛進了耳朵。在耳腔裡嗡嗡地振翅。
突突地跳動在太陽穴上的聲音。

視線裡拉動出長線的模糊的白色光點。
又是什麼。

漫長的時光像是一條黑暗潮濕的悶熱洞穴。
青春如同懸在頭頂上面的點滴瓶。一滴一滴地流逝乾淨。
而窗外依然是陽光燦爛的晴朗世界。
就是這樣了吧。

第一回

某些現在勉強可以回憶起來的事情，開始在蒼白寂寥的冬天。

這樣的日子。

眼睛裡蒙著的斷層是只能看到咫尺的未來。

01

弄堂裡彌漫起來的晨霧，被漸漸亮起來的燈光照射出一團一團黃暈來。

還沒有亮透的清晨，在冷藍色的天空上面，依然可以看見一些殘留的星光。

氣溫在這幾天飛快地下降了。

呵氣成霜。

冰凍三尺。

記憶裡停留著遙遠陽光下的晴朗世界。

02

「齊銘把牛奶帶上。」剛準備拉開門，母親就從客廳裡追出來，手上拿著一袋剛剛在電鍋裡蒸熱的袋裝牛奶，騰騰地冒著熱氣，「哦喲，你們男孩子要多喝牛奶曉得，特別是你們高一的男孩子，不喝怎麼行。」說完拉開齊銘背後的書包拉鍊，一把塞進去。因為個子比兒子矮上一大截，所以母親還踮了踮腳。塞完牛奶，母親捏了捏齊銘的胳膊，又開始叨念著：「哦喲，大冬天的就穿這麼一點啊，這怎麼行，男孩子嘛哪能只講究帥氣的啦？」

「好啦好啦。」齊銘低低應了一聲，然後拉開門，「媽，我上課要遲到了。」

濃重的霧氣朝屋裡湧。

頭頂是深冬裡飄蕩著的白寥寥的天光。

還是早上很早，光線來不及照穿整條冗長的弄堂。弄堂兩邊堆放著的箱子、鍋以及垃圾桶，都只能在霧氣裡浮出一圈淺淺的灰色輪廓來。

齊銘關上了門，連同母親的嘮叨一起關在了裡面。只來得及隱約聽到半句「放學後早點……」，冬天的寒氣就隔絕了一切。

齊銘提了提書包帶子，哈出口白氣，聳聳肩，朝弄堂口走去。

剛走兩步，就看見踉蹌著衝出家門的易遙，險些撞上。齊銘剛想張口問聲早，就聽到門裡傳出來的女人的尖嗓門：

「趕趕趕，你趕著去投胎啊你，你怎麼不去死！賠錢貨！」

易遙抬起頭，正好對上齊銘稍稍有些尷尬的臉。易遙沉默的臉在冬天早晨微薄的光線裡看不出表情。

在齊銘的記憶裡，易遙和自己對視時的表情，像是一整個世紀般長短的慢鏡。

03

「又和你媽吵架了？」

「嗯。」

「怎麼回事？」

「算了別提了。」易遙揉著胳膊上的瘀青，那是昨天被她媽掐的，「你知道我媽那人，就是神經病，我懶得理她。」

「……嗯。你沒事吧？」

「嗯。沒事。」

深冬的清晨。整個弄堂都還是一片安靜。像是被濃霧浸泡著，沒有一丁點聲響。

今天是星期六，所有的大人都不用上班。高中的學生奉行著不成文的規定，星期六一定要補課。所以，一整條弄堂裡只有他們兩個人不急不徐地行走著。

齊銘突然想起什麼，放下一邊的背帶，把書包順向胸前，拿出牛奶，塞到易遙手裡：「給。」

易遙吸了下鼻子，伸手接了過去。

兩個人走向光亮的弄堂口，消失在一片白茫茫的濃霧裡。

04

該怎麼去形容自己所在的世界。

頭頂是交錯而過的天線，分割著不明不暗的天空。雲很低很低地浮動在狹長的天空上。鉛灰色的斷雲，沿著弄堂投下深淺交替的光影。

每天放學上學，經過的一定是這樣一條像是時間長廊般狹窄的走道。頭上是每家人掛出來的衣服，梅雨季節會永遠都曬不乾，卻還是依然曬著。從小受到的教導就是不要從掛著的女人褲子下面走過去，很晦氣。

弄堂兩邊堆著各種各樣的東西，日益吞噬著本來就不大的空間。

共用的廚房裡，每日都在發生著爭吵。

「哦喲，你怎麼用我們家的水啦？」

被發現的人也只能裝傻尷尬地笑笑，說句「不好意思用錯了用錯了」。

潮濕的地面和牆。

小小的窗戶。光線弱得幾乎看不見。窗簾拉向一邊，照進更多的光，讓家裡顯得稍微明亮一點。

就是這樣的世界。

自己生活了十六年。心安理得地生活著，很知足，也很舒服。如同貼身的衛生衣，不昂貴，可是卻有涼涼的依賴感。儘管這是讓男生在冬天裡看起來非常不帥的衣服，但一到秋天，哪怕氣溫都還是可以熱得人發暈，母親也會早早地準備好，嘮叨著自己，趕快穿上。

就是這樣生活了十六年的世界。不過也快要結束了。

四年前父親辭去單位的職位，下海經商。現在已經是一個大飯店的老闆。每天客來客往，生意異常地好，已經得意到可以在接到訂位電話的時候驕傲地說「對不起，本店不接受預訂」了。

新買的房子在高檔的社區。高層住宅，有漂亮的江景。只等夏天交房，就可以離開這個擁擠而潮濕的弄堂。甚至是可以用得上「逃離」這個詞了。像是把陷在泥濘裡的腳整個拔起來。

母親活在這種因為等待而變得日益驕傲起來的氛圍裡。與鄰居的閒聊往往最後都會走向「哎呀搬了之後我這風濕腿應該就好很多了，這房子，真是太潮濕了，蛇蟲百腳的」或者「我看你們也搬了算了」。

這樣的對話往往引來的都是羨慕的恭維，以及最後都會再補一句：「你真是幸福死了。不但老公會賺鈔票，兒子也爭氣，哪回不考第一啊。哪像我們家那小棺材，哦喲。」

這個時候，齊銘都只是遠遠地聽著，坐在窗前算習題，偶爾抬起頭，看到母親被包圍在一群燙著過時鬈髮的女人中間，一張臉洋溢著掩飾不住的得意。

其實有好幾次，齊銘在回家的路上，都會聽到三言兩語的議論，比如：「齊家那個女人我看快得意死她了，早晚摔下來，疼死她。」

「我看也是，男人有了錢都變壞，你別看她現在囂張，以後說不定每天被她老公打得鼻青臉腫。」

「倒是她兒子，真的是算她上輩子積德。」

「聽說剛進學校就拿了個全國數學比賽一等獎哎。」

就是這樣的世界，每天每天，像抽絲般地，纏繞成一個透明的繭。虛榮與嫉妒所築就的心臟容器裡，被日益地灌注進黏稠的墨汁。

發臭了。

齊銘每天經過這樣一條狹長的弄堂。

05

路過易遙家的時候，會看到她穿著圍裙在廚房裡做飯。

她媽林華鳳每天下午都坐在門口嗑瓜子，或者翻報紙。

齊銘從廚房窗口把筆記本遞進去：「給，幫你抄好了。」

易遙抬起頭，擦了擦額頭上的汗水，說：「謝謝，不過我現在手髒，你給我媽吧。」

齊銘將筆記本遞給易遙她媽時，她母親每次都是拿過去，然後朝房間裡一扔。

齊銘聽到房間裡「啪」的一聲掉在地上的聲音。

往前再走兩步，就是自己的家。

鑰匙還沒插進孔裡，母親就會立刻開門，接下自己的書包，拉著自己趕快去吃飯。

吃到一半的時候，差不多會聽到隔壁傳來易遙「媽，飯做好了」的聲音。

有段時間每天吃飯的時候，電視臺在放臺灣的連續劇《媽媽再愛我一次》，聽說是根據當年轟動一時的電影改編的，母親每次吃飯的時候就會一邊吃一邊長吁短嘆，沉浸在被無私的母愛感動的世界。那段時間，母親總是會擦一擦眼角幾乎看不見的淚水，然後告訴齊銘母親的偉大。

齊銘總是沉默地吃飯，偶爾應一聲。

就像是橫亙在血管裡的棉絮，阻礙著血液的流動。「都快凝結成血塊了」，心裡是這樣滿滿的壓抑感。總覺得有一天會從血管裡探出一根刺來，扎出皮膚，暴露在空氣裡。

每當母親裝腔作勢地擦一次眼淚，血管裡就多刺痛一點。

也只是稍微有一點這樣的念頭，畢竟不是每一個人都能坦然地面對自己對母親的嫌惡。這是違反倫常和道德的。所以這樣的念頭也只是偶爾如氣泡從心底冒出來，然後瞬間就消失在水面上，「啪」地破裂。一丁點的水花。

不像是易遙。

易遙的恨是赤裸而又直接的。

十三歲的時候，偶爾的一次聊天。

齊銘說：「我媽是老師，總是愛說道理，很煩。你媽媽是做什麼的？」

易遙回過頭，說：「你說林華鳳啊，她是個妓女，是個很爛的女人。我恨她。可我有時候還是很愛她。」

易遙十三歲的臉，平靜地曝曬在夏日的陽光下，皮膚透明的質感，幾乎要看見紅色的毛細血管。

我恨她。可我有時候還是很愛她。

妓女。爛女人。這些字眼在十三歲的那一年夏天，潮水般地覆蓋住年輕的生命。像是在齊銘十三歲的心臟裡，撒下了一大把荊棘的種子。

吃完飯，齊銘站起來剛要收碗，母親大呼小叫地制止他，叫他趕緊進房間溫書，說：「你怎麼能把時間浪費在這種事情上。」說實在的，齊銘最不喜歡母親這樣大呼小叫。

他放下筷子，從沙發上提起書包，朝自己房間走去。臨進門，回頭的縫隙裡，看見母親心滿意足的表情，收拾著剩飯剩菜，朝廚房走。

剛關上門，隔壁傳來易遙的聲音。

「媽，你到底要不要吃？」

「你管我吃不吃！」

「你要不吃的話就別讓我做得這麼辛苦……」

還沒說完，就傳來盤子摔到地上的聲音。

「你辛苦？！你做個飯就辛苦？你當自己是千金小姐大家閨秀啊？」

「你最好別摔盤子。」易遙的聲音聽不出語氣，「摔了還得買，家裡沒那麼多錢。」

「你和我談錢？！你有什麼資格和我談錢！……」

齊銘起身關了窗戶，後面的話就聽不清楚了，只能聽到女人尖厲的聲音，持續地爆發著。

過了一會兒對面廚房的燈亮起來。昏黃的燈下是易遙的背影。

齊銘重新打開窗，聽見對面廚房傳來的嘩嘩的水聲。

過了很久，又是一聲盤子摔碎的聲音。

不知道是誰摔了盤子。

齊銘擰亮書桌上的檯燈，用筆在演算紙上飛速地寫滿了密密麻麻的數字。

密密麻麻的。填滿在心裡。

就像填滿一整張演算紙。沒有一絲的空隙。

像要喘不過氣來。

對面低低地傳過來一聲「你怎麼不早點去死啊你！」

一切又歸於安靜。

06

擁有兩個端點的是線段。

擁有一個端點的是射線。

直線沒有端點。

齊銘和易遙就像是同一個端點放出去的線，卻朝向了不同的方向。於是越來越遠。越來越遠。

每一天，都變得和前一天更加地不一樣。生命被書寫成潦草和工整兩個版本。再被時間刷得褪去顏色。難以辨認。

十二歲之前的生命都像是凝聚成那一個相同的點。

在同樣擁擠狹長的弄堂裡成長。在同一年戴上紅領巾。喜歡在晚飯的時候看哆啦A夢。那個時候齊銘的家庭依然是普通的家庭。父親也沒有賺夠兩百萬去買一套高檔的公寓。陽光都用同樣的角度照射著昏暗中蓬勃的生命。

而在十二歲那一年，生命朝著兩個方向，發出迅速的射線。

齊銘的記憶裡，那年夏天的一個黃昏，易遙的父親拖著口沉重的箱子離開這個弄堂。走的時候他蹲下來抱著易遙，齊銘趴在窗戶上，看到她父親眼眶裡滾出的熱淚。

十三歲的時候，他聽到易遙說，我的媽媽是個妓女。她是個很爛的女人。

每一個生命都像是一顆飽滿而甜美的果實。只是有些生命被太早地耗損，露出裡面皺而堅硬的果核。

07

像個皺而堅硬的果核。

易遙躺在黑暗裡。這樣想道。

窗外是冬天凜冽的寒氣。灰濛濛的天空上浮動著大朵大朵鉛灰色沉重的雲。月光照不透。

不過話說回來，哪兒來的月光。

只是對面齊銘的燈還在亮著罷了。

自己的窗簾被他窗戶透出來的黃色燈光照出一圈毛茸茸的光暈來。他應該還在看書，身邊也應該放著杯熱咖啡或者奶茶。也許還有剛煮好的一碗餛飩。

終究是和自己不一樣的人。

十七歲的齊銘，有著年輕到幾乎要發出光芒來的臉。白襯衫和黑色制服裡，是日漸挺拔的骨架和肌肉。男生的十七歲，像是聽得到長個子時哢嚓的聲音。

全校第一名的成績。班長。市短跑比賽在前一天摔傷腳的情況下第二名。普通家庭，可是卻也馬上要搬離這個弄堂，住進可以看見江景的高檔社區。

規矩地穿著學校的制服，從來不染髮，不打耳洞，不會像其他男生一樣因為要帥而在制服裡面不穿襯衣改穿T恤。

喜歡生物。還有歐洲文藝史。

進學校開始就收到各個年級的學姊學妹的情書。可是無論收到多少封，每一次，都還是可以令他臉紅。

而自己呢？

用那個略顯惡毒的母親的話來說，就是「陰氣重」、「死氣沉沉」、「你再悶在家你就悶出一身蟲子來了」。

而就是這樣的自己，卻在每一天早上的弄堂裡，遇見和自己完全不一樣的齊銘。

然後一起走向湧進光線的弄堂口。

走向光線來源的入口。

這多像一個悲傷的隱喻。

08

易遙坐在馬桶上。心裡涼成一片。

有多少個星期沒來了？三個星期，還是快一個月了？

說不出口的恐懼，讓她把手捏得骨節發白。直到門外響起了母親粗暴的敲門聲，她才趕快穿上褲子，打開門。

不出所料地，聽到母親說：「關上門這麼久，你是想死在裡面嗎你！」

「如果能死了倒真好了。」易遙心裡回答著。

食堂裡總是擠滿了人。

齊銘端著飯盒找了很久才找到一個兩個人的位子，於是對著遠處的易遙招招手，叫她坐過來。

吃飯的時候易遙一直吃得很慢。齊銘好幾次轉過頭去看她，她都只是拿著筷子不動，盯著飯盒像是裡面要長出花來，齊銘好幾次無奈地用筷子敲敲她飯盒的邊緣，她才回過神來輕輕笑笑。

一直吃到食堂的人都走得差不多了。易遙和齊銘才吃完離開。

食堂後面的洗手槽也沒人了。

水龍頭一字排開。零星地滴著水。

齊銘挽起袖子，把飯盒接到水龍頭下面，剛一擰開，就覺得冰冷刺骨，不由得「啊」一聲縮回手來。

易遙伸過手，把他的飯盒接過來，開始就著水清洗。

齊銘看著她擦洗飯盒的手，沒有女生愛留的指甲，也沒其他女生那樣精心保養後的白皙嫩滑。她的小指上還有一個紅色的凍瘡，裂著一個小口。

他看著她安靜地擦著自己的不銹鋼飯盒，胸腔中某個不知道的地方像是突然滾進了一顆石頭，滾向了某一個不知名的角落。然後黑暗裡傳來一聲微弱的聲響。

他不由得抬起手，摸向女生微微俯低的頭頂。

「你就這麼把滿手的油往我頭髮上蹭嗎？」易遙回過頭，淡淡地笑著。

「你說話還真是……」齊銘皺了皺眉頭，有點生氣。

「真是什麼？」女生回過頭來，冷冷的表情，「真是像我媽是嗎？」

水龍頭嘩嘩的聲音。

像是突然被打開的閘門，只要沒人去關，就會一直無休止地往外泄水。直到泄空裡面所盛放的一切。

從食堂走回教室是一條安靜的林蔭道。兩旁的梧桐在冬天裡只剩下光禿禿的枝椏。

葉子鋪滿一地。黃色的。紅色的。緩慢地潰爛在前一天的雨水裡。空氣裡低低地浮動著一股樹葉的味道。

「我怎麼感覺有股發霉的味兒。」易遙踩著腳下的落葉，突然說。齊銘沒有接話。兀自向前走著。等感覺到身邊沒有聲音，才回過頭去，看到落後在自己三、四公尺外的易遙。

「怎麼了？」齊銘抬起眉毛。

「下午你可不可以去幫我買個東西。」

「好啊。買什麼？」

「驗孕試紙。」

09

頭頂飛過的一隻飛鳥，留下一聲尖銳的鳥叫聲，在空氣裡硬生生扯出一道透明的口子來。剛剛沾滿水的手暴露在風裡，被吹得冰涼，幾乎要失去知覺。

兩個人面對面站著。誰都沒有說話。

風幾乎要將天上的雲全部吹散了。

冬季的天空，總是這樣鋒利地高遠。風幾乎吹了整整一個冬天。吹得什麼都沒有剩下。只有白寥寥的光，從天空裡僵硬地打下來。

「是李哲的？」

「除了他還有誰。」
「你們……做了？」
「做了。」
簡單得幾乎不會有第二種理解可能性的對話。正因為簡單、不會誤解、不會出錯，才在齊銘胸腔裡拉扯出一陣強過一陣的傷痛感。就像是沒有包紮好的傷口，每一個動作，都會讓本來該起保護作用的紗布在傷口上來回地產生更多的痛覺。緩慢的、來回的、鈍重的痛。
齊銘從車上跨下一隻腳，撐在地上，前面是紅燈。所有的車都停下來。

當初她決定和李哲在一起的時候，齊銘也知道的。
易遙的理由簡單得幾乎有些可笑：「會為了她打架。」、「很帥。」、「會在放學後等在學校門口送她回家。」
那個時候，齊銘甚至小聲嘀咕著：「這些我不是一樣可以做到嗎。」帶著年輕氣盛的血液，回游在胸腔裡。皺著眉頭，口氣中有些發怒。
「所有的生物都有一種天性，趨利避害，就像在鹽濃度高的水滴中的微生物會自動游向鹽濃度低的水滴中去一樣，沒有人會愛上麻煩的。」易遙臉上是冷淡的笑，「我就是個大麻煩。」
而之後，每次齊銘看到等在學校門口的李哲時，看到易遙收到的鮮花時，看到易遙為了去找李哲而蹺課時，他都會感覺到有人突然朝自己身體裡插進一根巨大的針筒，然後一點一點地抽空內部的存在。

空虛永遠填不滿。

每踩一下腳踏板，齊銘就覺得像是對著身體裡打氣，就像是不斷地踩著打氣筒，直到身體像氣球般被充滿，膨脹，幾乎要爆炸了。

足足騎出一個小時，已經快要靠近城市邊緣了。齊銘感覺應該不會再有熟人認識自己了，才停下來找了家藥店，彎腰鑽了進去。他找到計畫生育櫃檯，低下頭看了看，然後用手指點在玻璃上，說：「我要一盒驗孕試紙。」

玻璃櫃檯後的阿姨表情很複雜，嘴角是微微的嘲弄。拿出一盒丟到玻璃櫃面上，指了指店右邊的那個收銀台：「去那邊付錢。」

付好錢，齊銘把東西放進書包裡，轉身推開門的時候，聽到身後傳來的那一句不冷不熱的「現在的小姑娘，嘖嘖，一看見帥氣的小夥子，骨頭都輕得不知道幾斤幾兩重了」。

齊銘把書包甩進自行車前面的籃子裡，抬手抹掉了眼睛裡滾燙的眼淚。

他抬腿跨上車，朝著黃昏蒼茫的暮色裡騎去。

洶湧的車流迅速淹沒了黑色制服的身影。

光線飛快地消失在天空裡。

推著車走進弄堂的時候，天已經完全黑下來了。弄堂裡各家的窗戶中都透出黃色的暖光來，減弱著深冬的銳利寒冷。

齊銘推車走到易遙家的廚房前面，看到裡面正抬手捂著嘴被油煙嗆得咳嗽的易遙。

他抬起手，遞過去筆記本，說：「給，你要的。」

易遙拿著鍋鏟的手停了停，放下手上的東西，在圍裙上擦掉油污，伸出手，從窗口把筆記本接了進來。

齊銘鬆開手，什麼也沒說，推著車朝家裡走去。

易遙打開筆記本，從裡面拿出一包驗孕試紙，藏進褲子口袋裡。

10

每一個女生的生命裡，都有著這樣一個男孩子。他不屬於愛情，也不是自己的男朋友。可是，在離自己最近的距離內，一定有他的位置。

看見漂亮的東西，會忍不住給他看。聽到好聽的歌，會忍不住從自己的ＭＰ３裡拷貝下來給他。看見漂亮的筆記本，也會忍不住買兩本另一本給他用，盡管他不會喜歡粉紅色的草莓。在想哭的時候，第一個會發訊息給他。在和男朋友吵架的時候，第一個會找他。

儘管不知道什麼時候，他會從自己生命裡消失，成為另一個女孩子的王子，而那個女孩也會因為他變成公主。可是，在他還是待在離自己最近的時光裡，每一個女孩子，都是在用盡力氣，貪婪地享受著、消耗著、掏空著他和他帶來的一切。

每一個女生都是在這樣的男孩子身上，變得溫柔、美好、體貼。

儘管之後完美的自己，已經和這個男孩子沒有關係。

但這樣的感情，永遠都是超越愛情的存在。

齊銘是超越愛情的存在。

眼淚一顆接一顆掉下來，像是被人忘記擰緊的水龍頭。眼淚掉進鍋裡燒熱的油中，四處飛濺。

手臂被燙得生疼。

放到冷水下一直沖，一直沖。沖到整條手臂都冰涼麻木了。

可眼淚還是止也止不住。

11

光華社區9棟205室。

閉上眼睛也背得出的地址。

甚至連社區門口的警衛老伯也對自己點頭。

齊銘走到樓下的時候停住了，他抬起頭對易遙說，要嘛我就不上去了，我在下面等你。

易遙點點頭，然後什麼也沒說，走進了樓梯間。

齊銘看著易遙消失在樓梯的轉角。心裡還是隱隱地有些不安。

他站在樓下，黃昏很快地消失了。

暮色四合。

所有的房子在幾秒鐘內只看得清輪廓。灰濛濛的。四下開始漸次地亮起各種顏色的燈。廚房是黃色。客廳是白色。臥室是紫色。各種各樣的燈在社區裡像深海的游魚般從夜色中浮動出來。

二樓沒有亮燈。

突然變強烈的心跳，壓不平的慌亂感讓齊銘朝樓上走去。

拐進樓梯間。聲音從走廊盡頭傳過來。帶著回聲般的擴音感。

「你怎麼懷上了啊？」

「這女人是誰？」

「你就別管她是誰了，她是誰都無所謂，我問你，你現在懷上了你準備怎麼辦啊？」

「這女人是誰？」

「我說你呀沒病吧？你怎麼分不清重點啊你？你真懷上還是假懷上啊？」

「……我真的有了。你的。」

「我操，我當初看你根本不推辭，我還以為你是老手，結果搞了半天你沒避孕啊？」

「我……」

「你就說你想怎麼辦吧？」

李哲光著上身，半靠在門口，易遙站在他面前，看不到表情，只有一個背影。

李哲只看到眼前有個人影一晃，還沒來得及看清，一個揮舞的拳頭就砸到了臉上，撲通一聲跌進房間裡，桌子被撞向一邊。

屋內的女人開始尖叫，易遙心裡突然冒出一股火，衝進房間，抓著那女人的頭髮朝茶几上一摔，玻璃匡噹碎了。那女人還在叫，易遙扯過電腦的鍵盤：「你他媽叫什麼叫！操！」然後用力地朝她身上摔下去。

12

路燈將黑暗戳出口子。照亮一個很小的範圍。

走幾公尺，就重新進入黑暗，直到遇見下一個路燈。偶爾有一兩片樹葉從燈光裡飛過，然後被風又吹進無盡的黑暗裡。

易遙突然停下來，她說：「我要把孩子打掉。」

齊銘回過頭去，她抬起頭望著他，說：「可是我沒有錢。我沒錢打掉它。我也沒錢把它生下來。」

大風從黑暗裡突然吹過來，一瞬間像是捲走了所有的溫度。

冰川世紀般的寒冷。

以及瞬間消失的光線。

13

易遙收拾著桌上的碗。

母親躺在沙發上看電視裡無聊的電視劇。手邊擺著一盤瓜子，邊看邊嗑，腳邊掉著一大堆瓜子殼。

易遙洗好碗拿著掃把出來，心裡琢磨著該怎麼和母親要錢。「我要錢。給我錢。」這樣的話在家裡就等於是宣戰一樣的口號。

掃到了她腳邊，她不耐煩地抬了抬腳，像是易遙影響了她看電視。

易遙掃了兩把，然後吸了口氣說：「媽，家裡有沒有多餘的錢……」

「什麼叫多餘的錢，錢再多都不多餘。」標準的林華鳳的口氣。揶揄。嘲諷。尖酸刻薄。

易遙心裡壓著火。一些瓜子殼卡進茶几腳和地面間的縫隙裡，怎麼都掃不出來。

「你好好吃好嗎？掉得一天世界[1]，虧得不是你掃，你就不能把瓜子殼放在茶几上嗎？」

「你掃個地哪能了？哦喲，還難為著你啦？你真把自己當塊肉啦？白吃白喝養著你，別說讓你掃個地了，讓你舔個地都沒什麼錯。」

「話說清楚了，我白吃白喝你什麼了？」易遙把掃把一丟，「學費是爸爸交的，每個月生活費他也有給你，再說了，我伺候你吃伺候你喝，就算你請個菲傭也要花錢吧，我……」還沒有說完，劈頭蓋臉地就是一把瓜子撒過來。頭髮上，衣服裡，都是瓜子。

雖然是很小很輕，砸到臉上也幾乎沒有感覺。可是，卻在身體裡某一個地方，形成真切的痛。

易遙丟下掃把，拂掉頭髮上的瓜子碎殼，她說：「你就告訴我，家裡有沒有多餘的錢。有，就給我；沒有，就當我沒問過。」

「你就看看家裡有什麼值錢的你就拖去賣吧！你最好是把我也賣了！」

易遙冷笑了一聲，然後走回房間去，摔上門的瞬間，她對林華鳳說：「你不是一直在賣嗎？」

門重重地關上。

---

1 上海話。用來表示範圍很廣，也有一塌糊塗、亂七八糟的意思。

一個杯子摔過去砸在門上，四分五裂。

14

黑暗中人會變得脆弱。變得容易憤怒，也會變得容易發抖。

林華鳳現在就是又脆弱又憤怒又發抖。

關上的房門裡什麼聲響都沒有。整個屋子死一般地寂靜。

她從沙發上站起來，把剛剛披散下來的稍微有些灰白的頭髮拂上去。然後沉默地走回房間。伸手擰開房門，眼淚滴在手背上。

比記憶裡哪一次都滾燙。

心上像插著把刀。

黑暗裡有人握著刀柄，在心臟裡深深淺淺地捅著。

像要停止呼吸般地心痛。

哪有什麼生活費。哪有學費。

你那個該死的父親早就不管我們了。

林華鳳的手一直抖。這些年來，抖得越來越厲害。

「你不是一直在賣嗎？」

是的，是一直在賣。

可是當她躺在那個男人身下的時候，心裡想的都是，易遙，你的學費夠了，我不欠你了。

而那些關於她父親的謊言，其實就連她自己，都不知道是說來欺騙易遙，還是用來欺騙自己的。

她沒有開燈。

窗外透進來的燈光將屋子照出大概的輪廓。

她打開衣櫃的門，摸出一個袋子，裡面是五百八十塊人民幣。

除去水電。除去生活。多餘三百五十塊。

她抓出三張一百塊的，然後關上了櫃子的門。

「開門。」她粗暴地敲著易遙的房門，「打開！」

易遙從裡面打開門，還沒來得及看清楚站在外面的母親想要幹什麼，三張一百塊的紙鈔重重地摔到自己臉上：「拿去，我上輩子欠你的債！」

易遙慢慢地蹲下去，把三張錢撿起來：「你不欠我，你一點都不欠我。」

易遙把手上的錢朝母親臉上砸回去，然後重重地關上了門。

黑暗中。誰都看不見誰的眼淚。

門外，母親像一個被扯掉拉線的木偶，一動不動地站在黑暗裡。

消失了所有的動作和聲音。只剩下滾燙的眼淚，在臉上無法停止地流。

15

有一天回家的路上，易遙站在弄堂前橫過的馬路對面，看見林華鳳站在一個小攤前，拿著一件裙子反覆地用手撫摸著，最後還是嘆了口氣放回去了。

小攤上那塊「一律二十元」的牌子在夕陽裡刺痛了易遙的眼睛。

那天晚上吃完飯，易遙沒有告訴林華鳳學校安排第二天去春遊，每一個學生需要交五十塊。第二天早上，易遙依然像是往常任何一天上課時一樣，背著書包，一大早起來，去學校上課。

空無一人的學校。在初冬白色的天光下，像是一座廢棄的醫院。又乾淨，又死寂。

易遙坐在操場邊的高大臺階上，仰起頭，頭頂滾滾而過的是十六歲的淺灰色浮雲。

16

所有的學校都是八卦和謠言滋生的沃土。

蜚短流長按照光的速度傳播著，而且流言在傳播的時候，都像是被核爆輻射過一樣，變化出各種醜陋的面貌。

上午第二節課後的休息時間是最長的，哪怕是在做完廣播體操之後，依然剩下十五分鐘給無所事事的學生們消耗。

齊銘去廁所的時候，聽到隔間外兩個男生的對話。

「你認識我們班的那個易遙嗎？」

「聽說過，就那個特高傲的女的？」

「高傲什麼呀，她就是穿著制服的雞，聽說了嗎，她最近缺錢用，一百塊就可以睡一晚上，還可以幫你用……」下面的聲音故意壓得很低，可是依然壓不住詞語的下流和污穢。

齊銘拉開隔間的門，看見班上的游凱和一個別班的男生在小便，游凱回過頭看到齊銘，不再說話。在便斗前抖了幾下就拉著那個男的走了。

齊銘面無表情地在洗手臺裡洗手，反覆地搓著，直到兩隻手都變得通紅。

窗外的天壓得很低。雲緩慢地移動著。

枝椏交錯著伸向天空。

「就像是無數餓死鬼朝上伸著手在討飯。」這是易遙曾經的比喻。

依然是冬天最最乾燥的空氣，臉上的皮膚變得像是劣質的石灰牆一樣，彷彿蹭一蹭就可以掉下一層厚厚的白灰來。

齊銘在紙上亂畫著，各種數字，幾何圖形，英文單詞，一不小心寫出一個bitch，最後一個h因為太用力鋼筆筆尖突然劃破了紙。一連劃破了好幾層，墨水湮開一大片。

那一瞬間在心裡的疼痛，就像劃破好多層紙。

Bitch。婊子。

17

食堂後面的洗手槽。依然沒有什麼人。

易遙和齊銘各自洗著自己的飯盒。頭頂是緩慢移動著的鉛灰色的雲朵。快要下起雨了。

「那個……」關掉水龍頭，齊銘輕輕蓋上飯盒，「問你個事情。」

「問啊。」易遙從帶來的小瓶子裡倒出洗潔精。飯盒裡撲出很多的泡沫。

「你最近很急著用錢吧……」

「你知道了還問。」易遙沒有抬起頭。

「為了錢什麼都願意嗎？」聲音裡的一些顫抖，還是沒控制住。

關掉水龍頭，易遙直起身來，盯著齊銘看：「你說這話，什麼意思？」

「沒什麼意思，就是問問。」

「你什麼意思？」易遙拿飯盒的手很穩。

聽到流言的不會只有齊銘一個人，易遙也會聽到。
但是她不在乎。
就算是齊銘聽到了，她也不會在乎。
但她一定會在乎的是，齊銘也聽到了，並且相信。
「我是說……」
「你不用說。我明白的。」說完易遙轉身走了。
剛走兩步，她轉過身，將飯盒裡的水朝齊銘臉上潑過去。
「你就是覺得我和我媽是一樣的！」

18

在你的心裡有這樣一個女生。
你情願把自己早上的牛奶給她喝。
你情願為了她騎車一個小時去買驗孕試紙。
你情願為了她每天幫她抄筆記然後送到她家。
而同樣的，你也情願相信一個陌生人，都不願意相信她。
而你相信的內容，是她是一個婊子。

19

易遙推著自行車朝家走。

沿路的繁華和市井氣息纏繞在一起，像是電影佈景般朝身後捲去。

就像是站在機場的平行電梯上，被地面捲動著向前。

放在龍頭上的手，因為用力而手指發白。

易遙突然想起，母親經常對自己說到的「怎麼不早點去死」、「怎麼還不死」這一類的話，其實如果實現起來，也算得上是解脫。只是現在，在死之前，還要背上和母親一樣的名聲。這一點，在易遙心裡的壓抑，就像是雪球一樣，越滾越大，重重地壓在心臟上，幾乎都跳動不了了。

血液無法回流向心臟。

身體像缺氧般浮在半空。落不下來。落不到地面上腳踏實地。所有的關節都被人拴上了銀亮的絲線，像個木偶一樣地被人拉扯著關節，僵屍般地開合，在街上朝前行走。

眼睛裡一直源源不斷地流出眼淚，像是被人按下了啟動眼淚的開關，於是就停不下來。如同身體裡所有的水分，都以眼淚的形式流淌乾淨。

直到車子推到弄堂口，在昏暗的夜色裡，看到坐在路邊的齊銘時，那個被人按下的開關，又重新跳起來。

眼淚戛然而止。

齊銘站在她的面前。弄堂口的那盞路燈，正好照著他的臉。他揉了揉發紅的眼眶。他說：

「易遙，我不信他們說的。我不信。」

就像是黑暗中又有人按下了開關，眼淚流出來一點都不費力氣。

易遙什麼都沒說，扯過車籃裡的書包，朝齊銘身上摔過去。

鉛筆盒，課本，筆記本，手機，全部從包裡摔出來砸在齊銘的身上。一支筆從臉上劃過，瞬間一條血痕。

齊銘一動不動。

又砸。

一次一次地砸。剩下一個空書包，以棉布的質感，軟軟地砸到身上去。齊銘站著沒動，卻覺得比開始砸到的更痛。

一遍一遍。不停止地朝他身上摔過去。

卻像是身體被鑿出了一個小孔，力氣從那個小孔裡源源不斷地流失。像是抽走了血液，易遙跌坐在地上，連哭都變得沒有了聲音，只剩下肩膀高高低低地抖動著。

齊銘蹲下去，抱著她，用力地拉進自己的懷裡。

像是抱著一個空虛的玩偶。
「你買我吧，你給我錢……我陪你睡。」
「我陪你上床，只要你給我錢。」
每一句帶著哭腔的話，都像是鋒利的匕首，重重地插進齊銘的胸膛。
她說：「我和我媽不一樣！你別把我當成我媽！」
「我和我媽不一樣！」
齊銘重重地點頭。
路燈照下來。少年的黑色制服像是暈染開來的夜色。英氣逼人的臉上，那道傷口流出的血已經凝結了。
地上四處散落的鉛筆盒，鋼筆，書本，像是被拆散的零件。
是誰打壞了一個玩偶嗎？

弄堂裡面，林華鳳站在黑暗裡沒有動。
每一句「我和我媽不一樣」，都大幅地抽走了她周圍的氧氣。
她捂著心口那裡，那裡像是被揉進了一把碎冰，凍得發痛。
就像是夏天突然咬了一大口冰棒在嘴裡，最後凍得只能吐出來。
可是，揉進心裡的冰，怎麼吐出來？

20

同樣的。剛把鑰匙插進鑰匙孔，門就呼啦打開。

母親的喋喋不休被齊銘的一句「留在學校問老師一些不懂的習題所以耽誤了」而打發乾淨。

桌子上擺著三副碗筷。

「爸回來了？」

「是呀，你爸也是剛回來，正在洗澡，等他洗好了……啊呀！你臉上怎麼啦？」

「沒什麼。」齊銘別過臉，「騎車路上不小心，刮到了。」

「這怎麼行！這麼長一條傷口！」母親依然是大呼小叫，「等我去拿醫藥箱。」母親走進臥室，開始翻箱倒櫃。

浴室裡傳來父親洗澡的聲音，蓮蓬頭的水聲很大。

母親在臥室裡翻找著酒精和紗布。

桌子上，父親的皮夾安靜地躺在那裡。

皮夾裡可以清晰地看到一疊錢。

齊銘低下頭，覺得臉上的傷口燒起來，發出熱辣辣的痛感。

第二回

我也忘記了曾經的世界，
是否安靜得一片弦音。

01

有一些隔絕在人與人之間的東西，可以輕易地就在彼此間劃開深深的溝壑，下過雨，再變成河，就再也沒有辦法渡過去。

如果河面再堆起大霧……

就像十四歲的齊銘第一次遺精弄髒了內褲，他早上起來後把褲子塞在枕頭下面，然後就出發上課去了。晚上回家洗完澡後，他拿著早上的褲子去廁所。遇見母親的時候，微微有些漲紅了臉。

母親看他拿著褲子，習慣性地伸手要去接過來。卻意外地被齊銘拒絕了。

「你好好的洗什麼褲子啊，不都是我幫你洗的嗎，今天中邪啦傻小子。」母親伸過手，「拿過來，你快去看書去。」

齊銘側過身，臉像要燒起來：「不用，我自己洗。」繞過母親，走進廁所把門關起來。

母親站在門外，聽著裡面水龍頭的嘩嘩聲，若有所思地笑起來。

齊銘從廁所出來，甩著手上的水，剛伸手在毛巾上擦了擦，就看到母親站在客廳的走道裡，望著自己，臉上堆著笑：「傻小子，你以為媽媽不知道啊。」

突然有種不舒服的感覺從血管裡流進了心臟，就像是喝到太甜的糖水，甜到喉嚨發出難過的癢。就像是咽喉裡被蚊子叮出蚊子包來。
「沒什麼，我看書去了。」齊銘摸摸自己的臉，燙得很不舒服。
「哦喲，你和媽媽還要怕什麼羞的啦。以後還是媽媽洗。乖啊。變小夥子了哦，哈哈。」
齊銘關上自己房間的門，倒在床上，拉過被子捂住了頭。
門外母親打電話的聲音又高調又清晰。
「喂，齊方誠，你家寶貝兒子變大人了哦，哈哈，我跟你說呀……」
齊銘躺在床上，蒙著被子，手伸在外面，摸著牆上電燈的開關，按開，又關上，按開，再關上。燈光打不進被子，只能在眼皮上形成一隱一滅的模糊光亮。
心上像覆蓋著一層灰色的膜，像極了傍晚弄堂裡的暮色，帶著熱烘烘的油煙味，燻得心裡難受。
之後過了幾天，有天早上上學的時候，母親和幾個中年婦女正好也在門口聊天。齊銘拉了拉書包，從她們身邊擠過去，低聲說了句：「媽，我先去上課了。」
齊銘剛沒走遠兩步，就聽到身後傳來的對話聲。
「聽說你兒子哦，嘿嘿。」陰陽怪氣的笑。
「哦喲，李秀蘭你這個大嘴巴，哪能好到處講的啦。」母親假裝生氣的聲音。聲音裝得再討厭，還是帶著笑。
「哎呀，這是好事呀，早日抱孫子還不好啊。哈哈哈哈。」討厭的笑。

「現在的小孩哦，真是，營養好，想當初我們家那個，十六歲！」一個年紀更長的婦女。

齊銘把自行車從車堆裡用力地拉出來，太用力，扯倒了一排停在弄堂口的車子。

「哦喲，害羞了！你們家齊銘還真是嫩得出水了。」

「什麼嫩得出水了，你老大不小的，怎麼這麼不正經。」母親陪著笑。

齊銘恨不得突然弄堂被扔下一個炸彈，轟的一聲世界太平。

轉出弄堂口，剛要跨上車，就看到前面的易遙。

「你的光榮事蹟……」易遙轉過頭來，等著追上來的齊銘，「連我都聽說了。」

身邊的齊銘倒吸一口涼氣，差點撞到旁邊一個買菜回來的大媽，一連串的「哦喲，要死，當心點好」。

易遙有點沒忍住笑：「只能說你媽很能耐，這種事也能聊，不過也算了，婦女都這天性。」

「你媽就沒聊。」齊銘不太服氣。鼓著腮幫子。

「林華鳳？」易遙白過眼來，「她就算了吧。」

「起碼她沒說什麼吧。你第一次……那個的時候。」雖然十四歲，但是學校護理課上，老師還是該講的都講過。

「我第一次是放學回家的路上，突然就覺得『完了』，我很快地騎回家，路上像是做賊一樣，覺得全世界的人都在看我，都知道那個騎車的小姑娘好朋友來了。結果我回家，換下褲子，告訴我媽，我媽什麼話都沒說，白了我一眼，走到自己衣櫃拉開抽屜，丟給我一包衛生棉。唯一說的一句話是：『你注意點，別把床單弄髒了，還有，換下來的褲子趕快去洗了，臭死人了。』」易遙剎住車，停在紅燈前，回過頭來說，「至少你媽還幫你洗褲子，你知足吧你小少爺。」

易遙倒是沒注意到男生在旁邊漲紅了臉。只是隨口問了問，也沒想過她竟然就像倒豆子般劈裡啪啦全部告訴自己。畢竟是在微妙的年紀，連男生女生碰了碰手也會在班級裡引發尖叫的時代。

「你告訴我這些幹嘛……」齊銘的臉像是另一個紅燈。

「你有毛病啊你，你不是自己問的嗎？」易遙皺著眉頭，「告訴你了你又不高興，你真是犯賤。」

「你！」男生氣得發白的臉，「哼！遲早變得和你媽一樣！刻薄的四十歲女人！」

易遙扯過自行車籃子裡的書包，朝男生背上重重地摔過去。

02

就像是這樣的河流。

橫亙在彼此的中間。從十四歲，到十七歲。一千零九十五天。像條一千零九十五公尺深的河。

齊銘曾經無數次地想過也許就像是很多的河流一樣，會慢慢地在河床上積滿流沙，然後河床上升，當偶然的幾個旱季過後，就會露出河底平整的地面，而對岸的母親，會慢慢地朝自己走過來。

但事實卻是，不知道是自己，還是母親，抑或是某一隻手，一天一天地開鑿著河道，清理著流沙，引來更多的渠水。一天深過一天的天塹般的存在，踩下去，也只能瞬間被沒頂而已。

就像這天早上，齊銘和母親在桌上吃飯。母親照例評價著電視機裡每一條晨間新聞，齊銘沉默著往嘴裡扒著飯。

「媽我吃完了。」齊銘拿起書包，換鞋的時候，看見父親的皮夾安靜地躺在門口的矮櫃上。脖子上有根血管又開始突突地跳起來。

「哎喲，再加一件衣服，你穿這麼少，你想生毛病啊我的祖宗。」母親放下飯碗與剛剛還在情緒激動地評價著的電視晨間新聞，進屋拿衣服去了。

齊銘走到櫃子前面，拿過皮夾，抽出六張一百的，迅速地塞到自己口袋裡。

齊銘打開門，朝屋子裡喊了一聲：「媽別拿了，我不冷，我上學去了。」

「等等！」

「我真不冷！」齊銘拉開門，跨出去。

「我叫你等等！你告訴我，你口袋裡是什麼！」

屋外的白光突然湧過來，幾乎要晃瞎齊銘的眼睛。放在口袋裡的手，還捏著剛剛抽出來的六百塊錢。

齊銘拉著門把的手僵硬地停在那裡。

聲音像是水池的塞子被拔起來一般，漩渦一樣地吸進某個看不見的地方。

剩下一屋子的寂靜。

滿滿的一池水。放空後的寂靜。

還有寂靜裡母親急促的呼吸聲和因激動而漲紅的臉。

還有自己窒息般的心跳。

03

「什麼口袋裡有什麼？媽你說什麼呢？」齊銘轉過身來。對著母親。

「你說，你口袋裡是什麼東西！」母親劇烈起伏的胸膛，以及壓抑著的憤怒粉飾著平靜的表像。

「真沒什麼。」齊銘把手從口袋裡抽出來，攤在母親面前。

「我是說這個口袋！」母親把手舉起來，齊銘才看到她手上提著自己換下來的衣服，母親把手朝桌子上用力一拍，一張紙被拍在桌上。

齊銘突然鬆了一口氣，像是繃緊到快要斷掉的弦突然被人放掉了拉扯。但隨後卻在眼光的聚焦後，血液陡然衝上頭頂。

桌子上，那張驗孕試紙的發票靜靜地躺著。

前一分鐘操場還空得像是可以停得下一架飛機。而後一分鐘，像是被香味引來的螞蟻，密密麻麻的學生從各個教室裡湧出來，黑壓壓地堵在操場上。

廣播裡的音樂蕩在冬天白寥寥的空氣裡，被風吹得搖搖晃晃，音樂被電流影響著，發出畢剝的聲音，廣播裡喊著口令的那個女聲明顯聽上去就沒有精神，病懨懨的，像要死了。

「鼻涕一樣的聲音，真讓人不舒服。」

齊銘轉過頭。易遙奇怪的比喻。

易遙站在人群裡，男生一行，女生一行，在自己的旁邊一公尺遠的地方，齊銘規矩地拉扯著雙手。音樂響到第二節，齊銘換了個更可笑的姿勢，朝天一下一下地舉著胳膊。

「那你怎麼和你媽說的？如果是我媽應該已經去廚房拿刀來甩在我臉上了吧。」易遙轉過頭來，繼續和齊銘說話。

「我說那是老師護理課上需要用的，因為我是班長，所以我去買，留著發票，好找學校報銷。」音樂放到第三節，齊銘蹲下身子。

「哈？」易遙臉上不知道是驚訝還是嘲笑的神色，不冷不熱的，「還真行。你媽信了？」

「嗯。」齊銘低下臉，面無表情地說，「我媽聽了後就坐到凳子上，大舒一口氣，說了句『小祖宗你快嚇死我了』就把我趕出門叫我上課去了。」

「按照你媽那種具有表演天賦的性格，不是應該當場就抱著你大哭一場，然後轉身就告訴整個弄堂裡的人嗎？」易遙逗他。

「我媽真的差點哭了。」齊銘小聲地說，心裡堵著一種不上不下的情緒，「而且，你怎麼一副事不關己的樣子？好歹這事和你有關吧？」

易遙回過頭，眼睛看著前面，黑壓壓的一片後腦勺。她定定地望著前面，說：「齊銘你對我太好了，好得有時候我覺得你做什麼都理所當然。很可能有一天你把心掏出來放我面前，我都覺得沒什麼，也許還會朝上面踩幾腳。齊銘你還是別對我這麼好，女人都是這樣的，你對她好了，你的感情就廉價了。真的。女人就是賤。」

齊銘回過頭去，易遙望著前方沒有動，音樂響在她的頭頂上方，她就像聽不見一樣，一動不動地站在原地，像是被扯掉了插頭的電動玩具。她的眼睛濕潤得像要滴下水來，她張了張口，卻沒有發出聲音，但齊銘卻看懂了她在說什麼。

她說，一個比一個賤。

「後面那個女生！幹嘛不動！只顧著跟男生聊天，成何體統！說你呢！」從隊伍前面經過的年級訓導主任望著發呆的易遙，揮著她手上那面髒髒的小紅旗怒吼著。易遙回過神來，僵硬地揮舞著胳膊。音樂放到第六節。全身運動。

「我說……」訓導主任走遠後，易遙回過頭來看齊銘，臉上是掩蓋不住的笑意，「她看我和你聊天就驚呼『成何體統』，她要知道我現在肚子裡有個孩子，不知道會不會當場休克過去。」

像個頑皮的孩子。講了一個自以為得意的笑話。眼睛笑得眯起來，閃著濕漉漉的亮光。

卻像是在齊銘心裡糅進了一把碎玻璃。

千溝萬壑的心臟表面。穿針走線般地縫合進悲傷。

齊銘抬起頭。不知道多少個冬天就這樣過去。

在廣播的音樂聲裡，所有的人，都仰著一張蒼白的臉，在更加蒼白的寂寥天光下，死板而又消極地等待遙遠的春天。

地心深處的那些悲愴的情緒，沿著腳底，像被接通了回路，流進四肢。伸展運動，揮手朝向鋒利的天空。那些情緒，被拉扯著朝上湧動，積蓄在眼眶周圍，快要流出來了。

巨大的操場上。她和他隔著一公尺的距離。

她抬起頭，閉上眼睛，說：「真想快點離開這裡。」

他抬起頭，說：「我也是，真想快點去更遠的遠方。」

易遙回過頭來，臉上是嘲笑的表情，她說：「我是說這該死的廣播操還不結束，我才不像你這麼詩意，還想著能去更遠的遠方。我都覺得自己快要死在這學校裡了。」

易遙嘲笑的表情在齊銘回過頭來之後突然消失。她看到他眼裡晃動的淚水，看得傻了。

心臟像冬天的落日一樣，隨著齊銘突然下拉的嘴角，惶惶然下墜。

真想快點離開這裡。

真想快點去更遠的遠方。

但是，是你一個人，還是和我一起？

04

下午四、五點鐘，天就黑了。

暮色像是墨水般傾倒在空氣裡，擴散得比什麼都快。

齊銘從口袋裡掏出那六張捏了一整天的錢，遞給易遙。說：「給。」

就像是每天早上從包裡拿出牛奶給易遙一樣，低沉而溫柔的聲音。被過往的車燈照出的悲傷的輪廓。毛茸茸地拓印在視線裡。

「你哪兒來的錢？」易遙停下車。

「你別管了。你就拿去吧，我也不知道要多少錢才夠。你先拿著。」齊銘跨在自行車上。低著頭。

前面頭頂上方的紅燈突兀地亮著。

「我問你哪兒來的錢？！」齊銘被易遙的表情嚇住了。

「我拿我爸的。」齊銘低下頭去。

「還回去。晚上就還回去。」易遙深吸了一口氣，說，「我偷東西沒關係，可是你乾淨得全世界的人都恨不得把你捧在手裡，你為了我變黑變臭，你腦子被槍打了。」

紅燈跳成綠色。易遙抬起手背抹掉眼裡的淚水，朝前面騎過去。

齊銘看著易遙漸漸縮小的背影，喉嚨像嗆進了水。不知道為什麼，他感覺像是易遙會就這樣消失在人群裡，自己再也找不到了。

齊銘抬起腳，用力一踩，齒輪突然生澀地卡住，然後鏈條迅速地脫出來，像條死蛇般掉在地上。

抬起頭，剛剛張開口，視線裡就消失了易遙的影子。

暗黑色的雲大朵大朵地走過天空。

沉重得像是黑色的悼詞。

推著車。鏈條拖在地上。金屬聲在耳膜上不均勻地抹動著。

推到弄堂口。看見易遙坐在路邊。

「怎麼這麼晚？」易遙站起身，揉了揉坐麻了的腿。

「車掉鏈了。」齊銘指了指自行車，「怎麼不進去，等我？」

「嗯。」易遙望向他的臉，「為了讓你等會兒不會挨罵。」

05

滿滿的一桌子菜。冒著騰騰的熱氣。讓坐在對面的母親的臉看不太清楚。

即使看不清楚，齊銘也知道母親的臉色很難看。

坐在旁邊的父親，是更加難看的一張臉。

有好幾次，父親都忍不住要開口說什麼，被母親從桌子底下一腳踢回去。父親又只得低下頭繼續吃飯。筷子重重地放來放去，宣洩著不滿。

齊銘裝作沒看見。低頭喝湯。

「齊銘。」母親從嗓子裡憋出一聲細細的喊聲來，像是卡著一口痰，「你最近零用錢夠用嗎？」

「夠啊。」齊銘喝著湯，嘴裡含糊地應著。心裡想，圈子兜得挺大的。

「啊……這……」母親望了望父親，神色很尷尬，「那你有沒有……」找不到適合的詞。語句尷尬地斷在空氣裡。該怎麼說，心裡的那句「那你有沒有偷家裡的錢」無論如何都說不出口。

齊銘心裡陷下去一小塊，於是臉色溫和下來。

他掏出口袋裡的六百塊，遞到母親面前，說：「媽，今天沒買到合適的，錢沒用，還給你。」

父親母親一瞬間吃驚的表情早就在齊銘的預料之內。所以他安靜地低下頭繼續喝湯，喝了幾口，抬起頭看到他們兩個人依然是驚訝的表情，於是裝著摸摸腦袋，說：「怎麼了？我早上留紙條告訴媽媽說我要買複讀機先拿六百塊啊。下午陪同學去逛了逛，沒買到合適的，但也耽誤了些時間。」

齊銘一邊說，一邊走向櫃子，在上面找了找，又蹲下身去：「啊，掉地上了。」撿起來，遞給媽媽。

紙上是兒子熟悉而俊秀的筆跡。

「媽媽我先拿六百塊，買複讀機。晚上去看看，稍微晚點回家。齊銘。」

母親突然鬆下去的肩膀，像是全身繃著的緊張都一瞬間消失了：「哦是這樣啊，我還以為……」

「您以為什麼？」突然提高的音調。漂亮的反擊。

「啊……」母親尷尬的臉。轉向父親，而父親什麼都沒說，低頭喝湯。怎麼能說出口，「以為你偷了錢」嗎？簡直自取其辱。

「我吃飽了。」齊銘放下碗，轉身走回房間去。留下客廳裡尷尬的父親母親。

拉滅了燈。一頭摔在床上。門外傳來父母低聲的爭吵。

比較清楚的一句是：「都怪你！還好沒錯怪兒子！你自己生的你都懷疑！」

更清楚的是後面補的一句：「你有完沒完，下午緊張得又哭又鬧差不多要上吊的人不是你自己嗎？我只是告訴你我丟了六百塊錢，我又沒說是齊銘拿的。」

後面的漸漸聽不清楚了。

齊銘拉過被子。

黑暗一下子從頭頂壓下來。

易遙收拾著吃完的飯菜。

剛拿進廚房。口袋裡的手機響了。

打開來，是齊銘發過來的簡訊。

「你真聰明。還好回家時寫了紙條。」

易遙笑了笑，把手機合上。端著盤子走到廚房去。

水龍頭打開來，嘩嘩地流水。

她望著外面的弄堂，每家人的窗戶都透出黃色的暖光來。

她現在想的，是另外一件事情。

06

手機上這串以 138 開頭以 414 結束的數字自己背不出來，甚至談不上熟悉。可是這串數字卻有著一個姓名叫易家言。

就連自己都忘記了，什麼時候把「爸爸」改成了「易家言」。曾經每天幾乎都會重複無數次的複音節詞，憑空地消失在生命裡。除了讀課文，或者看書，幾乎不會接觸到「爸爸」這個詞語。

生命裡突兀的一小塊白。以缺失掉的兩個字為具體形狀。

像是在電影院裡不小心睡著，醒了後發現情節少掉一段，身邊的人都看得津津有味，自己卻再也找不回來。於是依然濛濛矓矓地追著看下去，慢慢發現少掉的一段，也幾乎不會影響未來的情節。

又或者，像是試卷上某道解不出的方程式。非常真實的空洞感。在心裡鼓起一塊地方，怎麼也抹不平。

易遙打開房間的門，客廳裡一片漆黑。母親已經睡了。

易遙看了看錶，九點半。於是她披上外套。拉開門出去了。

經過齊銘的窗前，裡面黃色的燈光照著她的臉。她心裡突然一陣沒有來處的悲傷。

那一串地址也是曾經無意中從母親嘴裡聽到的。後來留在了腦海裡的某一個角落，像是個潛意識般地存在著。本以為找起來會很複雜，但結果卻輕易地找到了，並且在樓下老伯的口中得到了證實：「哦，易先生啊，對對對，就住504。」

站在門口，手放在門鈴上，可是，卻沒有勇氣按下去。

易遙站在走廊裡，頭頂冷清的燈光照得人發暈。

易遙拿著手裡的電話，琢磨著是不是應該先給爸爸打個電話。正翻開手機，電梯門「叮」的一聲開了。易遙回過頭去，走出來一個年紀不小卻打扮得很嫩的女人，手上牽著個小妹妹，在她們背後，走出來一個兩手提著兩個大袋子的男人。

那個男人抬起頭看到易遙，眼神突然有些激動和慌張。張了張口，沒有發出聲音來。像是不知道怎麼面對面前的場景。

易遙剛剛張開口，就聽到那個小女孩脆生生地叫了一聲：「爸爸，快點！」易遙口裡的那一聲「爸」，被硬生生地吞了回去。像是吞下一枚刀片，劃痛了整個胸腔。

07

很簡單的客廳。擺著簡單的布沙發和玻璃茶几。雖然是很簡單的公寓，卻還是比弄堂裡的房子乾淨很多。

現在易遙就坐在沙發上。父親後來結婚的這個女人就坐在沙發的另一個轉角。拿著遙控器按來按去，不耐煩的表情。

易遙握著父親倒給自己的水，等著父親哄她的小女兒睡覺。手裡的水一點一點變涼，涼到易遙不想再握了就輕輕把它放到桌上。

彎下腰的時候，視線裡剛好漏進臥室的一角，從沒關好的房門望過去，是父親拿著一本花花綠綠的童話書在念故事，而他身邊的那個小女孩，早已經睡著了。

自己小時候，每一個晚上，父親也是這樣念著故事，讓自己在童話裡沉睡過去的。那個時候的自己，從來沒有做過一個噩夢。想到這裡，眼淚突然湧上眼眶，胃裡像是突然被人塞進滿滿的酸楚，堵得喉嚨發緊。握杯子的手一滑，差點把杯子打翻在茶几上，翻出來的一小灘水，積在玻璃表面上。易遙看了看周圍沒有紙，於是趕緊拿袖子擦乾淨了。

眼淚滴在手背上。

旁邊的女人從鼻子裡輕蔑地哼了一聲。

易遙停住了眼淚。也的確，在她看來，自己這樣的表現確實是又做作又煽情。如果換作自己，不只在鼻子裡哼一哼，說不定還會加一句「至於嗎」。

易遙擦了擦眼睛。重新坐好。

又過了十分鐘。父親出來了。他坐在自己對面，表情有點尷尬地看看易遙，又看了看那個女人。

易遙望著父親，心裡湧上一股悲傷來。

記憶裡的父親，就算是在離開自己的那一天，弄堂裡的背影，都還是很高大。

而現在，父親的頭髮都白了一半了。易遙控制著自己的聲音，說：「爸，你還好嗎？」

父親望了望他現在的妻子，尷尬地點點頭，說：「嗯，挺好的。」那個女人更加頻繁地換著台，遙控器按來按去，一副不耐煩的表情。

易遙吸了吸鼻子說：「爸，謝謝你一直都在給我交學費，難為你了，我……」

「你說什麼？」女人突然轉過臉來，「他幫你交學費？」

「易遙你說什麼呢。」父親突然慌張起來的臉，「我哪有幫你交學費。小孩子別亂說。」

與其說是說給易遙聽的，不如說是說給那個女人聽的，父親的臉上堆出討好而尷尬的笑來。

易遙的心突然沉下去。

「你少來這套。」女人的聲音尖得有些刻薄，「我就知道你一直在給那邊錢！姓易的你很能耐嘛你！」

「我能耐什麼呀我！」父親的語氣有些發怒了，但還是忍著性子，「我錢多少你不是都知道的嗎，而且每個月工資都是你看著領的，我哪兒來的錢！」

女人想了想，然後不再說話了。坐下去，重新拿起遙控器，但還是丟下一句：「你吼什麼吼，發什麼神經。」

父親回過頭，望著易遙：「你媽這樣跟你說的？」

易遙沒有答話。指甲用力地掐進掌心裡。

房間裡，那小女孩估計因為爭吵而醒過來了，用力地叫著「爸爸」。

那女人翻了個白眼過來：「你還不快進去，把女兒都吵醒了。」

父親深吸了口氣，重新走進臥室去。

易遙站起來，什麼都沒說，轉身走了。她想，真的不應該來。

打開門的時候，那女人回過頭來，說：「出門把門口那袋垃圾順便帶下去。」

易遙從樓裡走出來，冰冷的風硬硬地砸到臉上。眼淚在風裡迅速地消失掉溫度。像兩條冰留下的痕跡一樣緊緊地貼在臉上。

易遙彎下腰，拿鑰匙開自行車的鎖。好幾下，都沒能把鑰匙插進去。用力捅著，依然進不去，易遙站起來，一腳把自行車踢倒在地上。然後蹲下來，哭出了聲音。

過了會兒，她站起來，把自行車扶起來。她想，該回家了。

她剛要走，樓梯間裡響起腳步聲，她回過頭去，看到父親追了出來。因為沒有穿外套，他顯得有點淒涼。

「爸，你不用送我，我回家了。」

「易遙……」

「爸，我知道。你別說了。」

「我還沒問你今天來找我有什麼事情呢。」父親哆嗦著，嘴裡呼出大口大口的白氣來，在路燈下像一小片雲飄在自己面前。

「……爸，我想和你借錢……」

父親低下頭，把手伸進口袋裡，掏出一疊錢來，大大小小的都有，他拿出其中最大的四張來：「易遙，這四百塊，你拿著……」

心裡像被重新注入熱水。

一點一點地解凍著剛剛幾乎已經死去的四肢百骸。

「……爸，其實……」

「你別說了。我就這四百塊錢。再多沒了！」不耐煩的語氣。

像是路燈跳閘一樣，一瞬間，周圍的一切被漆黑吞沒乾淨。

08

易遙小的時候，有一次學校老師出了一道很難的數學思考題。對於小學四年級的學生來說，是很難的。而全班就易遙一個人答出來了。易遙很得意地回到家裡，本來她想直接對父親炫耀的，可是小孩子作怪的心理，讓易遙編出了另一套謊言，她拿著那道題，對父親說：「爸爸這道題我不會，你幫我講講。」

像是要證明自己比父親還聰明，或者僅僅是為了要父親明白自己有多聰明。

那天晚上父親一直在做那道題，直到晚上易遙起床上廁所，看到父親還坐在桌子旁邊，戴著老花鏡。那是易遙第一次看到父親戴老花鏡的樣子。那個時候，易遙突然哭了。因為她看到父親蒼老的樣子，她害怕父親就這樣變老了。他不能老，他是自己的英雄。

易遙穿著睡衣站在臥室門口哭，父親摘下眼鏡走過來，抱著她，他的肩膀還是很有力，力氣還是很大，父親說：「遙遙，那道題爸爸做出來了，明天給你講，你乖乖睡覺。」

易遙含著眼淚，覺得爸爸是永遠不老的英雄。

在更小的時候，有一次「六一」兒童節，學校組織了去廣場看表演。密密麻麻的人擠在廣場上。伸直了脖子，也只能看得到舞臺上的演員的頭。

而那個時候，父親突然把易遙抱起來，放到自己的脖子上。

那一瞬間，易遙看清了舞臺上所有的人。

周圍的人紛紛學著父親的樣子，把自己的小孩舉到頭上。

易遙騎在爸爸的肩上，摸了摸父親的頭髮，很硬。父親的雙手抓著自己的腳踝。父親是周圍的人裡，最高的一個爸爸。

小學六年級的時候，易遙唱歌拿了全市第一名。

去市文化宮領獎的那一天，父親穿著正式的西裝。那個時候，西裝還是很貴重的衣服。易遙覺得那一天的父親特別帥。

站在領獎臺上，易遙逆著燈光朝觀眾席看下去。

她看到爸爸一直擦眼睛，然後拚命地鼓掌。

易遙在舞臺上就突然哭了。

還有。

還有更多。還有更多更多的更多。

但是這些，都已經和自己沒有任何的關係了。

那些久遠到昏黃的時光，像是海浪般朝著海裡倒捲而回，終於露出屍骨殘骸的沙灘。

09

易遙捏著手裡的四百塊錢，站在黑暗裡。

路燈把影子投到地面上，歪向一邊。

易遙把垂在面前的頭髮捋到耳朵背後，她抬起頭，說：「爸，我走了。這錢我儘快還你。」

她轉過身，推著車子離開，剛邁開步，眼淚就流了出來。

「易遙。」身後父親叫住自己。

易遙轉過身，望著站在逆光中的父親：「爸，還有事？」

「你以後沒事別來找我了，你劉阿姨不高興……我畢竟有自己的家了。如果有事的話，就打電話和我說，啊。」

周圍安靜下去。

頭頂飄下一兩點零星的雪花。

還有更多的悲傷的事情嗎？不如就一起來吧。

這次，連眼淚也流不出來了。眼眶像是乾涸的洞。恨不得朝裡面糅進一團雪，化成水，流出來偽裝成悲傷。

易遙站在原地，憤怒在腳下生出根來。那些積蓄在內心裡對父親的溫柔的幻想，此刻被摔碎成一千一萬片零碎的破爛。像是打碎了一面玻璃，所有的碎片殘渣堵在下水道口，排遣不掉，就一起帶著劇烈的腥臭翻湧上來。

發臭了。

腐爛了。

內心的那些情感。

變成了恨。變成了痛。變成了委屈。變成密密麻麻的帶刺的藤蔓，穿刺著心臟的每一個細胞，像冬蟲夏草般將軀體吞噬乾淨。

我也曾經是你手裡的寶貝，我也曾經是你對每一個人誇獎不停的掌上明珠，你也在睡前對我講過那些故事，為什麼現在我就變成了多餘的，就像病毒一樣，躲著我，不躲你會死嗎？我是瘟疫嗎？

易遙捏著手裡的錢，恨不得摔到他臉上去。

「易家言，你聽著，我是你生出來的，所以，你也別想擺脫我。就像我媽一樣，她也像你一樣，恨不得可以擺脫我甚至恨不得我死，但是，我告訴你，你既然和她把我生下來了，你們兩個就別想擺脫我。」易遙踢起自行車的腳撐，「一輩子都別想！」

父親的臉在這些話裡迅速地漲紅，他微微有些發抖：「易遙！你怎麼變成這個樣子！」

易遙冷笑著說：「我還有更好的樣子，你沒見過，你哪天來看看我和我媽，你才知道我是什麼樣子。」

說完易遙騎上車走了，騎出幾公尺後，她突然剎車停下來，地面上長長的一條剎車痕跡，她回過頭，說：「我怎麼變成這個樣子……你不是應該最清楚嗎？你不是應該問你自己嗎？」

10

國一的時候，學校門口有一個賣烤羊肉的小攤，戴著新疆帽的男人每天都在那裡。

那個時候，學校裡所有的女孩子幾乎都去吃。但是易遙沒有。

因為易遙沒有零用錢。

但是她也不肯和母親要。

後來有一天，她在路邊撿到了五塊錢，她等學校所有同學都回家了，她就悄悄地一個人跑去買了五串。

她咬下第一口之後，就捂著嘴巴蹲下去哭了。

這本來是已經消失在記憶裡很遙遠的一件事情。卻在回家的路上，被重新地想起來。當時的心痛，在這個晚上，排山倒海般地重回心臟。

天上的雪越落越大。不一會兒就變得白茫茫一片。

易遙不由得加快了腳下的速度，車在雪地上打滑，歪歪斜斜地朝家騎回去。

臉上分不清是雪水還是眼淚，但是一定很髒。易遙伸手抹了又抹，覺得黏得發膩。

把車丟在弄堂口。朝家門口跑過去。

凍得哆嗦的手摸出鑰匙，插進孔裡，拉開門，屋裡一片漆黑。

易遙鬆了口氣，反身關好門，轉過來，黑暗中突如其來的一個耳光，響亮地甩到自己臉上。

「你還知道回來？你怎麼不死到外面去啊！」

11

黑暗裡易遙一動不動，甚至沒有出聲。

林華鳳拉亮了燈，光線下，易遙臉上紅色的手指印突突地跳動在視網膜上。

「你啞巴了你？你說話！」又是一耳光。

易遙沒站穩，朝門那邊摔過去。

她還是沒有動。

過了一會兒，易遙的肩膀抽動了兩下。她說：「媽，你看到我不見了，會去找我嗎？」

「找你？」林華鳳聲音高了八度，「你最好死在外面，我管都不會管你，你最好死了也別來找我！」

那種心痛。綿延在太陽穴上。

剛剛被撞過的地方發出鈍重的痛來。

僅僅在一個小時之內，自己的父親對自己說，你別來找我。

母親對自己說，你死了也別來找我。

易遙摸著自己的肚子，心裡說，你傻啊，你幹嘛來找我。

易遙扶著牆站起來擦了擦額頭上的雪水，放下手來才發現是血。

她說：「媽，以後我誰都不找了。我不找你，也不找我爸。我自生自滅吧。」

「你去找你爸了？」林華鳳的眼睛裡突然像是被風吹滅了蠟燭般地黑下去。

易遙「嗯」了一聲，剛抬起頭，還沒看清楚，就感覺到林華鳳朝自己撲過來，像是瘋了一般地扯起自己的頭髮朝牆上撞過去。

齊銘按亮房間的燈，從床上坐起來。

窗外傳來易遙家的聲響。他打開窗，寒氣像颶風般地朝屋子裡倒灌進來。一起進來的還有對面人家的尖叫。

林華鳳的聲音尖銳地在弄堂狹小的走廊裡迴蕩著。

「你這個賤貨！你去找他啊！你以為他要你啊！你個賤人！」

「那個男人有什麼好？啊？你滾啊你！你滾出去！你滾到他那裡去啊，你還死回來幹什麼！」

還有易遙的聲音，哭喊著，所有的聲音都只有一個字，悲傷的，痛苦的，憤怒的，求饒的，喊著「媽——」。

齊銘坐在床上，太陽穴像針刺著一樣疼。

12

其實無論夜晚是如何地漫長與寒冷。那些光線，那些日出，那些晨霧，一樣都會準時而來。

這樣的世界，頭頂交錯的天線不會變化。擁擠的弄堂不會變化。

共用廚房裡的水龍頭永遠有人會擰錯。

那些油煙和豆漿的味道，都會生生地嵌進年輪裡，長成生命的印記。

就像每一天早上，齊銘都會碰見易遙。

齊銘看著她額頭上和臉上的傷，心裡像是打翻了水杯。那些水漫過心臟，漫過胸腔，漫向身體裡的每一個低處，積成水窪，倒影出細小的痛來。

他順過書包，拿出牛奶，遞給易遙。

遞過去的手停在空中，也沒人來接，齊銘抬起頭，面前的易遙突然像是一座在夏天雨水中塌方的小山，整個人失去支撐般轟然朝旁邊倒去。

她重重地摔在牆上，臉貼著粗糙的磚牆滑向地面。擦出的血留在牆上，是醒目的紅色。

早晨的光線從弄堂門口洶湧進來。照耀著地上的少女，和那個定格一般的少年。世界安靜得一片弦音。

我以後誰都不找了。

我不找你。也不找我爸。我自生自滅吧。

第三回

領隊的那隻螞蟻，爬到了心臟的最上面，
然後把旗幟朝著腳下柔軟跳動的地方，
用力地一插——
哈，占領了。

01

不知道什麼地方傳來鐘聲。來回地響著。

卻並沒有詩詞中的那種悠遠和悲愴。只剩下枯燥和煩悶，固定地來回著。

撞在耳膜上，把鈍重的痛感傳向頭皮。

睜開眼。

沒有拉緊的窗簾縫隙裡透進來白絲絲的光。周圍的一切擺設都突顯著白色的模糊的輪廓。

看樣子已經快中午了。

與時間相反的是眼皮上的重力，像被一床棉絮壓著，睜不開來，閉上又覺得澀澀地痛。光線像一把粗糙的毛刷子在眼睛上來回掃著，眨幾下就流出淚來。

易遙翻個身，左邊太陽穴傳來刺痛感。

「應該是擦破了皮。」

這樣想著，抬起右手想去摸，才感覺到被牽扯著的不自在。順著望過去，手背上是交錯來回的幾條白色膠布。下面插著一根針。源源不斷地朝自己的身體裡輸進冰冷的液體。可以明顯地感覺到那根扎在血管裡的堅硬的針，手指彎曲的時候像是要從手背上刺出來。

塑膠管從手背朝上，被不知哪兒來的風吹得輕輕地晃來晃去。

接通的倒掛著的點滴瓶裡剩下三分之一的透明液體。從瓶口處緩慢而固定地冒著一個一個氣泡。

上升。噗。破掉。

右邊少年的身影在陽光下靜靜地望向自己。聲音溫柔得像是一池攝氏37度的水：「你醒了。」他們說把手放進攝氏37度的水裡面其實還是可以感覺得到熱度的。不會完全沒有知覺。

易遙抬起頭，齊銘合上手裡的物理課本，俯下身來，看了看她的手背。檢查了一下看有沒有腫起來。

目光像窗外寂寥的冬天。呼嘯著的白光。在寒冷裡顯出微微的溫柔感來。一層一層地覆蓋在身上。

「醫生說你營養不良，低血糖。」齊銘站起來，走到房間角落的矮櫃前停下來，拿起熱水瓶往杯子裡倒水，熱氣汩汩地往上冒，凝聚成白霧，浮動在他目光的散景裡，「所以早上就暈倒了。不過沒什麼太大的問題。這瓶葡萄糖輸完就可以走了。」

齊銘拿著水杯走過來，窗簾縫隙裡的幾絲光從他身上晃過去。他對著杯裡的水，吹了一會兒，然後遞給易遙。

「你和你媽又吵架了？」

易遙勉強著坐起來，沒有答話，忍受著手上的不方便，接過水杯，低頭悶聲地喝著。

齊銘看著她，也沒有再追問下去。

「你先喝水，我要去上廁所。」齊銘起身，走出病房去了。

門關起來。光線暗掉很多。

忘記了開燈，或者是故意關掉了。

其實並沒有區別。

只剩下各種物體的淺灰色輪廓，還有呼吸時從杯裡吹出的熱氣，濕答答地撲在臉上，像一層均勻的薄薄的淚。手背血管裡那根針僵硬的存在感，無比真實地挑在皮膚上。

易遙反覆地彎曲著手指，自虐般地一次次體會著血管被針挑痛的感覺。

真實得像是夢境一樣。

霧氣和眼淚。

其實也沒有什麼區別。

02

齊銘上完廁所，從口袋裡掏出幾張處方單據，轉身繞去收費處。找了半天，在一樓的角落裡抬頭看到一塊掉了漆的寫著「收費處」三個字的掛牌。

從那一個像洞口一樣的地方把單據伸進去，裡面一隻蒼白的手從長長的衣服袖管裡伸出來，接過去，有氣無力地啪啪敲下一串藍章。「三百七十塊。」

看不到人，只有個病懨懨的女聲從裡面傳出來。

「怎麼這麼貴？就一瓶葡萄糖和一小瓶藥水啊。」齊銘摸摸口袋裡的錢。

小聲詢問著裡面。

「你問醫生去啊，問我做啥啦？又不是我給你開的藥。奇怪你。你好交出來！後面人排隊呢。」女人的尖嗓子，聽起來有點像林華鳳。

齊銘皺了皺眉，很想告訴她後面沒人排隊就自己一個人。後來想想忍住了。掏出錢遞進去。

洞口丟出來一把單據和零錢，硬幣在金屬的凹槽裡撞得一陣亂響。

齊銘把錢收起來，小心地放進口袋裡。

走了兩步，回過頭朝洞裡說：「我後面沒人排隊，就我一個人。」說完轉身走了。淡定的表情像水墨畫一樣，淺淺地浮在光線暗淡的走廊裡。

身後傳來那個女人的尖嗓子：「儂腦子有毛病啊……」

醫生的辦公室門虛掩著，齊銘走到門口，就聽到裡面兩個醫生的談話。夾雜著市井的流氣，還有一些關於女人怎樣怎樣的齷齪話題。不時發出心領神會的笑聲，像夾著一口痰，從嗓子裡嘿嘿地笑出來。

齊銘皺了皺眉毛，眼睛在光線下變得立體很多。凹進去的眼眶，光線像投進黑潭裡，反射不出零星半點的光，黑洞一般地吸納著。

「醫生，易遙……就是門診在打點滴的那女生，她的藥是些什麼啊，挺貴的。」

齊銘站在光線裡，輪廓被光照得模糊成一圈。

剛剛開藥的那個醫生停下來，轉回頭望向齊銘，笑容用一種奇怪的弧度擠在嘴角。「年輕人，那一瓶營養液就二百六十塊了。再加上其他雜費，門診費，哪有很貴。」他頓了頓，笑容換了一種令齊銘不舒服的樣子接著說，「何況，小姑娘現在正是需要補的時候，你怎麼能心疼這點錢呢，以後還有的是要用錢的地方呢，她這身子骨，怎麼扛得住。」

齊銘猛地抬起頭，在醫生意味深長的目光裡讀懂了他的弦外之音。

醫生看到他領悟過來的表情，也就不再遮掩，挑著眉毛，饒有趣味地上下打量他，問：

「是你的？」

齊銘什麼都沒說，轉過身，拉開門走了出去。醫生在後面提高聲音說：「小夥子，你們年紀太小啦，要注意點哦。我們醫院也可以做的，就別去別的醫院啦，我去和婦科打個招呼，算照顧你們好……」

齊銘跨出去。空曠的走廊只有一個阿姨在拖地。

身後傳來兩個醫生低低的笑聲。

齊銘走過去，側身讓過阿姨，腳從拖把上跳過去。抬起頭，剛想說聲「抱歉」，就正對上翻向自己的白眼。

「哦喲要死了，我剛拖好的地，幫幫忙好嗎。」

濕漉漉的地面，擴散出濃烈的消毒水味道來。

03

——是你的？

04

齊銘進房間的時候，護士正在幫易遙拔掉手背上的針頭。粗暴地撕開膠布，扯得針從皮膚裡挑高，易遙疼得一張臉皺起來。

「你輕點。」齊銘走過去，覺出語氣裡的不客氣，又加了一句，「好嗎？」

護士看也沒看他，把針朝外一拔，迅速用一根棉花棒壓住針眼上半段處的血管，冷冷地說了一句：「哪兒那麼嬌氣啊。」轉過頭來看著齊銘，「幫她按著。」

齊銘走過去，伸手按住棉花棒。

「坐會兒就走了啊。東西別落下。」收好塑膠針管和點滴瓶，護士轉身出了病房。

易遙伸手按過棉花棒：「我自己來。」

齊銘點點頭說：「那我收拾東西。」起身把床頭櫃上自己的物理書放進書包，還有易遙的書包。上面還有摔下去時弄到的厚厚的灰塵，齊銘伸手拍了拍，塵埃騰在稀疏的幾線光裡，靜靜地浮動著。

「是不是花了不少錢？」易遙揉著手，鬆掉棉花棒，針眼裡好像已經不冒血了。手背上是一片麻麻的感覺。微微浮腫的手背在光線下看起來一點血色都沒有。

「還好。也不是很貴。」齊銘拿過凳子上的外套，把兩個人的書包都背在肩膀上，說，「休息好了我們就走。」

易遙繼續揉著手，低著頭，逆光裡看不見表情。

「我想辦法還你。」

齊銘沒有接話，靜靜地站著，過了會兒，他說：「嗯，隨便你。」

手背上的針眼裡冒出一顆血珠來，易遙伸手抹掉，手背上一道淡黃色的痕跡。

但馬上又冒出更大的一顆。

易遙重新把棉花棒按到血管上。

05

十二點。醫院裡零落地走著幾個拿著飯盒的醫生和護士。

病房裡彌漫著各種飯菜的香味。

走出醫院的大門，易遙慢慢地走下臺階。齊銘走在她前面幾步。低著頭，背著他和自己的書包。偶爾回過頭來，在陽光裡定定地看看自己，然後重新回過頭去。

日光把他的背影照得幾乎要被吞噬乾淨。逆光裡黑色的剪影，沉澱出悲傷的輪廓來。

易遙朝天空望上去，幾朵寂寞的雲，停在天上一動不動。

06

回到學校的時候差不多午休時間剛剛開始。

大部分的學生趴在課桌上睡覺。窗戶關得死死的，但前幾天被在教室裡踢球的男生打碎的那塊玻璃變成了一個猛烈的漏風口。窗戶附近的學生都紛紛換到別的空位子去睡覺。稀稀落落地趴成一片。頭上蒙著各種顏色的羽絨外套。

易遙的座位就在少掉一塊玻璃的窗戶旁邊。

從那一塊四分之一沒有玻璃的窗框中看過去，那一塊的藍天，格外地遼闊和鋒利。

她從教室外面走進來後就直接走到自己的座位上，把包塞進書桌裡，抬起頭，剛好看到齊銘拿著水杯走出教室的背影。

她剛坐下來，就有幾個女生靠攏過來。

本來周圍空出來的一小塊區域，陸陸續續地添進人來。

化學課代表唐小米把一本粉紅色的筆記本放到易遙桌子上，一臉微笑地說：「喏，早上化學課的筆記，好多呢，趕快抄吧。」

易遙抬起頭，露出一個挺客氣的笑容：「謝謝啊。」

「不用。」唐小米把凳子拉近一點，面對著易遙趴在她的桌子上，「你生病了？」

「嗯。早上頭暈。打點滴去了。」

「嗯……齊銘和你一起去的吧？」唐小米隨意的口氣，像是無心帶出的一句話。

易遙抬起頭，眯起眼睛笑了「這才是對話的重點以及借給我筆記的意義吧。」她心裡想著，沒有說出來，只是嘴上敷衍著，「啊？不是啊。他沒來上課嗎？」

「是啊，沒來。」唐小米抬起頭，半信半疑地望著她。

周圍幾個女生的目光像是深海中無數長吻魚的魚嘴，在黑暗裡朝著易遙戳過來，恨不得找到一點鬆懈處，然後扎進好奇而八卦的尖刺，吸取著用以幸災樂禍和興風作浪的原料。

「不過他這樣的好學生，就算三天不來，老師也不會管吧。」說完易遙對著唐小米揚了揚手上的筆記本，露出個「謝了」的表情。

剛坐下，抬起頭，目光落在從教室外走進來的齊銘身上。

從前門到教室右後的易遙的座位，齊銘斜斜地穿過桌子之間的空隙，白色的羽絨衣鼓鼓的，冬日的冷白色日光把他襯托得更加清瘦。

他一直走到易遙桌前，把手中的水放在她桌子上：「快點把糖水喝了，醫生說你血糖低。」

周圍一圈女生的目光驟然放大，像是深深海底中那些蟄伏的水母突然張開巨大的觸鬚，伸展著，密密麻麻地朝易遙包圍過來。

易遙望著面前的齊銘，也沒有說話，齊銘迎上來的目光有些疑惑，她低下頭，把杯子靠向嘴邊，慢慢地喝著。

眼睛迅速蒙上的霧氣，被冬天的寒冷撩撥出細小的刺痛感來。

07

「那個……」唐小米站起來，指了指易遙手中的筆記本，「下午上課的時候我要用哦，你快一點抄。」

易遙抬起手腕看看錶，離上課還有半個小時。明顯沒辦法抄完。而且下午是數學和物理課。根本就沒有化學。

她把筆記本「啪」地合上，遞給唐小米，然後轉過去對齊銘說：「上午落下的筆記怎麼辦？」

齊銘點點頭，說：「我剛借了同桌的，抄好後給你。」

易遙回過頭，望向臉漲紅的唐小米。

目光繃緊，像弦一樣糾纏拉扯，從一團亂麻到繃成直線。

誰都沒有把目光收回去。

直到唐小米眼中泛出眼淚來。易遙輕輕上揚起嘴角。

心裡的聲音是：「我贏了。」

08

被溫和、善良、禮貌、成績優異、輪廓鋒利這樣的詞語包裹起來的少年，無論他是寂寂地站在空曠的看臺上發呆，還是戴著耳機騎車順著人潮一步一步穿過無數盞綠燈，抑或穿著白色的背心，跑過被落日塗滿悲傷色調的操場跑道。他的周圍永遠都有無數的目光朝他潮水般蔓延而去，附著在他的白色羽絨衣上，反射開來。就像是各種調頻的電波，渴望著與他是同樣的波率，然後傳達進他心臟的內部。

而一旦他走向朝向望向某一個人的時候，這些電波，會瞬間化成劇毒的輻射，朝著他望向的那個人席捲而去。

易遙覺得朝自己甩過來的那些目光，都化成綿綿的觸手，狠狠地在自己的臉上抽出響亮的耳光。

被包圍了。

被吞噬了。

被憎恨了。

因為被他關心著。

被他從遙遠的地方望過來，被他從遙遠的地方喊過來一句漫長而溫柔的對白：「喂，一直看著你呢。」

一直都在。

遙遠而蒼茫的人海裡，扶著單車的少年回過頭來，低低的聲音說著：「喂，一起回家嗎？」

無限漫長時光裡的溫柔。

無限溫柔裡的漫長時光。

一直都在。

09

放學後女生都被留下來。因為要量新的校服尺寸。昨天男生們已經全部留下來量過了。今天輪到女生。

所以男生們呼嘯著衝出教室，當然也沒忘了對留在教室裡的那些女生做出幸災樂禍的鬼臉。

當然也不是全部。

走廊裡還是有三三兩兩地坐在長椅上的男生，翻書或者聽MP3，藉以打發掉等教室裡某個女孩子的時間。

陽光照耀在他們厚厚的外套上，把頭髮漂得發亮。

齊銘翻著一本《時間浮游》，不時眯起眼睛，順著光線看進教室裡去。

口袋裡的手機振動起來。

翻開螢幕，是易遙發來的簡訊。

「不用等我。你先走。我放學還有事。」

齊銘合上手機。站起來走近窗邊。易遙低著頭拿著一根借來的皮尺，量著自己的腰圍。她低頭讀數字的樣子被下午的光線投影進齊銘的視線裡。

齊銘把書放進書包，轉身下樓拿車去了。

10

開門的時候母親破例沒有滿臉堆著笑迎上來，而是坐在沙發上看電視。但明顯心不在焉。因為頻道裡正在播著國際新聞。

她的興趣是韓劇裡得了絕症的妹妹如何與英俊的哥哥交織出曠世戀曲，而世界上哪個地方被扔了炸彈或者某個國家面臨饑荒她根本不會關心。

齊銘記得有一次也是全家吃好飯在一起看電視，播到新聞頻道的時候正好在說中國洪水氾濫災情嚴重，當時母親一臉看到蒼蠅的表情：「又來了又來了，沒完沒了，不會又要發動我們捐錢吧？他們可憐，我們還可憐呢！」

說了沒幾分鐘，就換台到她正在追的一部韓國白爛劇，看到裡面的男主角因為失戀而哭得比娘兒們都還要動人的時候，她抽著鼻涕說：「作孽啊，太可憐了。」

齊銘匪夷所思地望向她。

依然是橫亙在血管裡的棉絮。

齊銘換好鞋，走到沙發前面，問：「媽，你怎麼啦？」

母親放下遙控器：「你老師早上打電話來了。」

「說了什麼？」齊銘拿起茶几上的杯子倒了杯水。

「說了什麼？」可能是被兒子若無其事的語氣刺到了，母親的語氣明顯地激動起來，「你一個上午都沒去學校，還能說什麼？」

「早上易遙昏倒了，我帶她去醫院，又不能留她一個人在那兒打點滴，所以跟學校請了假了。」齊銘喝著水，頓了頓，說，「請了假了老師也要打電話啊，真煩。」

母親口氣軟下來，但話卻變難聽了，她說：「哎喲，你真是讓媽操不完的心，小祖宗。我還以為你一上午幹什麼去了。不過話說回來，她昏倒了關你什麼事啊，她媽都不要她，你還管她幹嘛，少和她們家扯上關係。」

齊銘回過頭皺了皺眉：「我進屋看書了。」

母親站起來，準備進廚房燒飯。

剛轉過身，像想起什麼來：「齊銘，她看病用的錢不是你付的吧？」

齊銘頭也沒回，說：「嗯，我付的。」

母親的聲音明顯高了八度：「你付的？你幹嘛要付？她又不是我的兒媳婦。」

齊銘揮了揮手，做了個「不想爭論下去」的表情，隨口說了一句：「你就當她是你兒媳婦好了。」

母親突然深吸一口氣，胸圍猛地變大了一圈。

11

林華鳳在床上躺了一個下午。

沒來由的頭痛讓她覺得像有人拿著錐子在她太陽穴上一下一下地鑿。直到終於分辨清楚了那一陣一陣尖銳地刺激著太陽穴的並不是幻覺中的疼痛，而是外面擂鼓般的敲門聲時，她的火一下子就被點著了。

她翻身下床，也沒穿衣服，直接衝到外面去。

「肯定又沒帶鑰匙！逼丫頭！」

她拉開門剛準備吼出去，就看到齊家母子站在門口。

「哦喲！要死啊！你能不能穿上衣服啊你！就算不害臊這好歹也是冬天好！」

齊銘媽一邊尖嗓門叫著，一邊轉身拿手去捂齊銘的眼睛。

林華鳳砰地摔上門。

過了一會兒，她裹著件洗得看不出顏色的厚睡衣拉開門。

12

頭頂是冬日裡早早黑下的天空。

大朵大朵的雲。暗紅色的輪廓緩慢地浮動在黑色的天空上。

學校離江面很近。所以那些運輸船發出的汽笛聲，可以遠遠地從江面上飄過來，被風吹動著，從千萬種嘈雜的聲音裡分辨出來。那種悲傷的汽笛聲。

遠處高樓頂端，一架飛機的導航閃燈以固定頻率，一下一下地亮著，在夜空裡穿行過去。看上去特別孤獨。

易遙騎著車，穿過這些林立的高樓，朝自己家所在的那條長長的弄堂騎過去。

其實自己把校服尺寸表格交給副班長的時候，易遙清楚地看到副班長轉過身在自己的表上迅速地改了幾筆。

易遙靜靜地站在她的身後，沒有說話。

手中的筆蓋被自己擰開，又旋上。再擰開，再旋上。

如果目光可以化成匕首，易遙一定會用力朝著她的後背捅過去。

飛機閃動著亮光。慢慢地消失在天空的邊緣。

黑夜裡連呼吸都變得沉重。空姐一盞一盞關掉頭頂的黃色閱讀燈。夜航的人都沉睡在一片蒼茫的世界裡。內心裝點著各種精巧的迷局。無所謂孤單，也無所謂寂寞。

只是單純地在夜裡，懷著不同的心事，飛向同一個遠方。

其實我多想也這樣，孤獨地閃動著亮光，一個人寂寞地飛過那片漆黑的夜空。

飛向沒人可以尋找得到的地方，被荒草淹沒也好，被潮聲覆蓋也好，被風沙吹走年輕的外貌也好。

可不可以就這樣。讓我在沒人知道的世界裡，被時間拋向虛無。

可以……嗎？

13

弄堂的門口不知道被誰換了一個很亮的燈泡。

明亮的光線甚至讓易遙微微地閉起眼睛。

地面的影子在強光下變得很濃。像凝聚起來的一灘墨水一樣。

易遙彎腰下去鎖車，抬起頭，看到牆上一小塊凝固的血跡。抬起手摸向左邊臉，太陽穴的地方擦破很大一塊皮。

易遙盯著那一小塊已經發黑的血跡發呆。直到被身後的鄰居催促著「讓讓呀，站這裡別人怎麼進去啦」才回過神來。

其實無論什麼東西，都會像這塊血跡一樣，在時光無情的消耗裡，從鮮紅，變得漆黑，最終瓦解成粉末，被風吹得沒有痕跡吧。

年輕的身體，和死亡的腐爛，也只是時間的消耗問題。

漫長用來消耗。

這樣想著，似乎一切都沒那麼難以過去了。

易遙把車放好。朝弄堂裡走去。

走了幾步，聽到弄堂裡傳來的爭吵聲。再走幾步，就看到齊銘和他媽站在自己家門口，而林華鳳穿著那件自己怎麼洗都感覺是發著霉的睡衣站在門口。

周圍圍著一小圈人。雖然各自假裝忙著各自的事情，但眼睛全部都直勾勾地落在兩個女人身上。

易遙的心突然往下沉。

而這時，齊銘他媽回過頭來，看到了站在幾步之外的易遙，她臉上突然由漲紅的激動，轉變成勝利者的得意。一張臉寫滿了「這下看你再怎麼囂張」的字樣。

易遙望向站在兩個女人身後的齊銘。從窗戶和門裡透出來的燈光並沒有照到齊銘的臉。他的臉隱沒在黑暗裡。只剩下眼睛清晰地閃動著光芒。

夜航的飛機，閃動著固定頻率的光芒，孤單地穿越一整片夜空。

易遙走過去，低聲說：「媽，我回來了。」

14

「真好，易遙你回來了。」齊銘的母親臉上忍不住的得意，「你告訴你媽，今天是不是我們家齊銘幫你付醫藥費。」

易遙低著頭，沒有說話，也沒有抬起頭看齊銘。她無從揣測這個時候站在母親身後的齊銘是什麼樣的表情。是滿臉溫柔的悲傷，還是寂寂地望向自己呢？

「易遙你倒是說話啊！」齊銘母親有點急了。

「你吼什麼吼。」林華鳳抬高聲音，「李宛心你滾回自己家去吼你兒子去，我家女兒哪兒輪得到你來吼。」

齊銘媽被氣得臉上一陣紅一陣白，她壓著脾氣，對易遙說：「易遙，做人不能這麼沒良心，我們家齊銘心好沒讓你躺地上，帶你去了醫院，也幫你付了錢，你可不能像……」那一句「像你媽一樣」李宛心還是沒敢說出口，只得接了一句，「……某些人一樣！你好歹念過書的！」

「媽逼的你罵誰呢？！」林華鳳激動得揮起手要撲過去。

「媽……」易遙拉住她的衣服，低下頭，低聲說「早上我確實打點滴去了……錢是我向齊銘借的……」

林華鳳的手停在半空裡，回過頭望向易遙。

易遙抬起頭，然後一記響亮的耳光突然抽到自己臉上。

15

黑暗裡的目光。晶瑩閃亮。像是蓄滿水的湖面。

站在遠處的湖。

或者是越飛越遠的夜航班機。

終於消失在黑暗裡。遠遠地逃避了。

「算了算了，話說明白就好，也沒幾個錢。」齊銘母親看見氣得發抖的林華鳳，滿臉忍不住的囂張和得意，「就當同學互相幫助。我們齊銘一直都是學校裡品學兼優的學生，這點同學之間的忙還是要幫的。」

對於齊銘家來說，幾百塊確實也無所謂。李宛心要的是面子。

「少裝逼！」林華鳳回過頭來吼回去，「錢馬上就還你，別他媽以為有點錢就可以在我家門口搭起檯子來唱戲，李宛心你滾遠點！」

說完一把把易遙扯進去。

門在她身後被用力地甩上了。

砰的一聲巨響。弄堂裡安靜成一片。

然後門裡傳出比剛剛更響亮的一記耳光聲。

16

易遙做好飯。關掉抽油煙的排風扇。把兩盤菜端到桌子上。

她走到母親房間裡，小聲地喊：「媽，我飯做好了。」

房間裡寂靜一片。母親躺在床上，黑暗裡可以看到她背對著自己。

「媽……」易遙張了張口，一個枕頭從床上用力砸來，重重地撞到自己臉上。

「我不吃！你去吃！你一個人給我吃完！別他媽再給我裝嬌弱昏倒。我沒那麼多錢給你花。我上輩子欠你的！」

易遙拿著碗，往嘴裡一口一口扒著飯。

臥室裡時不時地傳出一兩聲「你怎麼不去死」、「死了乾淨」。那些話傳進耳朵裡，然後像是溫熱而刺痛的液體迅速流向心臟。

桌上的兩盤菜幾乎沒有動過。已經不再冒熱氣了。冬天的飯菜涼得特別快。

易遙伸手摸摸火辣辣的臉，結果摸到一手黏糊糊的血。

擦破皮的傷口被母親的兩個耳光打得又開始流血了。

易遙走進廁所，找了張乾淨的紙巾，從熱水瓶裡倒出熱水，浸濕了紙巾，慢慢地擦著臉上黏黏的血。

眼睛發熱。

易遙抬起手揉向眼睛，從外眼角揉向鼻樑。

滾燙的眼淚越揉越多。

17

齊銘靠著牆坐在床上。

沒有開燈。

眼睛在黑暗裡適應著微弱的光線。漸漸地分辨得出各種物體的輪廓。

拳頭捏得太緊，最終力氣消失乾淨，鬆開來。

齊銘把頭用力地往後，撞向牆壁。

消失了疼痛感。

疼痛。是疼還是痛？有區別嗎？

心疼和心痛。有區別嗎？

易遙站在黑暗裡，低著頭，再抬起頭時落下來的耳光，無數畫面電光石火般地在腦海裡爆炸。心痛嗎？

而下午最後的陽光，斜斜地穿進教室。落日的餘暉裡，易遙低著頭，讀著皮尺上的數字，投影在窗外少年的視線裡。

是心疼嗎？

18

冬天似乎永遠也不會過去。

說話的時候依然會哈出一口白氣。走廊盡頭打熱水的地方永遠排著長龍。體育課請假的人永遠那麼多。

天空裡永遠都是這樣白寥寥的光線，雲朵凍僵一般，貼向遙遠的蒼穹。

廣播裡的聲音依然像是濃痰一樣，黏得讓人發嘔。

是這樣的時光。鑲嵌在這幾丈最美好的年華錦緞上。

無數穿新校服的男生女生湧向操場。年輕的生命像被列隊陳列著，曝曬在冰冷的日光下。

齊銘看著跑在自己前面的易遙。褲子莫名其妙地顯得肥大。腰圍明顯大了兩圈。被她用一根皮帶馬虎地繫著。褲子太長，有一截被鞋子踩著，沾上了好多塵土。

齊銘揉揉眼睛。呼吸被堵在喉嚨裡。

前面的易遙突然回過頭來。

定定地看向自己。
穿著肥大褲子的易遙，在冬天凜冽的日光下回過頭來望向齊銘。
看到齊銘紅紅的眼眶，易遙慢慢地笑了。她的笑容像是在說：「喏，其實也沒關係呢。」
冬天裡綻放的花朵，會凋謝得特別快嗎？
喏，其實也沒關係呢。

19

易遙躺在床上。蓋著厚厚的兩床被子。
窗戶沒有關緊。被風吹得匡噹匡噹亂晃。也懶得起身來關了。反正再冷的風，也吹不進棉被裡來。
黑暗中，四肢百骸像是被浸泡在滾燙的洗澡水裡。那些叫作悲傷的情緒，像是成群結隊的螞蟻，從遙遠的地方趕來，慢慢爬上自己的身體。
一步一步朝著最深處跳動著的心臟爬行而去。
直到領隊的那群，爬到了心臟的最上面，然後把旗幟朝著腳下柔軟跳動的地方，用力地一插——
哈，占領了。

20

學校的電腦教室暖氣開得很足。

窗戶上凝著一層厚厚的水氣。

易遙在百度上打進「墮胎」兩個字，然後點了搜索。

兩秒鐘後出來2140000條相關網頁。打開來無非都是道貌岸然的社會新聞，或者醫院的項目廣告。易遙一條一條地看過去，看得心裡反胃。

這些不是易遙想要的。

易遙再一次打入了「私人診所」四個字，然後把滑鼠放在「在結果中搜索」上，遲疑了很久，然後點了下去。

21

那些曾經在電視劇裡看過無數遍的情節。在自己的身上一一上演著。

比如上課上到一半，會突然衝出教室開始吐。

比如開始喜歡吃學校小賣部的話梅。在沒有人看到的時候，會一顆接一顆地吃。

而還有更多的東西，是電視劇無法教會自己的。

就像這天早上起床，易遙站在鏡子前面，皮膚比以前變得更好了。而曾經聽弄堂裡的女人說起過「如果懷的是女兒，皮膚會變好很多哦」這樣的話題，以前就像是飄浮在億萬光年之外的塵埃一樣沒有真實感，而現在，卻像是門上的蛛絲一般蒙到臉上。

鏡子裡自己年輕而光滑的臉，像是一個瓷器。

可是當這個瓷器被摔破後，再光滑，也只剩一地尖銳而殘破的碎片了吧。

易遙這樣想著，定定地望著鏡子裡的自己。

林華鳳也已經起床了。走到桌子旁邊，上面是易遙早上起來做好的早飯。

而之前對母親的愧疚，卻也在一天一天和以前沒有任何區別的時光裡，被重新消磨乾淨。面前的這個人，依然是自己十五歲時說過的：「我很恨她，但有時候也很愛她。」

「照這麼久你是要去勾引誰啊你？再照還不是一臉倒楣相。和你爸一樣！」

「我爸是夠倒楣的啊。」易遙回過頭來，「要不然怎麼會遇見你。」

一隻拖鞋狠狠地砸過來，易遙把頭一歪，避開了。

她冷笑了一下，然後背上書包上課去了。

身後傳來林華鳳的聲音：「你要再摔就給我朝馬路上的汽車輪子底下摔，別媽逼地摔在弄堂裡，你要摔給誰看啊你？！」

易遙回過頭來帶上門，淡淡地說：「我摔的時候反正沒人看見，倒是你打我的時候，是想打給誰看我就不知道了。」

門被易遙不重不輕地拉上了。
剩下林華鳳，在桌子前面發抖。
端著碗的手因為用力而暴出好幾條青筋。
窗外的日光像是不那麼蒼白了。稍微有了一些暖色調。把天空暈染開來。
有一群鴿子呼啦飛過弄堂頂上狹窄的一小片天空。
遠處似乎傳來汽笛聲。

22

下午最後一節課是地理。
黑板上掛著一張巨大的世界地圖。
穿得也像是一張世界地圖般斑斕的地理老師站在講臺上，把教鞭在空氣裡揮得唰響。
易遙甚至覺得像是直接抽在第一排的學生臉上一樣。
不過今天她並不關心這些。
右手邊的口袋裡是上次爸爸給自己的四百塊錢。捏在手裡，因為太用力，已經被汗水弄得有些發軟。
而左手邊的口袋裡，是一張自己從電腦上抄下來的一個地址。

放學看到在學校門口等自己的齊銘時，易遙告訴他自己有事情，打發他先回去了。

齊銘沒說什麼，站著望了她一會兒，然後推著車走了。

背影在人群裡特別顯眼，白色的羽絨衣被風鼓起來，像是一團凝聚起來的光。

易遙看著齊銘走遠了，然後騎車朝著與回家相反的方向而去。

也是在一個弄堂裡面。

易遙攤開手上的紙，照著上面的地址慢慢找過去。

周圍是各種店鋪，賣生煎的，剪頭髮的，賣雜貨的，修自行車的，各種市井氣息纏繞在一起，像是織成了一張網，甜膩的世俗味道浮動在空氣裡。

路邊有很多髒髒的流浪貓。用異樣的眼光望著易遙。偶爾有一兩隻突然從路邊的牆縫裡衝出來，站在馬路正中，定定地望向易遙。

終於看到了那塊「私人婦科診所」的牌子。白色的底，黑色的字，古板的字體，因為懸掛在外，已經被雨水日光沖刷去了大半的顏色，剩下灰灰的樣子，漠然地支在窗外的牆面上。四周錯亂的梧桐枝椏和交錯雜亂的天線，幾乎要將這塊牌子吞沒了。

已經是弄堂底了。再走過去就是大馬路。

其實應該從馬路那一邊過來的。白白穿了一整條弄堂。

從擁擠的樓梯上去，越往上越看不到光。走到第二層的時候只剩下一盞黃色的小燈泡掛在牆壁上，樓梯被照得像荒廢已久般發出森然的氣息來。

「還是回去吧」這樣的念頭在腦海裡四下出沒著，卻又每次都被母親冰冷而惡毒的目光狠狠地逼回去。其實與母親的目光同謀的還有那天站在李宛心背後一直沉默的齊銘。

每次想起來都會覺得心臟突然抽緊。

已經有好多天沒有和他怎麼說話了吧。

白色羽絨衣換成了一件黑色的羊毛大衣。裹在英俊挺拔的校服外面。

易遙低頭看了看自己肥大的褲子，褲腰從皮帶裡跑出一小段，像一個口袋一樣露在外面。副班長以及唐小米她們聚在一起又得意又似乎怕易遙發現卻又唯恐易遙沒發現一樣的笑聲，像是澆在自己身上的膠水一樣，黏膩得發痛。

易遙搖搖頭，不去想這些。

抬起頭，光線似乎亮了一些，一個燙著大鬈髮的半老女人坐在樓梯間。面前擺著一張桌子。桌子上散放著一些發黃的病歷卡、掛號單之類的東西。

「請問……」易遙聲音低得幾乎只有自己聽得見，「看……看婦科的……那個醫生在嗎？」

大鬈髮的女人抬起頭，上下來回掃了她好多眼，沒有表情地說：「我們這兒就一個醫生。」

一張紙丟過來掉在易遙面前的桌子上：「填好，然後直接進去最裡面那間房間。」

23

天花板上像是蒙著一層什麼東西。看不清楚。窗戶關著，但沒拉上窗簾，窗外的光線照進來，冷冰冰地投射到周圍的那些白色床單和掛簾上。

耳朵裡是從旁邊傳過來的金屬器具撞擊的聲音。易遙想起電視劇裡那些醫用的鉗子、手術刀，甚至還有夾碎肉用的鑷子之類的東西。不知道現實是不是也會這樣誇張。儘管醫生已經對自己說過胎兒還沒有成形，幾乎不會用到鑷子去夾。

躺在手術臺上的時候，易遙聞到一股發霉的味道。白色床單從身體下面發出潮濕的冰冷感。

「要逃走嗎？」

側過頭去看到醫生往針筒裡吸進一管針藥。也不知道是什麼。反正不是麻醉劑。如果用麻醉，需要再加兩百塊。沒那麼多錢。用醫生的話來說，是「不過忍一忍就過了」。

「褲子脫了啊，還等什麼啊你。」醫生拿著一個托盤過來，易遙微微抬起頭，看到一點點托盤裡那些不銹鋼的剪刀鑷子之類的東西反射出的白光。

易遙覺得身體裡某根神經突然綳緊了。

醫生轉過頭去，對護士說：「你幫她把褲子脫了。」

24

易遙幾乎是發瘋一樣地往下跑，書包提在手上，在樓梯的扶手上撞來撞去。

身後是護士追出來大聲喊叫的聲音，唯一聽清楚的一句是：「你這樣跑了，錢我們不退的啊！」

昏暗的樓梯裡幾乎什麼都看不見。易遙本能地往下跳著，恨不得就像是白爛的電視劇裡演的那樣，摔一跤，然後流產。

衝出樓梯間口的時候，劇烈的日光突然從頭頂籠罩下來。

幾乎要失明一樣的刺痛感。拉扯著視網膜，投下紛繁複雜的各種白色的影子。

站立在喧囂裡。漸漸漸漸恢復了心跳。

眼淚長長地掛在臉上。被風一吹就變得冰涼。

漸漸看清楚了周圍的格局。三層的老舊閣樓。面前是一條人潮洶湧的大馬路。頭頂上是紛繁錯亂的梧桐樹的枝椏，零星一、兩片秋天沒有掉下的葉子，在枝椏間停留著，被冬天的冷氣流風乾成標本。弄堂口一個賣煮玉米的老太太抬起眼半眯著看向自己。凹陷的眼眶裡看不出神色，一點光也沒有，像是黑洞般嗞嗞地吸納著自己的生命力。

而這些都不重要。

重要的是視網膜上清晰投影出的三個穿著嶄新校服的女生。

唐小米頭髮上的蝴蝶結在周圍灰撲撲的建築中發出耀眼的紅。像紅燈一樣，伴隨著尖銳的警鳴。

唐小米望著從閣樓裡衝下來的易遙，眼淚還掛在她臉上，一隻手提著沉重的書包，另一隻手死死地抓緊皮帶，肥大的校服褲子被風吹得空空蕩蕩的。

她抬起頭看看被無數電線交錯著的那塊「私人婦科診所」的牌子，再看看面前像是失去魂魄的易遙，臉上漸漸浮現出燦爛的笑容來。

易遙抬起頭，和唐小米對看著。

目光繃緊，像弦一樣糾纏拉扯，從一團亂麻到繃成直線。

誰都沒有把目光收回去。

熟悉的場景和對手戲。只是劇本上顛倒了角色。

直到易遙眼中的光亮突然暗下去。唐小米輕輕上揚起嘴角。

沒有說出來但是卻一定可以聽到的聲音——

「我贏了。」

唐小米轉過頭，和身邊兩個女生對看著笑了笑，然後轉身離開了，走的時候還不忘記對易遙揮揮手，說了一句含義複雜的「保重」。

了。

唐小米轉過身，突然覺得自己的衣服下擺被人拉住了。

低下頭回過去看，易遙的手死死地拉住自己的衣服下擺，蒼白的手指太用力已經有點發抖了。

「求求你了。」易遙把頭低下去，唐小米只能看到她頭頂露出來的一小塊蒼白的頭皮。

「你說什麼？」唐小米轉過身來，饒有興趣地看著在自己面前低著頭的易遙。

易遙沒有說話，只是更加用力地抓住了唐小米的衣服。

被手抓緊的褶皺，順著衣服材質往上延伸出兩三條更小的紋路，指向唐小米燦爛的笑臉。

25

街道上的灑水車放著老舊的歌曲從她們身邊開過去。

在旁人眼裡，這一幕多像是好朋友的分別。幾個穿著同樣校服的青春少女，其中一個拉著另一個的衣服。

想像裡理所當然的對白應該是：「你別走了。希望你留下來。」

可是——

齊秦的老歌從瀧水車劣質的喇叭裡傳出來：「沒有你的日子裡，我會更加珍惜自己，沒有我的歲月裡，你要保重你自己。」

曾經風行一時的歌曲，這個時候已經被路上漂亮光鮮的年輕人穿上了「落伍」這件外衣。只能在這樣的場合，或者KTV裡有大人的時候，會被聽見。

而沒有聽到的話，是那一句沒有再重複的——

求求你了。

而沒有看到的，是在一個路口之外，推著車停在斑馬線上的黑髮少年。

他遠遠望過來的目光，溫柔而悲傷地籠罩在少女的身上。他扶在龍頭上的手捏緊了又鬆開。他定定地站在斑馬線上，紅綠燈交錯地換來換去。也沒有改變他的靜止。

26

被他從遙遠的地方望過來，被他從遙遠的地方喊過來一句漫長而溫柔的對白：「喂，一直看著你呢。」

一直都在。
無限漫長時光裡的溫柔。
無限溫柔裡的漫長時光。
一直都在。

第四回

我也曾經走過那一段雷禁般的區域。
像是隨時都會被腳下突如其來的爆炸，
撕裂成光線裡浮游的塵屑。

01

閉起眼睛的時候，會看見那些緩慢游動的白光。拉動著模糊的光線，密密麻麻地縱橫在黑暗的視線裡。

睜開眼睛來，窗外是淩晨三點的弄堂。

昏黃的燈光在黑暗裡照出一個缺口，一些水槽和垃圾桶在缺口裡顯影出輪廓。偶爾會有被風吹起來的白色塑膠袋，從窗口飄過去。

兩三隻貓靜靜地站在牆上，抬起頭看向那個皎潔的月亮。

偶爾從很遠的地方傳來一兩聲汽車的喇叭聲，在寒氣逼人的深夜裡，因為太過寂靜，已經聽不出刺耳的感覺，只剩下那種悲傷的情緒，在空曠的街道上被持續放大著。

易遙抬起手擦掉眼角殘留的淚水。

轉身面向牆壁繼續閉上眼睛睡覺。

已經是連續多少天做著這種悲傷的夢了？

有時候易遙從夢裡哭著醒過來，還是停止不了悲傷的情緒，於是繼續哭，自己也不知道因為什麼而哭，但可以很清楚地知道，自己被那種叫作悲傷的情緒籠罩著，像是上海夏天那層厚厚的飄浮在半空中的梅雨季節，把整個城市籠罩得發了霉。

哭得累了，又重新睡過去。

而最新的那個悲傷的夢裡，齊銘死了。

02

易遙和齊銘順著自行車的車流朝前面緩慢地前進著。早晨時上海的交通狀況就像是一鍋被煮爛了的粉條，三步一紅燈，五步一堵車，不時有晨練的老頭老太太，踮著腳從他們身邊一溜小跑過去。

每一條馬路都像是一條癱死的蛇一樣，緩慢地蠕動著。

「喂，昨天我夢見你死了。」又是一個紅燈，易遙單腳撐著地，回過頭望向正在把圍巾拉高想要遮住更多臉的部分的齊銘，「好像是你得病了還是什麼。」

齊銘衝她揮揮手，一副「不要胡說」的表情。

易遙呵呵笑了笑：「沒事，林華鳳跟我說過的，夢都是反的，別怕。我夢裡面……」

「你就不能好好管你媽叫媽，非得連名帶姓地叫嗎？」齊銘打斷她，回過頭微微皺著眉毛。

易遙饒有興趣地回過頭望著齊銘，也沒說話，反正就是一副看西洋把戲的樣子看著齊銘的臉，如同有人在他臉上搭了檯子唱戲一樣，到最後甚至看得笑起來。
齊銘被她看得發窘，回過頭去看紅燈，低低地自言自語。
易遙也轉過去看紅燈，倒數的紅色秒數還剩7。
「其實你應該有空來我家聽聽我媽管我叫什麼。」
齊銘回過頭，剛想說什麼，周圍的車流就湧動起來。
易遙用力地蹬了兩下，就跑到前面去了。

在學校車棚鎖車的時候遇見同樣也在停車的唐小米。
唐小米抬起頭對易遙甜甜地笑了笑。
易遙望著她的臉，覺得就像是一朵開得爛開來的碩大的花朵。散發著濃烈的腐爛的花香。

易遙突然想起上個禮拜在家休息的時候看到電視裡播出的那種巨大的吞噬昆蟲的植物。相同的都是巨大的花朵、絢爛的顏色，以及花瓣上流淌著的透明的黏液。張著巨大的口，等著振翅的昆蟲飛近身旁。
周圍走動著的人群，頭頂錯亂嘈雜的麻雀，被躁動的情緒不停拍打著的自行車鈴，遠遠響起的早自習鈴聲。這些通通都消失不見。

只剩下面前靜靜地朝自己張開大口的、碩大而黏稠的燦爛花盤。

03

和預想中不一樣的是，並沒有出現易遙想像中的場景。

在來學校之前，易遙已經想過了種種糟糕的可能性。甚至連「今天有可能是最後一天上學」的打算也是想好了的。按照唐小米的性格和她的手腕，易遙覺得走進教室直接看到黑板上出現關於自己去私人婦科診所的大字報都不是什麼過分的事情。

因為之前也聽說過她的種種事蹟。用鉤心鬥角心狠手辣機關算盡來形容也並不會顯得過分。

但當易遙走進教室的時候，卻並沒有任何與往常不一樣的地方。

齊銘依然在講臺上低頭往記錄本上抄寫著遲到學生的名字。各門科目的課代表站在教室前面把交上來的功課堆疊成小堆。女生聚成幾個小團，討論著昨天晚上的電視劇與學校體育部幾個男生的花邊新聞。

易遙朝教室後排的唐小米看過去，她後側著頭，和她後面的女生談論著她新買的裙子。

易遙輕輕地鬆了口氣，卻又轉瞬間浮起一陣若有若無的心悸。

就像是已經知道了對面揮來的一記重拳，抬手抱頭做好「面目全非」的打算之後，卻空落落地沒有任何後續，但又不敢放下手肘來看看對方，怕招來迎面一拳。

易遙坐下來，從書包裡往外掏上午要用的課本。肩膀被人從背後拍了拍，易遙轉過頭去，唐小米站在自己身後，伸出手把一個鐵皮糖果罐子遞在自己面前——

「喏，話梅要吃嗎？」

04

肆意伸展開來的巨大的花盤。甜膩的香氣太過劇烈，發出濃郁的腥臭味，徑直地舔到鼻尖上來。

05

課間操做完之後，巨大的學生人群像是夏日暴雨後的水流，從四面八方流淌蜿蜒。分流成一股又一股，從不同的地方，流向同一個低處。

齊銘看了看走在身邊的易遙，褲腿長出來的那一截被踩得爛了褲邊，剩下幾條細細的黑色的布，黏滿了灰。齊銘皺了皺眉毛，清晰的日光下，眼眶只剩下漆黑的狹長陰影：「你褲子不需要改一改嗎？」

易遙抬起頭，望了望他，又低頭審視了一下自己的褲腳，說：「你還有空在乎這個啊。」

「你不在乎？」

「不在乎。」

齊銘不說話了。隨著她一起朝教室走，沉默的樣子讓他的背顯得開闊一片。

「在乎這個幹嘛呀。」過了一會兒，易遙重新把話題接起來。

齊銘卻沒有再說話了。

他抬起頭，眼眶處還是陽光照耀不進的狹長陰影。

走進教室的時候易遙正好碰到唐小米從座位上站起來，拿著手中的保溫杯準備去倒水，看見易遙走進來了，她停了停，然後笑眯眯地伸出手把杯子遞到易遙面前：「幫我倒杯水吧。」聲音不大不小，不輕不重，剛好足夠讓周圍的人聽到，又不顯得突兀。拿捏得很準，周圍的人大部分都朝她們兩個看過來。

易遙面對她站著，也沒說話，只是抬起眼看著她，手搭在桌沿上，指甲用力地摳下一塊漆來。

唐小米也看著易遙，順手從桌子上那個鐵皮罐子裡拿起一顆話梅塞到嘴裡，笑容又少女又甜蜜。話梅在腮幫處鼓起一塊，像是長出的腫瘤一樣。

易遙伸手接過杯子，轉身朝門外走去。

「喏，易遙。」唐小米從背後叫住她，易遙轉過頭去，看到她吐出話梅的核，然後笑靨如花地說，「別太燙。」

走廊盡頭倒熱水的地方排著稀稀落落的兩三個人。

冬天已經快要過去了。氣溫已經不再像前段時間一樣低得可怕。所以熱水已經不像前一陣子那麼搶手。易遙很快地倒好一杯，然後朝教室走回去。

走到一半，易遙停下來，擰開蓋子，把裡面的水朝身邊的水槽裡倒掉一半，然後擰開水龍頭就嘩啦嘩啦往裡面灌冷水。

擰好蓋子後還覺得不夠，易遙舉起杯子喝了一口，然後又朝裡面吐了回去。

易遙拿著杯子，快步地朝走廊另外一邊的教室走去。

走了幾步，易遙停下來，手放在蓋子上，最終還是擰開來，把水全部倒進了旁邊的水槽裡。突然騰起來的白氣突突地從水槽邊緣漫上來。

易遙走回走廊盡頭的白鋁水桶，擰開熱水龍頭，把杯子接到下面去。

咕嚕咕嚕的灌水聲從瓶口冒出來。

易遙抬起手背，擦了擦被熱氣燻濕的眼睛。然後蓋好蓋子，走回教室去了。

唐小米笑眯眯地接過了杯子，打開蓋子剛準備要喝，被一個剛進教室的女生叫住了。

「哎呀，你可別喝，我還以為是易遙自己的水杯呢，因為我看到她喝了一口又吐進去了，剛還想問她在搞什麼。」

易遙回過頭去看向剛剛進來的女生，然後再回過頭去的時候，就看到了唐小米一張驚詫的臉。無論是真的驚訝還是扮演的表情，無論哪一種，這張臉的表現都可以用「不負眾望、精彩絕倫」來形容。

果然周圍發出此起彼伏的「嘖嘖」的聲音來。

易遙轉過身靜靜地坐下來。什麼也沒說，慢慢地從書包裡掏出下一節課的課本來。

等她翻好了課文，身後傳來唐小米姍姍來遲的嬌嗔：「易遙，你怎麼能這樣呀？」

完全可以想像那樣一張無辜而又美好的臉。

如同盛開的鮮豔的花朵讓人想踐踏成塵土一般的美好。

06

黑暗中開出的瘴毒花朵，雖然無法看見，卻依然可以靠感覺和想像描繪出發亮的金邊。濃烈的腥臭味道，依然會從淌滿黏液的巨大花瓣上，擴散開來，呼吸進胸腔。

迴圈溶解進生命裡，變成無法取代和瓦解的邪惡與陰毒。

07

冬天的陽光，哪怕是正午，也不會像夏日的日光那樣垂直而下，將人的影子濃縮為一個重黑的墨點。冬日的陽光，在正午的時候，從窗外斜斜地穿進來，把窗戶的形狀，在食堂的地面上拉出一條更加狹長的矩形亮斑。

冬日的正午，感覺如同是夏日的黃昏一樣。

模糊而又悲傷地美好著。

一個男生踢著球從身後跑過，一些塵埃慢鏡頭一樣地從地面上浮動起來，飄浮在明亮的束形光線裡。

「你真的吐進去了？」齊銘放下碗，看著易遙，臉上說不出是笑還是嚴肅的表情。

「吐了。」易遙低頭喝湯的間隙，頭也沒抬地回答道。

齊銘略顯詫異地皺了皺眉毛。

「但還是倒掉了重新幫她裝了一杯。」易遙抬起頭，咬了咬牙，「早知道就不倒了。」

齊銘轉過頭去，忍不住輕輕地笑了起來。

易遙轉過一張冷冰冰的臉，瞪著他：「好笑嗎？」

齊銘忍著笑意搖了搖頭，抬起手溫柔地揉了揉易遙的頭髮，說：「你啊，還是少了一股做惡人的狠勁。」

「批評我呢？」

「沒，是表揚。」齊銘笑呵呵的，眼睛在明亮的光線裡顯得光燦燦的，牙齒又白又好看。

易遙聽到隔壁桌的幾個女生低聲地議論著他。

「我寧願看作是你的批評。批評使人進步，驕傲使人落後。」易遙蓋起飯盒的蓋子，說，

「我吃完了。」

冬天正午明媚的陽光，也照不穿凝固在齊銘眼眶下的那條漆黑的狹長的陰影。那是他濃黑的眉毛和長長的睫毛投射下的陰影，是讓整個學校的女生都迷戀著的美好。

易遙看著眼前望向自己的齊銘，他在日光裡慢慢收攏了臉上的表情，像是午夜盛放後的潔白曇花，在日出之前，收攏了所有的美好。

心裡那根微弱的蠟燭，又晃了一下，熄滅了。

08

就如同易遙預想中的一樣，唐小米的把戲並沒有停止。

甚至可以說，比自己想像中，還要狠毒很多。就像她那張精緻的面容一樣，在別人眼裡，還要美好無辜很多很多。

就像拆毀一件毛衣需要找到最開始的那根線頭，然後一點一點地拉扯，就會把一件溫暖的衣服，拉扯成為一堆糾纏不清的亂線。

事情的線頭是這天下午，一個男生給易遙遞過去了一百塊錢。

於是就像扯毛衣一樣，不可停止地嘩嘩地扯動下去。

09

早上的時候學校的廣播裡一直在重複著下午全校大掃除的事情。因為下週一要迎接市裡衛生部門的檢查，市重點的評比考核，衛生情況一直都是一個重要的指標。

所以一整個上午廣播裡都在不厭其煩地重複著下午的掃除事宜，裡面那個早操音樂裡的病懨懨的女聲，換成了教務主任火燎燎的急切口吻。從學校四處懸掛著的喇叭裡，朝外噴著熱焰。

整個學校被這種焦躁的氣氛烘烤得像要著火一般。

下午最後一節自習課之後就是全校轟轟烈烈的大掃除。

「熱死了，這冬天怎麼像夏天一樣。」

「有完沒完，教務主任怎麼不去死啊。」

惡毒的女生不耐煩地說著。

「打掃個學校搞得像掃他祖墳一樣緊張。至於嗎。」明顯這一個更加惡毒。

易遙撐著胳膊，趴在課桌上聽著周圍女生的談話，窗外陽光普照。好像蒼白寒冷的冬天就快要過去了。一切開始恢復出熱度，水蒸氣也慢慢從地面升起，整個世界被溫暖的水氣包圍著。

黑板上左邊一大塊區域被用來書寫這次大掃除的分工。

東面花園：李哲東，賈熚，劉悅，居雲霞。

教室：陳佳，吳亮，劉蓓莉，金楠。

走廊：陳傑，安又茗，許耀華，林輝。

樓梯：易遙。

……

易遙靜靜地盯著黑板上自己的名字，孤單地占據了一行。陽光正好有一束斜斜地照在自己的名字上面，有些許的粉筆塵埃飄浮在亮亮的光線裡。易遙扯著嘴角，發出含義不明的笑來。

「啪」的一聲，隔著一行走道的旁邊座位的女生的課本掉到地上，落在自己腳邊。易遙回過頭去，剛想彎腰下去撿，就聽到後面唐小米的聲音。

「易遙你幫她把書撿起來。」唐小米的聲音真甜美。

易遙本來想彎下去的腰慢慢直起來，整個背僵在那裡。

倒是旁邊的女生覺得不好意思，尷尬地笑了笑，起身自己來撿。

「不用啊，叫她幫你撿，就在她腳邊，幹嘛呀。」唐小米聲音稍微提高了點。

易遙這次轉過頭去，盯著後排的唐小米。熟悉的對峙，空氣被拉緊得錚錚作響。唐小米漂亮的水晶指甲在那個裝滿話梅的鐵皮罐子上「嗒嗒」地敲著，看上去有一點無所事事的樣子，但在易遙眼裡，卻像是浸透毒液的五根短小的匕首，在自己背上深深淺淺若有若無地捅著。

周圍又發出同樣熟悉的「嘖嘖」的聲音。易遙甚至可以清楚地感覺到那些黏稠的口水在口腔裡發出這種聲音時的噁心。

易遙彎下腰，把書撿起來，拍了拍灰塵，然後放回到旁邊女生的桌子上面：「好漂亮的封面呢，真好看。」易遙對女生笑了笑，在陽光裡眯起眼睛。

女生的表情是說不出的尷尬。

身後的唐小米收攏起美好的表情。

窗外的廣播裡依然是教務主任如同火燎一樣的聲音。

風吹動著白雲，大朵大朵地飛掠過他們背後頭頂上的藍天。

還有在冬天將要結束，春天即將到來的時光裡，紛紛開放的，巨大而色彩斑斕的花朵。它們等不及春天的來臨，它們爭先恐後地開放了。

滿世界甜膩的香味。

席捲衝撞來回。纏繞著每一張年輕美好的面容。

10

其實也樂得清閒。

整條樓梯沒有其他的人，偶爾別的班級的男生提著水桶掃帚一邊說著「抱歉」，一邊跑過去。

易遙拿著長掃把，唰唰地掃過每一級臺階。

塵埃揚起來幾乎有人那麼高。

於是易遙轉回教室拿了些水出來灑上。

其他的人大部分做完自己的區域就回家去了，學校裡剩下的人越來越少。

到最後，掃把摩擦地面的唰唰聲竟然在校園裡形成回聲。開始只是一點點，後來慢慢變清楚。

一下一下。唰唰地。迴蕩在人漸漸變少的校園裡。

易遙直起身來，從走廊高大的窗戶朝外面望出去。天邊是燦爛的雲霞，冬天裡難得的絢麗。似乎蒼白的冬天已經過去了。易遙在嘴角掛了個淺淺的溫暖的笑。

以前覺得孤單或者寂寞這樣的詞語，總是和悲傷牽連在一起。但其實，就像是現在這樣一個安靜的下午，校園裡只剩下三三兩兩的學生，夕陽模糊的光線像水一樣在每一寸地面與牆壁上抹來抹去。塗抹出毛茸茸的厚實感，削弱了大半冬天裡的寒冷和鋒利。

空曠的孤單，或者荒涼的寂寞，這樣的詞語，其實比起喧鬧的人群以及各種各樣的嘴臉來說，還是要溫暖很多的吧。

等到差不多要掃完最後一層的時候，易遙才突然想起齊銘，於是摸出手機，想給他發個簡訊，告訴他不用等自己，先回家好了。等翻開螢幕的時候，才發現齊銘的一則未讀訊息。

「老師叫我去有事情，我今天不等你回家了。你先走。」

易遙合上螢幕的時候，一個男生站到自己面前，隔著一公尺的位置，朝自己遞過來一張一百塊的紙鈔。

「喏，給。」

光線下男生的臉是完全的陌生。

易遙抓緊著掃把，面對著他，沒有說話。

11

夕陽從走廊的窗戶照耀進來，在樓梯裡來回折射著，慢慢地化成柔軟的液態，累積在易遙越來越紅的眼眶裡。

易遙的手指越抓越緊。

「你什麼意思？」易遙抓著掃把，站在他面前。

「沒什麼……他們說可以給你錢……」男生低著頭，伸出來的手僵硬地停留在空氣裡。白色襯衣從校服袖口裡露出來，特別乾淨，沒有任何髒的地方。

「你什麼意思？」易遙把眼睛用力地睜大。不想眨眼，不想眨眼後流出刺痛的淚來。

「他們說給你錢，就可以和你……」男生低下頭，沒有說話。

「是睡覺嗎？」易遙抬起頭問他。

男生沒有說話。沒搖頭也沒點頭。

「誰告訴你的？」易遙深吸進一口氣，語氣變得輕鬆了很多。

男生略微抬起頭。光線照出他半個側臉。他嘴唇用力地閉著，搖了搖頭。

「沒事，你告訴我啊。」易遙伸出手接過他的一百塊，「我和她們說好的，誰介紹來的我給誰五十。」

男生抬起頭，詫異的表情投射到易遙的視線裡。

有些花朵在冬天的寒氣裡會變成枯萎的粉末。

人們會親眼看到這樣的一個看似緩慢卻又無限迅疾的過程。從最初美好的花香和鮮豔，到然後變成枯萎的零落花瓣，再到最後化成被人踐踏的粉塵。

人們會忘記曾經的美好，然後毫不心疼地從當初那些在風裡盛放過的鮮豔上，踐踏而過。

——是你的好朋友唐小米說的，她說你其實很可憐的。我本來不信……

——那你現在呢？信了嗎？

12

易遙低著頭，慢慢把那張因為用力而揉皺成一團的粉紅色紙鈔塞回到男生的手裡。

她收起掃把，轉身朝樓上的教室走回去。

她回過頭來，望向夕陽下陌生男孩的臉，她說：「不管你信不信，我真的沒有這樣。」

易遙轉身朝樓梯上加快腳步跑去，身後傳來男生低低的聲音：「喂，我叫顧森西，我給你錢其實也不是……」

易遙沒等他說完，回過頭，抬起腳把旁邊的垃圾桶朝他踢過去。

塑膠的垃圾桶從樓梯上滾下去，無數的廢紙和塑膠袋飛出來撒滿了整個樓梯。男生朝旁邊側了一側，避開了朝自己砸下來的垃圾桶。

他抬起頭，樓梯間裡已經空無一人了。

光線從樓梯走廊上的窗戶裡洶湧而進。

他站了一會兒，然後彎下腰去，把一張一張的廢紙重新撿起來，然後把垃圾桶扶好，把廢紙重新放回去。

13

如果只是叫自己倒一倒水，滿足一下她支使自己的欲望，易遙覺得其實也是無所謂的。而現在——

閉著眼睛，也可以想像得出唐小米在別班同學面前美好而又動人的面容，以好朋友的身份，把自己在別人面前塗抹得一片漆黑。

「她很可憐的——」

「她這樣也是因為某些不方便說的原因吧，也許是家裡的困難呢——」

「她肯定自己也不願意這樣啊——」

在一群有著各種含義笑容的男生中間，把她的悲天憫人，刻畫得楚楚動人。教室裡一個人也沒有。所有的人都回家去了。

之前在打掃樓梯間的時候，最後離開的勞動委員把鑰匙交給易遙叫她鎖門。教室彌漫著一股被打掃後的類似漂白粉的味道，在濃烈的夕陽餘暉裡，顯出一絲絲的冷清。

易遙快步走到講臺上，「嘩——」地用力拉開講臺的抽屜，拿出裡面的那瓶膠水，然後擰開瓶蓋，走到唐小米的座位上，朝桌面用力地甩下去。

然後把粉筆盒裡那些寫剩下的短短的筆頭以及白色的粉末，倒進膠水裡，揉成黏糊糊的一片。

易遙發洩完了之後，轉身走向自己的座位，才發現找不到自己的書包。

空蕩蕩的抽屜張著口，像一張嘲笑的臉。

易遙低下頭小聲地哭了，抬起袖子去擦眼淚，才發現袖子上一袖子的灰。

14

學校後面的倉庫很少有人來。

荒草瘋長一片。即使在冬天依然沒有任何枯萎倒伏的跡象。柔軟的，堅硬的，帶刺的，結滿毛茸茸球狀花朵的各種雜草，鋪開來，滿滿地占據著倉庫牆外的這一塊空地。

易遙沿路找過來。

操場，體育館，籃球場，食堂後面的水槽。但什麼都沒找到。

書包裡沒有任何值錢的東西，不會憑空消失。

易遙站在荒草裡，捏緊了拳頭。

聽到身後雜草叢裡傳來的腳步聲時，易遙轉過身看到了跟來的顧森西。

易遙拍了拍手上的灰塵，說：「你跟著我幹什麼？」

顧森西有點臉紅，一隻手拉著肩膀上的書包背帶，望著易遙說：「我想跟你說，我其實不是那個意思。」

易遙皺了皺眉，說：「哪個意思？」

顧森西臉變得更紅，說：「就是那個……」

「上床？」易遙想了想，抬起手揮了揮，打斷了他的話，「算了，無所謂，我沒空知道你什麼意思。」

易遙轉身走回學校，剛轉過倉庫的牆角，就看到了學校後門口的那座廢棄的噴水池裡，漂蕩著的五顏六色的各種課本，自己的書包一角空蕩蕩地掛在假山上，其他的大部分泡在水裡。

陽光在水面上晃來晃去。

噴水池裡的水很久沒有換過了，綠得發黑的水草，還有一些白色的塑膠飯盒。刺鼻的臭味沉甸甸地在水面上浮了一層。

易遙站了一會兒，然後脫下鞋子和襪子，把褲腿挽上膝蓋，然後跨進池子裡。

卻比想像中還要深得多，以為只會到小腿，結果，等一腳踩進去水瞬間翻上了膝蓋浸到大腿的時候，易遙已經來不及撤回去，整個人隨著腳底水草的滑膩感，身體朝後一仰，摔了進去。

15

——其實那個時候，真的只感覺得到瞬間漫過耳朵鼻子的水流，以及那種刺鼻的惡臭瞬間就把自己吞沒了。甚至來不及感覺到寒冷。

——其實那個時候，我聽到身後顧森西的喊聲，我以為是你。

——其實那個時候，我有一瞬間那麼想過，如果就這樣死了，其實也挺好。

16

在很久之前，在易遙的記憶裡，這個水池還是很漂亮的。那個時候自己剛進學校，學校的正門還在修建，所以，所有的學生都是從這個後門進出的。

那個時候這個水池每天都會有漂亮的噴泉，還有很多男生女生坐在水池邊一起吃便當。水池中央的假山上，那棵黃葛樹，每到春天的時候，都會掉落下無數嫩綠或者粉紅的胞芽，漂在水面上，被裡面的紅色錦鯉啄來啄去。

直到後來，大門修好之後，所有的學生都從那邊進入學校，這個曾經的校門，就漸漸沒有人來了。

直到第一年冬天，因為再也沒有學生朝池塘裡丟麵包屑，所以，池裡最後一條錦鯉，也在緩慢游動了很久之後，終於慢慢地仰浮在水面上，白森森的肚子被冬天寂寥的日光打得泛出青色來。

易遙脫下大衣擰著水，褲子上衣大部分都浸透了。

腳下迅速形成了兩灘水漬，易遙抬起手擦著臉上淋淋的水。

她回過頭去，顧森西把褲子挽到很高，男生結實的小腿和大腿，浸泡在黑色的池水裡。他撈起最後一本書用力甩了甩，攤開來放在水池邊。然後從水池裡跨了出來。

易遙把大衣遞過去，說：「你拿去擦吧。」

顧森西抬起頭，看了看她紅色的羽絨衣，說：「不用，你趕快把水擰出來吧，這水挺髒。我等下去水龍頭那邊沖沖就好。」

易遙縮回手，繼續用力地擰著衣服。

衣服吸滿了水，變得格外沉重。
易遙抬起手揉向眼睛，動作停下來。
手指縫裡流出濕漉漉的水來。
顧森西赤著腳走過去，拉過易遙的衣服，說：「讓我來。」
易遙左手死死地抓著衣服，右手擋在眼睛前面。露出來的嘴角用力閉得很緊。
那些用盡力氣才壓抑下去的哭泣聲。
「放手。」
顧森西把衣服用力一扯，拿過去嘩啦擰出一大灘水來。

被水浸濕的雙手和雙腳，被冬天裡的冷風一吹，就泛出一整片凍傷般的紅。
顧森西催促著易遙趕快回教室把衣服換了。
易遙說，我沒衣服。
顧森西想了想，說：「那你先穿我的。我外套厚。」
你趕快回家去吧。
易遙沒回答，死死地抱著懷裡的一堆書，整個人濕漉漉地往前走。顧森西還追在後面要說什麼，易遙轉過身朝他用力踢了一腳，皮鞋踢在他小腿骨上。
顧森西痛得皺著眉頭蹲到地上去。

「別跟著我，我不會和你上床，你滾開。」

顧森西咬著牙站起來，脫下他的厚外套，朝易遙劈頭蓋臉地丟過去，看得出他也生氣了。

易遙扯下蒙在自己頭上的外套，重重地丟在地上，眼淚唰地流了下來。

易遙沒有管站在自己身後的顧森西，抱著一堆濕淋淋的書，朝學校外面走去。

快要走出校門的時候，易遙抬起頭看到了齊銘。

腦海裡字幕一般浮現上來的，是手機裡那則簡訊。

——老師叫我去有事情，我今天不等你回家了。你先走。

而與這相對應的，卻是齊銘和一個女生並排而行的背影。兩個人很慢很慢地推著車，齊銘側過臉對著女生微笑，頭髮被風吹開來，清爽而乾淨。齊銘車的後座上壓著一個包得很精美的盒子。

——也難去猜測是準備送出去，還是剛剛收到。

但這些也已經不重要了吧。

易遙跟在他們身後，也一樣緩慢地走著。

風吹到身上，衣服貼著皮膚透出濕淋淋的冷來。但好像已經消失了冷的知覺了。

只是懷抱著書的手太過用力，發出一陣又一陣的酸楚感來。

以前上課的時候，生物老師講過，任何的肌肉太過用力，都會因為在分解釋放能量時缺氧而形成乳酸，於是，就會感覺到酸痛。

那麼，內心的那些滿滿的酸楚，也是因為心太過用力嗎？

跟著齊銘走到校門口，正好看到拿著烤肉串的唐小米。周圍幾個女生圍著，像是幾朵鮮豔的花。在冬天這樣灰濛濛的季節裡，顯出淋漓得過分的鮮豔。

依然是那樣無辜而又美好的聲音，帶著拿捏得恰到好處的驚訝和同情，以不高不低的音調，將所有人的目光聚攏過來。

——哎呀，易遙，你怎麼弄成這副樣子啊？

前面的齊銘和他身邊的女生跟著轉過身來。

在齊銘露出詫異表情的那一刻，天狠狠地黑了下去。

易遙抬起手擦掉額頭上沿著劉海淌下來的水，順手拉下了一縷發臭的墨綠色水草來。

周圍的人流和光線已經變得不再重要了。

像是誰在易遙眼裡裝了台被遙控著的攝影機，鏡頭自動朝著齊銘和他身邊的女生對焦。清晰地鎖定住，然後無限地放大，放大，放大。

他和她站在一起的場景，在易遙眼裡顯得安靜而美好。就像是曾經有一次在郊遊的路上，易遙一個人停下來，看見路邊高大的樹木在風裡安靜地搖晃時，那種無聲無息的美好。乾淨漂亮的男生，和乾淨漂亮的女生。

如果現在站在齊銘旁邊的是頭髮上還有水草渾身發臭的自己，那多像是一個鬧劇啊。

易遙更加用力地摟緊了懷裡的書，它們在被水泡過之後，一直往下沉。

易遙盯著那個女生的臉，覺得一定在哪兒見過。可是卻總是想不起來。記憶像是被磁鐵靠近的收音機一樣，發出混亂的波段。

直到聽到身邊顧森西的一聲「咦——」後，易遙回過頭去，才恍然大悟。

顧森西走到女生面前，說：「姊，你也還沒回家啊。」

他們回過頭來，兩張一模一樣的臉。

17

如果很多年後再回過頭來看那一天的場景，一定會覺得悲傷。

在冬天夕陽剩下最後光芒的傍晚，四周灰濛濛的塵埃聚攏來。

少年和少女，站在暮色中的灰色校門口，他們四個人，彼此交錯著各種各樣的目光。

悲傷的。心疼的。憐憫的。同情的。愛慕的。

像是各種顏色的染料被倒進空氣裡，攪拌著，最終變成了漆黑混沌的一片。

在叫不出名字的空間裡，煎滾翻煮，蒸騰出強烈的水氣，把青春的每一扇窗，都蒙上磨砂般的朦朧感。

卻被沉重的冬天，或者冬天裡的某種情緒吞噬了色彩。只剩下黑，或者白，或者黑白疊加後的各種灰色，被拓印在紙面上。

就像是被放在相框裡的黑白照片，無論照片裡的人笑得多麼燦爛，也一定會看出悲傷的感覺來。

像是被一雙看不見的手按動下了快門，喀嚓一聲。

在很多年很多年之後——

沉甸甸地浮動在眼眶裡的，是回憶裡如同雷禁般再也不敢觸動的區域。

第五回

就這樣安靜地躺在地面上。安靜地躺在滿地閃閃發光的玻璃殘渣上。

我並沒有感覺到痛。

也沒有感覺到失望。

只是身體裡開始生長出了一個漩渦。

一天一天地發育滋生起來。

01

人的身體感覺總是在精神感覺到來很久之後，才會姍姍來遲。

就像是光線和聲音的關係。一定是早早地看見了天邊突然而來的閃光，然後連接了幾秒的寂靜後，才有轟然巨響的雷聲突然在耳朵裡爆炸開來。

同樣的道理。身體的感覺永遠沒有精神的感覺來得迅速，而且劇烈。

一定是已經深深地刺痛了心，然後才會有淚水湧出來哽咽了口。

天邊擁擠滾動著黑裡透紅的烏雲。落日的光漸漸地消失了。

十分鐘之前，各種情緒在身體裡遊走衝撞，像是找不到出口而焦躁的怪物，每一個毛孔都被透明膠帶封得死死的，整個身體被無限地充脹著，幾乎要爆炸開來。

而一瞬間，所有的情緒都消失乾淨，連一點殘餘的痕跡都沒有留下。而在下一個時刻洶湧而來的，是沒有還手之力的寒冷。

濕淋淋的衣服像一層冰一樣，緊緊裹在身上。

烏雲翻滾著吞噬了最後一絲光線。

易遙呼了口氣，像要呵出一口碎冰來。

02

靠近弄堂的時候就聞到了從裡面飄出來的飯菜香。

街道邊的燈光陸續亮起來。

暮色像窗簾般被拉扯過來，呼啦一聲就幾乎伸手不見五指。

易遙彎下身子鎖車，目光掃過放在齊銘車子後座上的那個精緻的盒子。

「送人的，還是別人送你的啊？」

易遙指了指齊銘的後座，問道。

「這個？哦，顧森湘給我的。上次我們一起數學競賽得獎，領獎的時候我沒去，她就幫我一起拿了，今天在辦公室遇見她，她給我的。」齊銘拿著盒子晃了晃，裡面發出些聲響來，「聽說還是一個小水晶杯，嘿嘿。」

齊銘把車靠在易遙的車旁邊，彎下腰去鎖車：「上次我沒去領獎，因為少年宮太遠，我也不知道在哪兒。不過顧森湘也不知道，她也是搞了半天才到那裡，結果頒獎典禮都已經開始了。呵呵。」

齊銘直起身子，拿著盒子翻轉著看了一圈，搖搖頭：「包這麼複雜幹嘛啊，你們女孩子都愛這樣，不知道你們在想什麼。」

易遙心裡某一個暗處微微地凹陷下去，像是有一雙看不見的腳，緩慢地踩在柔軟的表面上。

「女孩子的心一點都不複雜。」易遙抬起頭來，半張臉被弄堂口的燈光照得發亮，「只是你們有時候想得太複雜了，有時候又想得太簡單了。」

齊銘露出牙齒笑起來，指指手上那個東西：「那這個是簡單還是複雜啊？」

易遙微笑著歪過腦袋：「她既然包得這麼複雜，我看你就不要想得太簡單了吧。」

齊銘攤了攤手，臉上是「搞不懂」的表情。最後，又回過頭來面向易遙：「今天還沒問你呢，怎麼搞成這副樣子？」說完抬起手，摘掉易遙頭髮裡的東西。

易遙扯過車籃的書包，說：「我書包掉池子裡去了，我下去撿，結果滑倒了。」

「哦，這樣。」齊銘點點頭，朝弄堂裡走去。

易遙在他背後停下腳步。

臉上還是微笑的表情，但是眼眶依然不爭氣地慢慢紅起來。

那種說不上是生氣還是被觸動的情緒，從腳底迅速地爬上來，融化了每一個關節。讓易遙全身消失了力氣。

只剩下眼眶變得越來越紅。

——為什麼我無論說什麼，你都會點點頭就相信呢。

易遙揉揉眼，跟上去。

老遠就看到李宛心站在門口等齊銘回家，還沒等齊銘走到門口，她就迎了出來，接過齊銘的書包，拉著他進門，嘴裡叨念著「哎喲祖宗你怎麼現在才回來，餓不餓啊」之類的話。

易遙動了動嘴角，臉上掛出薄薄的一層笑容來。

齊銘回過頭，臉上是無奈的表情，他衝她點點頭，意思是「喏，我回家了」。

易遙微笑著點點頭，然後轉身走向自己家的門。

從書包裡掏出鑰匙，插進鎖孔裡才發現擰不動。

易遙又用力地一擰。

門還是關得很緊。

屋子裡並不是沒有人。易遙聽見了被刻意壓低的聲響。

那一瞬間，所有的血液從全身集中衝向頭頂。易遙把書包丟在門口，靠著門邊坐了下來。

03

「爸又不在家？」

「他啊，還在飯店裡，忙死了。」母親從微波爐裡拿出剛剛轉熱的紅燒肉，「你快點吃。」

齊銘剛在飯桌旁邊坐下來，手機就響了，齊銘起身去拿手機，李宛心皺著眉頭寵溺地責怪著：「哎喲，你先吃飯好，不然又涼了呀。」

齊銘翻開手機蓋，就看到易遙的簡訊。

易遙聽見開門聲，抬起頭，看見齊銘換了軟軟的白色拖鞋站在他家門口。他伸出手朝向自己，手臂停在空中，他的聲音在黃昏裡顯得厚實而溫暖，他衝易遙點點頭，說：「先來我家吧。」

易遙抬起手，用手背擦掉眼眶裡積蓄起來的眼淚，從地上站起來，撿起書包朝齊銘家門口走過去。

換了鞋，易遙站在客廳裡，因為衣服褲子都是濕的，所以易遙也不敢在白色的布沙發上坐下來。

齊銘在房間裡把衣櫃開來關去，翻出幾件衣服，走出來遞給易遙，說：「你先進去換上吧，濕衣服脫下來。」

李宛心自己坐在桌子旁邊吃飯，什麼話都沒說，夾菜的時候把筷子用力地在盤子與碗間摔來摔去，弄出很大的聲響來。

易遙尷尬地望向齊銘，齊銘做了個「不用理她」的手勢，就把易遙推進自己的房間，讓她換衣服去了。

易遙穿著齊銘的衣服從房間裡出來，小心地在沙發上坐下來。

齊銘招呼著她，叫她過去吃飯。話還沒說完，李宛心重重地在嘴裡咳了一口痰，起身去廚房吐在水槽裡。

齊銘回過頭去對廚房裡喊：「媽，拿一副碗筷出來。」

易遙倒吸一口冷氣，衝著齊銘瞪過去，齊銘擺擺手，做了個安慰她的動作「沒事」。

李宛心回來的時候什麼都沒拿出來，她一屁股坐到凳子上，低著眼睛自顧自地吃著，像是完全沒聽到齊銘說話。

齊銘皺了皺眉頭，沒說什麼，起身自己去了廚房。

出來的時候，齊銘把手上的碗和筷子擺在自己旁邊的位置，對易遙說：「過來吃飯。」

易遙看了看李宛心那張像是刷了一層糨糊般難看的臉，於是小聲說：「我不吃了，你和阿姨吃吧。」

齊銘剛想說什麼，李宛心把碗朝桌子上重重地一放：「你們小夥子懂什麼，人家小姑娘愛漂亮，減肥懂，人家不吃。你管好你自己吧，少去熱臉貼冷屁股。」

易遙張了張口，然後什麼都沒說，又閉上了。她把換下來的濕淋淋的衣服一件一件地塞進書包裡，一邊塞，一邊把衣服上還殘留著的一些水草扯下來，也不敢丟在地上，於是易遙全部捏在自己的手心裡。

李宛心吃完，坐到易遙旁邊去，易遙下意識地朝旁邊挪了挪。

李宛心從茶几上拿起遙控器，把電視打開，《新聞聯播》裡男播音員的聲音在房間裡響起來。

「怎麼不回家啊？」李宛心盯著電視，沒看易遙，順手按了個音樂頻道，裡面正在放《兩隻蝴蝶》。

「鑰匙忘記帶了。」易遙小聲地回答。

「你媽不是在家嗎？剛我還看到她。」李宛心把遙控器放回茶几上，用心地聽著電視裡庸俗的口水歌曲。

「可能出去買東西了吧。」易遙不自然地用手摳著沙發旁邊突起的那一條棱。

「下午不是來了個男的嗎，有客人在家還出門買什麼東西啊？」李宛心似笑非笑地咧開嘴。

易遙低下頭去，不再說話了。

過了會兒，聽見李宛心若有若無地小聲念了一句：「我看是那個男的來買東西了吧。」

易遙抬起頭，看見李宛心似笑非笑的一張臉。心裡像是漏水一般迅速滲透開來的羞恥感，將那張臉的距離飛快地拉近。

拉近。再拉近。

那張臉近得像是貼在易遙的鼻子上笑起來，甚至像是可以聞得到她嘴裡中年婦女的臭味。混合著菜渣和廉價口紅的味道。

易遙突然站起來衝進廚房，對著水槽劇烈地乾嘔起來。

齊銘突然緊張地站起，正想衝進廚房的時候，看到了母親從沙發上投射過來的銳利的目光。

齊銘這才意識到自己的行動有多麼地不合時宜。

齊銘慢慢坐下來，過了幾秒鐘鎮定了以後，抬起臉問母親：「她怎麼了？」李宛心盯著兒子的臉看了半分鐘，剛剛易遙的行為與兒子的表情，像是一道有趣的推理題，李宛心像一架攝影機一樣，把一切無聲地收進眼裡。

她面無表情地說：「我怎麼知道，噁心著了吧。這年頭，噁心的事多了。」

04

城市的東邊。更加靠近江邊的地方。

從江面上吹過來的風永遠帶著濕淋淋的水氣。像是要把一切都浸泡得發黃發軟。

接近傍晚的時候，江面上響著此起彼伏的汽笛聲。

顧森西把車速放慢，靜靜地跟在顧森湘旁邊騎。風把他的劉海吹到左邊，又吹到右邊。

「頭髮長啦。」顧森湘回過頭，對弟弟說。

「嗯。知道了。那我明天下午去理髮。」顧森西回過頭，露出牙齒笑了笑。

紅燈的時候兩個人停下來。

「姊，你今天怎麼那麼晚才回家啊？」

「被老師叫去辦公室了，說是新的數學競賽又要開始了，叫我準備呢。」顧森湘拍了拍裙子上的灰塵。

「真厲害啊……」顧森西斜跨在自行車上，把領帶從襯衫上扯下來，隨手塞進口袋裡，「這次肯定又拿獎了吧。」

顧森湘笑了笑，抬起手腕看了錶，說了句「啊這麼晚了」，然後就不說話了，焦急地等著紅燈變綠。

騎過兩條主幹道，然後左拐，就進入了沒有車的社區。

騎到社區門口的時候，顧森西突然想起來：「哦，昨天媽媽的那個杯子不是摔壞了嗎，要去幫她再買一個嗎？」

「哦對哦，昨天摔碎了。」

「姊……我身上沒錢。」

「好，那我去超市買，你先騎回家，免得媽等急了。」
顧森西點點頭，用力蹬了兩下，車子就一個拐彎看不到了。
顧森湘看著弟弟笑了笑，然後掉過車頭往社區旁邊的超市騎過去。

顧森西掏出鑰匙，還沒來得及插進鎖孔，門就突然從裡面拉開來。是媽媽打開的門，她急迫的表情和那半句「哎喲怎麼現在才……」在看到門口是顧森西的時候迅速地垮了下去，她把頭探出門外朝走廊裡看了看，然後回過身來，皺著眉問顧森西：「你姊姊呢？怎麼沒和你一起回來？」
「姊姊在後面。」顧森西彎下腰換拖鞋，「馬上就到。」
他走進客廳裡，把書包從肩膀上卸下來，朝沙發上一扔。
「回來啦。」父親抽著煙從房間裡出來，「那快來吃飯。等你們兩個，還以為你們有什麼事呢。」
桌子上擺著平常的幾道菜，不算豐盛，卻也不簡單。
顧森西摸摸肚子，拿起碗朝嘴裡扒飯。
父親從櫃子裡拿出那瓶喝了一個月都還沒喝完的白酒，倒了一小杯，也坐下來，夾了一顆鹽水花生。
母親從門口回過頭來，皺著眉頭說：「你們兩父子，餓死鬼投胎啊。湘湘還沒回來呢。」

顧森西沒接話，低頭繼續吃著。

父親「呵呵」地打著圓場：「沒事沒事，又沒外人，你也過來啊，先吃著。森西估計也餓了。」

「就你餓，別人都不餓！就你沒吃，別人都吃了！」母親背過身去，站到門外張望著，沒頭沒尾地丟這麼句話過來。

顧森西停下手中的筷子，他在想這句話是對誰說的。

走廊裡傳來電梯到達的「叮」的一聲，然後電梯門打開來，顧森湘朝家門口走過來。

母親趕緊兩步迎了上去，抓著手一連串的：「哎喲湘湘啊，你怎麼晚回家也不說一聲啊，女孩子家的，這多危險啊，你又不是森西……」

顧森西在廳裡吃著飯，也沒停下來，但耳朵裡卻一字不漏傳進了母親的話。

父親「嘿嘿」地笑著，朝森西碗裡夾了一塊紅燒肉。

顧森西抬起頭，朝父親咧開嘴燦爛地笑了笑。然後他站起來，朝門外喊：「姊姊，快進來。」

森湘坐下來，母親關好了門，剛在桌邊坐下，又馬上起身去了廚房。森湘回過頭喊：「媽，你還幹嘛呀，過來吃了。」

廚房裡傳出母親「就來就來」的答話。

之後，母親端著一個熱氣騰騰的大盤子出來，放到桌子上後，看清楚了裡面是兩條鯉魚。

「來，趁熱吃啊，剛一直放在鍋裡熱著，一直等你回來啊，就怕冷了。」

顧森西的筷子在空中停了一小會兒，然後伸向了那盤白灼藕片。

顧森湘皺著眉看了母親一眼，然後伸筷子夾起一大塊魚肚子上的肉放到顧森西的碗裡。

顧森西抬起頭，嘴裡還嚼著飯，含糊地「呵呵」笑著，說：「姊，你自己吃，不用給我夾，我自己來。」

「你當然知道自己來。你只知道自己來！你看姊姊多向著你……」坐對面的母親憋著嗓子。

「媽！」顧森湘從桌子下面輕輕地踢了下母親。

顧森西低頭往碗裡扒著飯。沒說什麼。

吃完飯，顧森湘站起來要幫著收碗，被母親嚴厲地拒絕了。理由是「放在這裡不用你收，我會收，你進房間看書去」。

顧森湘點點頭，朝房間走去，走到一半想起來，拉開書包，掏出買的杯子：「媽，剛回來的路上買的，你的杯子昨天倒水的時候不是摔碎了嗎。」

母親把手在圍裙上擦了擦，伸過去接過女兒遞過來的杯子，眼睛笑得眯成了一條線，回過頭看到坐在沙發上把長腿伸在茶几上的顧森西，臉立刻垮了下來。她對著顧森西說：「果然人家說得沒錯，女兒就是媽的貼身寶，要多貼心有多貼心，不像生個兒子，哪兒能想得到媽……」

「那您現在送我去泰國啊，現在還不晚。」沙發那邊顧森西沒頭沒腦地接過來一句。

「你！」母親深吸一口氣，一張臉一瞬間就漲紅了。

「媽！這杯子是森西叫我買的，我根本沒想起來，是森西提醒我的。他身上沒錢，才叫我去買。您別有事沒事就亂數落人啊……」

「哎喲你就別護著他了，他能想得起來？他整天能想得起一件正事我就每天掃祖墳去。」

母親轉身進了廚房，嘴裡念個沒完。

「媽……」顧森湘還想跟進去，話出口，就被顧森西打斷了，森西朝她咧開嘴笑了笑，說：「別理她。你快看書去。」

顧森湘走到他面前蹲下來，心裡像是被人用檸檬汁澆了一遍。

弟弟伸過手，輕輕地把她的手握起來。

顧森西看蹲在自己面前的森湘半天沒反應，低下頭去看她，她抬起頭，眼圈有點發紅。

森西伸出食指在她下巴上挑了挑，說：「美女。」

「帥哥。」顧森湘輕輕地笑出來，抬起手揉了揉發紅的眼眶。

這是顧森西發明的無聊的遊戲。

而遊戲的結束總是顧森西伸出手指，做出個做作的pose，然後說：「欸？你認識我？」

但是今天顧森西換了新花樣，他做作地撩了撩劉海，說：「對不起，我認錯人了。」

顧森湘唰地站起來，拿沙發靠墊砸過去，一連砸了七個。然後轉身回房間去了。

顧森西把靠墊從頭上拿下來，咧開的嘴角慢慢收攏，笑容消失在日漸銳利的臉龐上。

眼睛裡堆積起來的，不知道該叫作難過，還是悲傷。

05

易遙等到了八點半，然後提著書包回家。拿起鑰匙試著開了下門，結果門輕鬆地打開了。

林華鳳坐在沙發上看電視。

屋子裡彌漫著一股說不出來的味道。

胃裡又湧起一陣噁心的感覺，易遙深吸一口氣，壓了下去。她撩了撩劉海，說：「媽，我回來了。」

桌子上擺著吃剩下的飯菜。

易遙去廚房盛了碗飯出來，將就著吃。

林華鳳看了看，然後說：「你把菜熱一熱吧，都涼了。」

易遙剛夾起一筷子蠔油生菜，又放下，她抬起頭問：「媽，你還沒吃啊？」

「我吃過了。」林華鳳在沙發上躺下來，面朝靠背，「你去熱一下再吃，冬天吃冷的，要壞肚子的。」

「我沒事，不要緊。」易遙笑了笑，起身去廚房盛飯。

易遙打開鍋蓋的時候，聽見了身後林華鳳吼過來的聲音。

「你裝什麼苦情戲啊？你演給誰看啊你！」

易遙把碗裡的飯一抬手全部倒了回去，她轉身走出廚房，對著躺在沙發上的林華鳳說：

「演給你看！你看了幾年了你都還是看不懂！」

易遙把碗朝桌子上一放，轉身回房間去了。

易遙從房間裡望出去，只能看到門沒有關上的那一小塊區域。

林華鳳的臉朝著沙發的靠背裡面，看不到表情。她的背佝僂著，顯得人很小。

她鬆垮著紮起來的頭髮裡，有一縷白色的頭髮，從黑色的頭髮裡，刺眼地跳出來。

易遙抬起手用力捂住了嘴。

面前攤開的試卷上，黑色的字跡被吧嗒吧嗒砸下來的水滴湮散開來。

06

屋子裡空調開太久。悶得慌。而且冬天本來就乾，空調再一開久了，整個屋子繃緊得像要被撕開來一樣。

顧森湘起身開了半扇窗戶。外面的冷風吹了進來。舒服多了。

轉過身，書桌上的手機振動起來。

翻開蓋子，螢幕上的寄件者是「森西」。

打開簡訊，只有兩個字，「姊姊」。沒有標點。但是顧森湘閉著眼睛也能想像得出他一副不高興的表情。

森湘揚起嘴笑了笑，手指在鍵盤上按出幾個字：「你怎麼了？過來吧。」合上手機，過了兩分鐘，森西在外面敲門。

「不高興了？」

「沒有。」顧森西躺在床上，隨手拿過靠牆放在床上的一排玩偶中的一個把玩著，「多大的人了啊你，還玩洋娃娃。」

「洋娃娃？你們男生都這麼土嗎？你可以叫它們布偶，或者玩偶，或者公仔。」顧森湘有點忍不住想笑。

「我又不關心這個。」顧森西翻白眼。

顧森湘轉過身去，從書架上抽出一本參考書來。

「其實我能理解媽是怎麼想的。」

顧森西從背後沒頭沒腦地說了一句，然後就沒了下文。

顧森湘回過頭去，看見他拿著那個巨大的流氓兔壓在自己的臉上。

「別亂想了你，小孩子懂什麼。」

「你也就比我早鑽出來那麼一兩分鐘。」流氓兔下面傳來甕聲甕氣的聲音。

「要是換作我……」他拿開兔子，從床上坐起來，「我也喜歡你。一個是拿著一等獎學金、被學校捧在手裡的高材生，一個是成績雖下不墊底，但上也不沾天的惡劣學生——這是我老師說的——我也會更喜歡姊姊啊。」

「才不是啊，打是親罵是愛，我以後終歸是嫁出去的女兒潑出去的水，媽最愛的終歸是你。她現在是被你氣的。要是換了我，你整天這麼遊手好閒，我早把你腿打斷了，還由得你在這裡發牢騷。」

「那你可別潑出去。」森西嬉皮笑臉地黏上來，雙手從姊姊肩膀背後抱過去，把額頭貼到她的後頸窩上蹭來蹭去。

「沒洗澡吧？一身臭味道。快點去！」

顧森西剛直起身子，門被推開了。母親端著冒著熱氣的杯子站在門口，兩眼要冒出火來。

「你自己不念書，不要來騷擾你姊姊！」

「媽，弟弟過來找我有事。」

「他能有什麼事？」

「我沒事也能來找我姊，我和她從娘胎裡就一起了，比跟你還親。」顧森西把手插在褲子口袋裡，聳聳肩膀。

母親把杯子往書桌上重重一放，「砰」的一聲，裡面的水濺出來一半：「什麼話！」

「好了，森西你回房間睡覺去。」顧森湘站起來，把他推出門去。

母親轉過身來，臉色發白。過了半晌緩過來了，拿著杯子對森湘說：「這是蜂蜜水，裡面加了蜂王漿的，聽說裡面有那什麼氨基酸，對記憶特別好。你趕快喝了。」

顧森湘剛要接過杯子，母親就拿了回去，臉色又氣得變白：「你看這都灑了一半了，我重新去幫你沖。」

說完轉身出門去了。

又沖了一杯蜂蜜水過來，看著森湘喝了之後，母親才心滿意足地轉身出來，輕手輕腳地帶上了森湘房間的門。轉過身，看到隔壁顧森西的房間門大開著。裡面沒有開燈。客廳透進去的光把房間裡照出微弱的輪廓來。顧森西鞋也沒脫，穿著衣服仰躺在床上。

「你不看書就早點睡。別去影響你姊姊。」母親壓低著聲音。

「知道了。」

黑暗的房間裡傳出回答聲。

聽不出任何的語氣。也看不到任何的表情。

母親離開之後，顧森西翻了個身，把臉重重地埋進柔軟的枕頭裡。

07

寫完一整頁英文試卷，易遙抬起手揉了揉發脹的眼睛，順手把檯燈擰得稍微亮些。

隔壁看電視的聲音從隔音並不好的牆的另一面傳過來。是粗製濫造的臺灣言情劇。

「你為什麼不能愛我？」一個女的在矯情地哭喊著。

「我這麼愛你，你感受不到嗎？」答話的男的更加矯情。

易遙忍了忍胃裡噁心的感覺，拿起杯子起身去倒水，剛站起來，看見林華鳳靠在自己房間的門上，一動不動地望著自己。

「沒睡呢？」易遙一邊小聲說著，一邊側過身出去客廳倒水。易遙拔掉熱水瓶塞，抬起熱水瓶朝杯子裡倒。

「我櫃子裡的衛生棉是你拿去用了嗎？」身後林華鳳冷冷地說。

「沒啊，我沒用。」易遙頭也沒回，順口答道。

身後林華鳳沒了聲音，整個房間寂靜一片。

等到易遙突然意識到的時候，她兩手一軟，熱水嘩啦一聲倒滿了一整個杯子，手背上被燙紅一小塊。

易遙塞好瓶塞，把熱水瓶放到地上。靜靜地站在沒有開燈的客廳裡。弄堂裡的光從窗戶透進來，照著易遙發白的臉。她沒有轉過身來，身後的林華鳳也一言不發。

像是過了漫長的一個世紀，才聽到背後傳來的林華鳳平穩的聲音，她說：「兩個多月了，你為什麼不用？」

08

就像是這樣的，彼此的任何對話、動作、眼神、姿勢，都預先埋藏好了無限深重的心機。

這樣一直持續了十年的母女之間的關係。

不經意的對白，不經意的表情，在黑暗中變成沿著固定好的路線撒下的針，在某一個預設好的時刻，毫不手軟地刺進對方的身體裡。然後去印證對方痛苦的表情，是否如自己想像的一致。

很明顯，林華鳳看到了易遙如自己想像中一致的表情。她一動不動地靠在門上，等著易遙。

易遙轉過身來，望著林華鳳，說：「你知道了。」

林華鳳張了張口，還沒說話，易遙抬起臉，接著說：「是又怎麼樣，我就是去找他拿了錢，我自己有錢買衛生棉，不用你的。」

林華鳳慢慢走過來，看著易遙，說：「你是不是覺得自己挺有本事的啊？」

黑暗中突然甩過來的巴掌，和易遙預想的也一模一樣。

在臉上火燒一樣的灼熱痛感傳遞到腦子裡的同時，身體裡是如同滑坡般迅速坍塌下去的如釋重負感。

而與此同時，沒有預想到的，是林華鳳突然伸過來的手，抓著易遙的頭髮，突然用力地扯向自己。

正對著的，是林華鳳一張抽動著的漲紅的臉，以及那雙在黑暗中，也依然燒得通紅的眼睛。

09

很多很多的水草。

密密麻麻，頭髮一樣地浮動在墨綠色的水面之下。

齊銘深一腳淺一腳地朝前走，無邊無際的水域在月光下泛著陰森森的光。

緊貼腳底的是無法形容的滑膩感。

嘩啦嘩啦的水聲從遠處拍打過來。像是前方有巨大的潮汐。

最後的一步，腳下突然深不可測，那一瞬間湧進鼻孔和耳朵的水，像水銀一樣朝著身體裡每一個縫隙衝刺進去。

耳朵裡最後的聲響，是一聲尖銳的哭喊。

——「救我。」

齊銘掙扎著醒過來，耳朵裡依然殘留著嘈雜的水聲。開始只是嘩啦嘩啦的噪音，後來漸漸形成了可以分辨出來的聲響。

是隔壁易遙的尖叫。

齊銘掀開被子，裹著厚厚的睡衣打開房間的門，穿過客廳，把大門拉開。深夜的寒冷讓齊銘像是又掉進了剛剛夢裡深不可測的水底。

易遙家的門緊鎖著，裡面是一聲高過一聲的尖叫聲。

齊銘舉起手準備敲門的時候，手突然被人抓住了。

齊銘還沒來得及回頭，就被一把扯了回去，李宛心披了條毯子，哆嗦著站在自己後面，板著一張臉，壓低聲音說：「人家家裡的事，你操什麼心！」

齊銘的手被緊緊地抓著，他也不知道應該怎麼辦。

又一聲尖叫之後是玻璃嘩啦摔碎的聲音。林華鳳的罵聲鑽進耳朵裡，比玻璃還要尖銳。

「你就是賤貨！我養大你就養成了這樣一個賤貨！是啊！他給你錢！你找那個男人去啊！賤逼丫頭你回來幹什麼！」

好像有什麼東西被撞倒的聲音，還有易遙尖叫著的哭聲：「媽！媽！你放開我！啊！別打了！我錯了！我不找了！我不找了……」

齊銘隔壁的門也打開了，一個中年女人也裹了件睡衣出來。看見李宛心也站在門口，於是衝著易遙家努了努嘴，說：「作孽啊，下輩子不知道有沒有報應。」

李宛心撇撇嘴，說：「也不知道誰作孽，你沒聽到林華鳳罵些什麼嗎，說她是賤貨，肯定是易遙做了什麼見不得人的事情……」

齊銘甩開李宛心的手，吼了句：「媽！人家家裡的事你清楚什麼啊！」

李宛心被兒子突如其來的吼聲嚇住了，而回過神來，就轉成了憤怒：「我不清楚你清楚！」

齊銘不再理她，甩開被她緊緊抓住的手，朝易遙家門上咣咣地砸。

李宛心抓著齊銘的衣服往回扯：「你瘋了你！」

齊銘硬著身子，李宛心比兒子矮一個頭，用力地扯也扯不動。

在林華鳳把門突然嘩啦一下從裡面拉開的時候，隔壁那個女人趕緊關了門進去了。只剩下站在易遙家門口的齊銘和李宛心，對著披頭散髮的林華鳳。

「你們家死人啦？發什麼神經？半夜敲什麼門？」

李宛心本來沒想說什麼，一聽到林華鳳一上來就觸霉頭，火也上來了：「要死人的是你們家吧！大半夜吵成這樣，還讓不讓人睡了？」

「哦喲李宛心，平時跩得像頭傻逼驢一樣的人不是你嗎？你們家不是有的是錢嗎？受不了他媽的搬呀！老娘愛怎麼鬧怎麼鬧，房子拆了也是我的！」

李宛心一把把齊銘扯回來，推進門裡，轉身對林華鳳說：「鬧啊！隨便鬧！你最好把你自己生出來的那個賤貨給殺了！」說完一把摔上門，關得死死的。

林華鳳抄起窗臺上的一盆仙人掌朝齊銘家的門上砸過去，匡噹一聲摔得四分五裂。泥土散落下來掉在門口堆起一個小堆。

齊銘坐在床邊。胸腔劇烈地起伏著。

他用力地憋著呼吸，額頭上暴出了好幾條青筋，才將幾乎要頂破喉嚨的哭聲壓回胸腔裡。眼淚像是打開的水閘，嘩嘩地往下流。

母親帶著怒氣的聲音在外面響起：「齊銘你給我睡覺。不准再給我出去。」

門外一陣嘩啦的聲音，明顯是李宛心從外面鎖了門。

齊銘擦掉臉上的眼淚。

腦海裡殘留的影像卻不斷爆炸般地重現。

昏暗的房間裡，易遙一動也不動地癱坐在牆角的地上，頭髮披散著遮住了臉，身上扯壞的衣服下垂成好幾片。

滿地閃著光的玻璃殘渣。

10

晨霧濃得化不開。

窗戶上已經凝聚了一層厚厚的霜。

昨天新聞裡已經預告過這幾天將要降溫，但還是比預計的溫度更低了些。

剛剛回暖的春天，一瞬間又被蒼白的寂寥吞噬了。

依然是讓人感到壓抑的慘白色的天光，均勻而淡寡地塗抹在藍天上。

齊銘走出弄堂口的時候回過頭看看易遙家的門，依然緊閉著。聽不到任何的動靜。身後母親和幾個女人站在門口話短話長。齊銘推出單車，拐彎出了弄堂。

「哦喲，我看齊銘真是越來越一表人才，小時候不覺得，現在真是長得好，用他們小孩子的話來說，真是英俊。」那個頂著一頭花捲一樣的頭髮的女人諂媚著。

「現在的小孩才不說英俊，他們都說酷。」另外一個女人接過話來，顯得自己跟得上潮流。

李宛心在旁邊笑得眼睛都看不見了。

「是啊，我每天早上看見他和易遙一起上學，易遙縮在他旁邊，就像小媳婦似的。」對面一家門打開了，剛出來的一個女人接過她們的話題。

李宛心的臉唰地垮下來：「瞎講什麼呢！」

說完轉過身，把門摔上了。

剩下幾個女人幸災樂禍地彼此看了看，扯著嘴笑了。

——我看齊銘和易遙就不正常。

——是啊，那天早上我還看見易遙在弄堂口蹲下來哇啦哇啦吐了一地，齊銘在旁邊拍著她的背，那心疼的表情，就是一副「當爹」的樣子。

——要真有那什麼，我看李宛心應該要發瘋了。

——最好有那什麼，這弄堂死氣沉沉的，有點熱鬧才好。

11

路過學校門口的小店時，齊銘看了看時間還早，於是從車上下來，鑽了進去。

兩三個女生擠在一排機器前面。

齊銘不好意思也擠進去，就站在後面等。

面前的這排機器是店裡新到的，在日本非常流行的扭蛋。投錢進去，然後隨機掉出蛋來，裡面有各種系列的玩具模型。而吸引人的地方在於，你根本不知道，自己會得到哪一個模型。

前面的女生回過頭來的時候，齊銘「啊」了一聲，然後立即禮貌地打了招呼：「早上好。」

「早……上好。」唐小米的臉在齊銘目光的注視下迅速地紅了起來。

「你想買『這個』啊？」齊銘指了指眼前的機器，因為不能確定到底該怎麼稱呼，所以用

「這個」來代替。

「嗯……想買。」唐小米微微低著頭，臉上是顯得動人的一點點紅暈。

「你們女生都喜歡這種東西？」齊銘摸了摸頭，表示有點不可理解。

「女孩子嘛，當然和男孩子不一樣了。」唐小米笑起來，招牌一樣的動人微笑。

齊銘盯著唐小米看了幾秒鐘，然後一步上前，說：「哦，那我來吧。」

他背對著唐小米，伸出手扭動起機器上的轉鈕。

掉出來的蛋裡是一隻熊貓。齊銘拿著朝收銀台走過去。

他並沒有注意到在自己身後突然開始呼吸急促緊張起來的唐小米。唐小米摸出手機，臉上是壓抑不住的興奮表情。

——我和齊銘在校門口的小店裡，他看我想買扭蛋，他就自己買下來了，不知道是不是要送我，怎麼辦？

迅速傳回來的簡訊內容是：你買一個別的東西，當他送扭蛋給你的時候，你就拿出來送給他。哈哈，大小姐，他吃錯藥了還是你對他下了毒？

唐小米沒有理睬簡訊後半句的內容，她轉過身在旁邊的玻璃櫥窗裡拿出幾個藍色的膠帶護腕來，最近學校裡幾個醒目的男生都在戴這個。

她挑了一個好看一點的拿起來，然後朝收銀台走過去，靜靜地站在齊銘旁邊，低著頭。

裡面的人在找錢，齊銘回過頭，對唐小米笑了笑：「前幾天我一直聽易遙提到這個，我還在想到底是什麼東西，今天正好看到了，買來送她。」說完低頭看到了唐小米手上的護腕，說，「這個是男生用的吧？你買來送人？」

唐小米臉上的微笑像綻開的花朵一樣動人：「是啊，同學快過生日了，他是籃球隊的。」

「嗯，那這樣，我先走了。」齊銘接過找回來的零錢，揮手做了個「拜拜」。

「嗯。」唐小米點點頭。然後從錢包裡掏出錢遞給收錢的人。

齊銘撥開店門口垂著的掛簾走出去的同時，唐小米的臉一瞬間暗下來。

她迅速地翻開手機的蓋子，啪啪打了幾個字，然後「啪」的一聲用力合上。

牙齒用力地咬在一起，臉上的肌肉繃得太緊，從皮膚上透出輪廓來。

12

被風不小心吹送過來的種子。

掉在心房上。

一直沉睡著。沉睡著。

但是，一定會在某一個恰如其分的時刻，瞬間就甦醒過來。在不足千分之一秒的時間裡，迅速地頂破外殼，扎下盤根錯節的龐大根系，然後再抖一抖，就唰的一聲挺立出遮天蔽日的茂密枝椏與肥厚的枝葉。

接著，慢鏡頭一般緩慢地張開了血淋淋的巨大花盤。

這樣的種子。一直沉睡在每一個人的心裡。

等待著有一天，被某種無法用語言定義的東西，解開封印的咒語。

13

放在桌子上的手機嗡嗡地振動起來。

一隻塗著五彩斑斕指甲油的手，伸過去拿起來，掛在手機上各種繁複的吊墜叮叮噹噹響成一片。

手機螢幕上顯示著「寄件者：唐小米」。

簡訊打開來，非常簡單的三個字，清晰地映在發光的螢幕上。

「搞死她！」

第六回

我在夢見你。
我在一次又一次不能停止地夢見你。
夢中的我們躺在河水上面，
平靜得像沒有呼吸沒有心跳的木偶，
或者亡去的故人。

01

也不太記得他們說過人的夢是沒有顏色還是沒有聲音。

如果是沒有顏色的話——

自己的夢裡明明就經常出現深夜所有電視節目結束時出現的那個七彩條的球形符號。也就是說，經常會夢見自己一個人看電視看到深夜，一直看到全世界都休眠了，連電視機也打出這樣的符號來，告訴你，我要休息了。

而如果是沒有聲音的話——

自己的夢裡又經常出現教室裡課本被無數雙手翻動時的嘩啦嘩啦的聲響，窗外的蟬鳴被頭頂的電扇轉破敲碎，稀疏地砸到眼皮上，斷斷續續，無休無止。空氣裡是夏天不斷蒸發出的暑氣，悶得人發慌。連黑板也像是在這樣潮濕悶熱的天氣裡長出了一層灰白色的斑點來。下課後的值日生總是抱怨。然後更用力地揮舞黑板擦。那種唰、唰、唰的聲音。

還有那些來路不明的哭泣的聲音。有的時候是哽咽。有的時候是嗚咽。有的時候是啜泣。有的時候是飲泣。然後一天一天地，慢慢變成了吶喊。

是這樣嗎？

真的是這樣嗎？

夢裡什麼都有嗎？

02

齊銘從辦公室抱回昨天老師已經批改好的作業，然後朝教室走。剛上到樓梯，走進走廊，窗戶外面就唰唰地飄過一大堆白色的塑膠袋。

沒有墜下去，卻被風吹到了更高的天上。

其實也不知道它們為什麼會飛得那麼高。沒有翅膀，也沒有羽毛。

僅僅就是因為輕嗎？僅僅就是因為沒有重量嗎？

於是就可以一直這樣隨風漂泊嗎？

春天的風裡裹著無數微小的草籽。

它們也像那些輕飄飄的白色塑膠袋一樣，被吹向無數未知的地域。

在冷漠的城市裡死亡，在潮濕的荒野裡繁盛。

然後再把時間和空間，染成成千上萬的、無法分辨的綠色。

夢裡曾經有過這樣的畫面，用手撥開茂盛的柔軟雜草，下面是一片漆黑的屍骸。

03

快走到教室門口的時候，預備鈴在走廊盡頭那邊響起來。

冬天難得的日光，照進高大的窗戶，在地面上投出巨大的光斑。

塵埃浮動在空氣裡，慢鏡頭一樣地移動成無數渺小的星河。

像是在地理課上看過的幻燈片裡的那些微小的宇宙。

教室裡一團鬧哄哄的聲音。

走進門的時候，就看到了聚攏在一起的人群，透過肩膀與肩膀的縫隙，看到的是站在人群中間的唐小米。依然是那張無辜而美好的面容。

齊銘擠過人群朝自己的座位走過去，經過唐小米的座位的時候看到了她那張面目全非的桌子。長短不一的粉筆頭和黏糊糊的白色粉末，都被風乾後的膠水固定在桌面上，有好事的男生用筆去戳：「哦喲，黏得這麼牢啊，這桌子廢掉了。」

「唐小米你得罪誰啦？」有女生投過來同情的眼光。

「我不知道啊……」依然是那樣無辜而美好的口氣和表情，像是最純淨的白色軟花，在清晨的第一道光線裡開得晶瑩剔透。

齊銘轉過頭，把一落作業本放到講臺上，然後坐回到自己的座位，拿出第一節課的課本，順手把扭蛋放進書包。他抬起頭看看易遙的座位，依然是在漏風的窗戶旁邊，空蕩蕩的，像是從來都沒有人坐過一樣。有一束光從窗外樹葉的縫隙裡投過來，定定地照著桌面的一小塊區域。

昨晚沒有睡好。或者更精確一點說，是昨晚並沒有睡。

齊銘抬起手揉了揉發紅的眼眶。視線裡的一切被疊上一層透明的虛影，像失了焦的鏡頭。

上課鈴把聚攏在一起的嘈雜人群驅散開來回到自己的位子重新坐好。只剩下唐小米依然站在自己的位置上，仰著一張無辜的臉。

「唐小米，上課了。」班主任推了推眼鏡，提醒著。

「老師，我的桌子……」

班主任轉過身來，在看清楚她一塌糊塗的桌面之後，胸腔明顯大了一圈：「怎麼會這樣？誰做的？」

唐小米搖搖頭。

「昨天是易遙鎖的門。」坐在後面的勞動委員靠在椅背上，轉著手上的自動鉛筆，「問問易遙應該知道嘛，不過……」隨即把頭轉向易遙空著的座位。

像是有蟲子爬進了血管，一寸一寸令人噁心地朝心臟蠕動著。

「易遙沒來上課？」班主任的臉色變得難看起來。

教室裡寂靜一片。沒有人接話。

只是各種各樣的表情從每個人臉上浮現起來。帶著各自的想法，形象而生動地表達著內心。

「算了，沒有關係，應該也不是誰故意的吧。我下課後自己弄乾淨就可以了。」唐小米抬起手把垂到臉龐的頭髮繞回耳後。

──算了。

──沒有關係。

──應該也不是誰故意的吧。

──我下課後自己弄乾淨就可以了。

每一句話都像是黑暗裡閃著綠光的匕首，唰唰地朝著某一個目標精準地刺過去。黑暗中彌漫的血腥味道，甜膩得可以讓人窒息了。

「那，老師，我放學後再來弄這個桌子，我先用易遙的桌子可以嗎？」唐小米抬起頭，認真地詢問著，「反正今天她也沒來上課，我先借用一下吧？」

「嗯，你先搬過去。」班主任翻開講義，這起小小的事故算是告一段落了，但最後他依然加了一句，「真是太不像話了。」

有男生自告奮勇地去把易遙的桌子搬了過來，小心地幫唐小米擺好，然後又把那張面目全非的桌子拖到窗戶旁邊重重地一放。

唐小米坐下來，對著那個男生微笑著說了「謝謝」，美好的表情在日光裡顯得透明般柔和。

04

終於爬進心臟了。那條肥碩的噁心的蟲子。

被撕咬啃噬的刺痛感。順著血液傳遞到頭皮，在太陽穴上突突地跳動著。

05

「他沒有戴領帶哎！為什麼教務主任就不抓他？不公平！」

「他眼睛真好看，睫毛像假的一樣。」

「他鼻子很挺呢。」

「你好色哦！」

「啊？」

這樣的對話每天都會發生在學校聚攏的女生群體裡，無論在上海還是在全國其他任何一個城市。而以上的一段對話指向的目標，是現在正靠在教室門口朝裡張望的顧森西。

他一隻手搭在門框上，探著半個身子朝教室裡望，找了半天，終於放棄了，伸手抓過身邊一個正低著頭走進教室的女生，因為太過大力，女生張著口尖叫起來。顧森西也被嚇了一跳，趕緊放開手，攤著雙手表示著自己的「無害」，問：「易遙在嗎？」

黑板旁邊正和一堆女生聚在一起談話的唐小米轉過頭來，眯著眼睛打量了一會兒顧森西，然後嫣然一笑：「她沒來上課。」

「欸？為什麼？」顧森西皺了皺眉。

「我怎麼知道呀，可能在家裡……」唐小米頓了頓，笑得更加燦爛，「養身子吧。」

竊竊的笑聲從教室各處冒出來。像是黑暗裡遊竄的蛇蟲鼠蟻。卻比牠們更加肆無忌憚。無論是抬起手捂住嘴，還是壓低了聲音在喉嚨裡憋緊，都放肆地渲染著一種唯恐別人沒有看到、唯恐別人沒有聽到的故意感。

——就是笑給你聽的。

——我就是故意要笑給你聽的。

顧森西把表情收攏來，靜靜地看向面前笑容燦爛的唐小米，唐小米依然微笑著和他對視著，精緻的眉毛、眼睛，鮮豔的嘴唇，都用一種類似孔雀般又驕傲又美麗的姿勢，傳遞著「怎麼樣」的訊息。

顧森西慢慢咧開嘴角，露出好看的牙齒，白得像一排陶瓷，衝著唐小米目不轉睛地笑。唐小米反倒被他笑得有點頭皮發麻，丟下一句「神經病」走回自己的座位。

顧森西邪邪地扯著一邊的嘴角，看著被自己惹毛的唐小米，正想再燒把火澆點油，回過頭就看到站在自己面前的男生。

抱著一落收好的作業本，整齊繫在領口的黑色領帶，乾淨的白襯衫，直直的頭髮整潔地排成柔軟的劉海。

「你班長啊？」顧森西對面前一表人才的男生下了這樣的定義。

不過卻沒有得到回答，齊銘把重重的作業本換到另外一隻手，說：「你找易遙幹嘛？」

顧森西聳聳肩膀，也沒有回答，露出牙齒笑了笑，轉身走了。

走了兩步他回過頭來，似笑非笑地對齊銘說：「你問這個，幹嘛？」

06

易遙趕到學校的時候已經是上午最後一節課了，易遙費力地把自行車停進滿滿幾乎要撲出來的車棚，拔下鑰匙往教室趕。

所有的學生都在上課，只有從教室裡零星飄出來的老師講解的聲音迴蕩在空寂的校園裡。曾經也有過這樣的經歷，在寂靜的校園，連樹葉晃動，都能聽到清晰的回聲。

整個校園像是一座廢棄的白色醫院。

易遙走到教室門口，喊了報告。

老師轉過臉來，從易遙背著的書包領悟到原來這不是「這節課遲到的學生」，而是「今天曠課一上午」的學生。於是臉色變得格外難看。停下來講了幾句，才讓易遙進來上課。

易遙走到座位上，剛想從肩膀上取下書包的雙手停在半空，目光牢牢地盯在課桌上沒辦法移開。過了一會兒，易遙猛地轉過身來，對唐小米吼：「唐小米，把你的桌子給我換回來！」

所有人包括老師在內都被易遙的聲音嚇了一跳，在最初幾秒的錯愕過去之後，老師的臉漲得通紅：「易遙你給我坐下！現在在上課你吼什麼！」

唐小米慌忙地站起來，支吾著解釋：「對不起，老師，是我的錯，我以為今天易遙不來上課，就臨時把我被別人弄髒的桌子和她換了一下。」然後回過頭，對易遙彎腰點了點頭表示抱歉，「我現在就和你換回來。」

唐小米把弄髒的桌子拖回到自己的座位上，正準備坐下，然後突然恍然大悟般地抬起頭：「咦？你怎麼知道這桌子是我的啊？」

坐下來的易遙突然僵直了後背。

沒辦法轉頭。或者說不用轉頭，都可以想像得出那樣一張充滿了純真疑惑的面容。

也可以想像，這樣的一張面容，在周圍此起彼伏的「哦……」、「啊？」、「嗯……」的各種情緒的單音節詞裡，是怎麼樣慢慢地變成一張得意而驕傲的臉，像一面勝利的旗幟一樣，在某個制高點上迎風招展，獵獵作響。

齊銘低著頭，連抬頭的力量都沒有。

窗外是春寒料峭的天空。

呼嘯的風聲，隔著玻璃，清晰地颳過耳邊。

07

「紅燒肉！師傅多加一勺啊，別那麼小氣嘛！」

「最討厭青菜。」

「肥肉好噁心啊。」

食堂窗口前的隊伍排到了門口，每天中午都是這樣。動作慢一點的學生，只能選擇一些剩下的很難吃的菜。

齊銘和易遙站在隊伍的最後面。齊銘探出身子望了望前面依然很長的隊伍，微微嘆了口氣。倒是易遙，無所謂地站著，臉上也沒什麼表情。

隔著一行差不多的位置，站著唐小米。

最後一節課因為出現了波折，所以老師也只能以晚下課來彌補被損失的時間。導致現在這樣集體排在隊伍很後面的情況，也是理所當然。

不過幾分鐘後，唐小米就揚著燦爛的笑容，把飯盒遞給了隊伍非常前面的男生。不知道是哪個班級的，笑嘻嘻地接了過去，並且詳細地詢問了需要什麼菜。

易遙別過臉來，正好對上齊銘看過來的目光。

食堂牆上的大掛鐘指向一點。

人群漸漸稀少了。窗口裡的師傅收拾著被掏空的巨大鋁盆，匡噹匡噹的聲音有點寂寥地迴蕩在食堂巨大的空間裡。

「對了，早上顧森西來找過你。」

「誰？」

「顧森湘的弟弟，你那天掉進池裡不是和他一起嗎？」

「哦。」想起來了是誰，「他找我幹嘛？」

「我問了，他沒說。」

「哦。」易遙一邊答應著，一邊從飯盒裡挑出來不吃的肥肉，還有茄子。

「要吃牛肉嗎？」齊銘把自己的飯盒朝易遙推了推，「我從家裡帶的。」

「嗯，不用。」易遙搖搖頭，然後剛要說什麼，就朝旁邊彎下腰去。過了一會兒抬起身來，扯過一疊厚厚的紙巾捂到嘴上。

「你到底打算怎麼辦！」齊銘壓低聲音，有點惱火地問道。

「你別管了。」易遙把飯盒蓋上，「我自己有辦法。」

「你有屁辦法！」齊銘忍著不想發火，把頭轉到一邊，「你要錢沒錢，要經驗沒經驗……我告訴你，你別傻啊！你要是打算生下來……」

「你別傻了。」易遙揮揮手，不想再和他討論下去，畢竟不是什麼能擺到檯面上來說的事情，而且誰知道空氣裡豎著多少雙耳朵，「你要我生我也不會生。」

易遙站起來，拿著飯盒朝食堂背後的水槽走去。走了兩步轉過身，笑容帶著淡淡的嘲諷：「你那話說的，好像你很有經驗似的。」

08

午休的時候，學校裡總是呈現著一種被慵懶籠罩的氛圍。

像是把蜂蜜調和進熱牛奶，然後慢慢地攪拌著，持續蒸發的甜膩香味和熱氣。

籃球場上有一、兩個男生，籃球砸到水泥地上啪啪的聲音，在學校裡短促地迴響著。

春天正午的太陽光依然很斜，樹木和人都被拉出長長的影子，指往北，或者南？易遙也不太分得清楚，這反正是自己曾經做錯的一道地理題。評講試卷的時候自己記得還用紅筆劃過，眼下依然沒有辦法回憶得起來。

也就是說，下次考試，還會出錯。

洗手臺也沒什麼人了。

易遙本來想把飯倒掉，但看了看飯盒，裡面的飯菜幾乎沒有怎麼動過，就合上蓋子，準備帶回家去。也沒有等還在洗碗的齊銘，就一個人先走了。

「我想一個人散散步。」

易遙對齊銘擺了擺手，自己朝教室走過去。

其實也不太想回教室。

唐小米那張鮮花一樣的臉看久了真的忍不住想要往上面潑硫酸。

易遙從教學樓旁邊繞過去，教師辦公樓背後有一條幾乎沒人的林蔭道。兩邊的梧桐大得不像話，像是奇幻世界中原始森林裡的那些盤根錯節的古木。

易遙一邊走，一邊用手揉著右邊額頭。手指穿過頭髮可以摸到鼓起來的一大塊，上面是已經結了疤的傷口。昨天晚上的事情一直在腦海裡重播著，像被人按下了無限迴圈的按鈕，林華鳳扯著自己的頭髮一遍一遍地往牆上撞。

「易遙。」

有人叫她。不過她並沒有聽到，依然朝著前面走。

直到第二聲更響亮的呼喚傳進耳朵，易遙才回過頭去，不過後面卻沒有人。

四處張望了一下，就看到一樓的窗戶裡，咬著一支筆正衝著自己微笑招手的顧森西。

09

——你在老師辦公室裡幹嘛？

——做試卷。

——你一個人？

——嗯，上次考試沒去，老師罰我一個人重做。

——哦。

——幫我做。

——啊？

——啊。

——我為什麼要幫你做？

——你就說你做不做嘛！

不知道是從哪面窗戶玻璃折射過來的光，易遙膝蓋上攤開來的試卷上面，一小塊亮白色的光斑輕微地晃來晃去，看上去像是物理實驗裡面用放大鏡點火，那一塊紙感覺隨時都會變黑，然後就冒起青色的火焰來。

易遙坐在窗戶下面的水泥臺階上，把試卷攤在膝蓋上。

「喂。」頭被東西敲了敲，正好敲到傷口的地方，易遙抬起頭還沒開口，裡面的顧森西就遞出一本大開本的厚書，「拿去墊著寫。」

易遙過了幾秒鐘，伸手接過來墊在試卷下面，說：「先說好，我成績也不好，如果做不及格，你別來抱怨。」

「嗯。」顧森西點點頭，一隻手肘撐在窗臺上，托著腮，低頭望著易遙頭頂露出的一星點白色的頭皮。

「對了……」易遙抬起頭，想起什麼，「你早上來教室找過我？」

「嗯。」

「有事啊？」

「上次你把你的學生證放在我的外套口袋裡了，就是你掉進水裡那天。」

顧森西從口袋裡掏出學生證，伸手遞給她。

「等會兒吧，做完了你再給我。」

說完易遙就不說話了，低頭繼續在草稿紙上畫來畫去。

「你頭髮很多哎。」顧森西沒話找話。

「你閉嘴，你再煩我就不做了。」

頭頂上安靜下來。

易遙挪了挪，背靠著牆壁，在草稿紙上飛快地唰唰地寫著一串一串的數字。

顧森西在她頭頂咧開嘴笑了笑，不過易遙也看不到。

「把試卷給我。」

「我還沒做完。」等話出了口，才反應過來剛才那句話並不是顧森西的聲音。

易遙抬起頭，窗戶裡面站著自己不認識的老師，眼鏡反著光，連眼神都看不到。

其實不用看也知道是燒滿怒火的目光。

易遙慢慢地站起來，心裡想，嗯，運氣真好。

易遙和顧森西並排站在教室裡。

易遙低著頭，挺平靜。顧森西在旁邊，也挺平靜。

倒是老師胸腔劇烈起伏著，講兩句就大口大口喝水，易遙看著他覺得哪有這麼嚴重，就算自己家裡祖墳被挖了也不需要氣成這樣。

「你為什麼要幫他做試卷？」老師齜著滿嘴因為抽煙而變黃的牙，衝著易遙吼，口水幾乎要噴到易遙臉上來。

易遙厭惡地皺了皺眉，也沒有回答。只是心裡想，是啊，我還想知道呢，我為什麼要幫他做試卷。

10

足足被罵了半個小時。最後以「明天一人寫一份反省交上來」作為結束。

易遙走出辦公室就直接朝教室走，也不管顧森西在背後「喂喂」地叫個不停。

「喂。」顧森西扯了扯領口鬆垮的領帶，「對不起嘛。」

易遙停下來，轉過身望著顧森西，停了會兒，然後抬了抬眉毛：「晚上回家，記得把我那一份反省一起寫。」

顧森西聳了聳肩膀，轉過身朝自己的教室走過去。手插進口袋的時候，摸到硬卡。又忘記還給她了。

那放學後去找她吧。這樣想著，顧森西朝自己班級走去。

也許是生氣的關係，走到教學樓與教務樓中間的那條貼滿各種公告的長廊時，易遙一陣劇烈的噁心，胃裡陡然翻上來一股酸水，從喉嚨冒出來流進口腔。

於是俯身吐在旁邊的痰盂裡。

人。

直起身來的時候，才看到前面幾步的那塊公告欄前面，聚滿了一堆不多卻也絕對不少的人。

易遙從來不關心這種熱鬧，她擦了擦嘴角然後從人群邊走過去，但卻被漏進耳朵的幾句對白定住了腳步。

「誰這麼不要臉啊？」

「姓名那一欄不是寫著嘛，易遙。」

「易遙是誰？哪個年級的啊？」

「你連易遙也不知道啊，最近學校裡風傳的那個外號叫『一百塊』的啊。」

像從空氣裡突然甩過來鞭子，重重地抽在臉上。

易遙擠進人群，慢慢靠近公告欄，身邊的人被撞開的時候，反應都先是一副「誰啊」的生氣表情，然後在看清楚擠進來的人是誰之後，都默默地退到旁邊閉嘴站著，把胳膊抄在胸前，用一副似笑非笑的表情等待著。

等周圍的人都安靜下來之後，只剩下站在易遙前面離公告板最近的兩個女生還在繼續討論著：「你說菜花是什麼東西？」、「哎呀，你少噁心啦，我要吐了啦。」直到被後面的人扯了扯衣服暗示她們，她們才轉過身來看到面無表情的易遙。

11

一整條安靜的走廊。

消失了聲音。消失了溫度。消失了光線。消失了那些圍觀者的面容和動作。

時間在這裡變成緩慢流動的河流。黏稠得幾乎無法流動的河水。還有彌漫在河流上的如同硫磺一樣的味道與蒸氣。

走廊慢慢變成一個巨大的隧道般的洞穴。

不知道連接往哪裡的洞穴。

12

預備鈴響的時候易遙伸出手撕下了那張貼出來的寫著自己名字的病歷單。周圍的人發出嗡嗡的聲音，一邊議論著一邊四下散開來。

易遙慢慢地把那張有點泛黃的紙撕下來。在手心裡捏成一團，然後丟進旁邊的垃圾桶裡，轉身朝教室方向走過去。

走到樓梯口的時候，她停了下來。站了一會兒，然後回過頭快步地走回去。

她彎下腰，伸手進垃圾桶裡，拼命地找著剛才的那張紙。

那張病歷單被重新攤開來，上面是醫生們共有的龍飛鳳舞難以辨認的字跡。但印刷上去的標題依然清晰地透露著所有的訊息。

以及裡面有幾個可以看得清楚字跡的詞條，「性病」、「炎症」、「梅毒」、「感染」。

「第二人民醫院婦科。」

易遙抬起手把病歷單撕開，然後再撕開，像是出了故障的機器人一樣停也停不下來。直到已經撕成了指甲蓋大小的碎片，無法再撕了，她才停下來，然後把手心裡的一大團碎紙朝著旁邊的洗手臺扔去。嘩啦擰開水龍頭，開到最大。

水柱朝下用力地沖刷在水池底上，像是水管被砸爆一樣噴出來的巨大水流，捲動著那些碎紙，從下水口漩渦一樣地被吸扯進去。水柱砸出來的嘩啦嘩啦的巨大聲響在整條走廊裡被反覆地擴音，聽上去像是一條瀑布的聲音。

一直放了差不多一分鐘，易遙才抬手擰好水龍頭。

那一瞬間消失掉的聲音，除了水聲，還有易遙咽回喉嚨裡的聲響。

劇烈起伏的胸腔，慢慢地回歸了平靜。

易遙吸了吸鼻子，把弄濕的手在衣服上擦了擦，胸口前被濺濕了一大片，不過沒有關係。

有什麼關係呢。

她拖著長長的被踩在腳下面的褲子，飛快地朝教室跑過去。

走廊重新變成安靜的洞穴。

13

是連接往哪兒的洞穴呢？

14

走進教室的時候已經差不多要上課了。

易遙踏進門的時候，教室裡嘈雜的人聲突然安靜下來。

易遙並不在意這些，她平靜地走回自己的座位，經過唐小米身邊的時候，迅速伸出手緊緊地抓了一大把她散在後背上的頭髮。

那一下真的是用盡了全身的力氣。

易遙覺得自己的手幾乎都沒有知覺了。

尖叫著的唐小米連帶著人從椅子上被扯下來重重地摔倒在地上，易遙回過身，扯了扯衣服的拉鍊，說：「啊真對不起，跑太快了，拉鍊鉤住你的頭髮了。」

唐小米疼得臉色發白，額頭上跳著一根青色的血管。面前的易遙一臉誠懇，也沒辦法說出多麼惡毒的話來。起碼沒辦法當著全班的面說出來，畢竟她的表情和語氣，永遠都應該是符合「無辜而又美好」這樣的形容詞，不是嗎。

易遙輕輕揚了揚嘴角，然後走回自己的座位。「疼嗎？」易遙回過頭來，認真地問她。

唐小米深吸了一口氣，臉上憤怒的表情像是迅速瓦解的薄冰，而後，那種熟悉的美好笑容又出現在了她的臉上。

那種迷人的、洋溢著美好青春的笑容。

黑暗裡盛開的巨大花盤。

「不疼。」唐小米撩了撩頭髮，停了幾秒，然後把目光從易遙臉上慢慢往下移，「反正我不疼。」

15

如果有什麼速度可以逼近光速的話，那麼一定是流言。

就算不用想像，易遙也可以知道對於這樣一所以優秀教學品質而聞名的中學來說，自己身上發生的事情具有多麼爆炸的話題性。

一個人的嘴唇靠近另一個人的耳朵，然後再由另一個人的嘴唇傳遞向更多的耳朵。而且，傳遞的事實也如同受到了核輻射的污染一樣，在流傳的過程裡迅速地被添油加醋而變得更加畸形。

易遙想起曾經在一次生態保護展覽上看到過的被核輻射污染後生下來的小動物，三隻眼睛的綿羊標本和五條腿的蟾蜍。

都靜靜地在玻璃櫥窗裡看向所有參觀它們的人群。

課間休息的時候，易遙上完廁所，在洗手臺把水龍頭打開。外面衝進來一個看上去年紀很小的低年級的女生，正要跑進隔間的時候，被站在易遙身邊同樣也在洗手的一個女生叫住了。

易遙從鏡子裡也可以看到那個女生先用目光瞄了瞄自己，然後又揚了揚下巴瞄向女生準備進去的隔間。

於是被暗示的女生輕易地明白了對方的意思，轉身拉開了隔壁一間的門。關上門的時候，還對她說了聲「好險，謝謝你了」。

易遙關上水龍頭，從口袋裡掏出紙巾擦乾了手，扯著嘴角笑了笑，轉身出了洗手間。

16

下午最後一節課。

越靠近傍晚，太陽的光線就越漸稀薄。

易遙抬起頭望向窗外，地平線上殘留著半個赤紅的落日。無限絢麗的雲彩從天邊滾滾而起，擁擠著頂上蒼穹。

世界被照耀成一片迷幻般的紅色。

易遙抬起手腕，還有十分鐘下課，這個時候，口袋裡的手機振動起來。她低下頭，在桌子下面翻開手機蓋，然後看到寄件者「齊銘」。

「下課後我要去數學競賽培訓，你先走。」

易遙正要回覆，剛按出「知道了」三個字，又有一則新的簡訊進來，易遙沒有理睬，把「知道了」三個字發回給齊銘。

發送成功之後，易遙打開收件箱，看到後面進來的那則訊息，依然是齊銘的簡訊，不過內容是：「還有，別和她們計較。」

易遙看著這則簡訊沒有說話，半天也不知道回什麼。而且剛剛發出那一則「知道了」看上去也像是對「別和她們計較」的回答。

如果按照內心的想法的話，那麼，對於「別和她們計較」的回答，絕對不會是「知道了」，而一定會是「不可能」。

易遙笑了笑，合上手機，繼續望向窗外那片被夕陽染成紅色的絢麗世界。

17

顧森西再一次站在易遙教室門口的時候，依然沒有看到易遙。

教室裡沒有剩下幾個人。

一個紮著馬尾的女生在擦著黑板。

顧森西衝著她喊了聲：「喂，易遙在不在？」

然後教室後面一個正在整理書包的女生從課桌後站起來，聲音甜美地說道：「你又來找易遙啦？」

顧森西循著聲音望過去，唐小米頭髮上的紅色蝴蝶結在夕陽下變得更加地醒目。

「嗯。」顧森西點點頭，張望了一下空曠的教室，像在最後確定一遍易遙並沒有在教室裡，「她回家了？」

「你說易遙啊……」唐小米慢慢地走過來，「她身子不是不舒服嗎，應該看病去了吧。」

顧森西並沒有注意到唐小米的措辭，也許男生的粗線條並不會仔細到感覺出「身體」和「身子」的區別。他皺了皺眉，說：「她病了？」

唐小米沒有理他，笑了笑，就從他身邊擦了過去，走出教室門，轉進了走廊。

正要下樓梯，唐小米口袋裡的手機振動起來。

她翻開手機的蓋子，然後看到寄件者的名字的時候突然揚起嘴角笑起來。

打開訊息，內容是：「她又去那兒了。」

唐小米合上手機，轉身往回走。

「喂。」

顧森西回過頭，看到又重新折回來的唐小米。

「你要不要去看看她啊，她在醫院呢。」

「哪家醫院？」顧森西轉過身，朝唐小米走過去。

18

易遙把白色的紙袋放進書包。然後摸索著下陳舊的樓梯。

腐朽的木頭的味道，依然濕淋淋地包裹住全身。

偶爾踩到的損壞的木板，發出吱吱的聲音來。

昏暗的閣樓裡，只有一盞25瓦左右的黃色燈泡在發亮。有等於無。閣樓一半完全沉在黑暗裡，另外一半虛虛地浮在灰濛之上。

只有出口的地方，湧進來傍晚的紅色光線。

跨出閣樓的門，易遙揉了揉濕漉漉的眼睛，然後看到站在自己面前的顧森西。

他望向自己的表情像是一幅模糊的油畫，靜止得看不出變化。

直到他抬起頭，用一種很好看的男生動作抓了抓頭髮，微微地一笑：「哈，原來真的這樣。」

19

在某些瞬間，你會感受到那種突如其來的黑暗。

比如瞬間的失明。

比如明亮的房間裡被人突然拉滅了燈。

比如電影開始時周圍突然安靜下來的空間。

比如飛快的火車突然開進了幽長的隧道。

或者比如這樣的一個天空擁擠著絢麗雲彩的傍晚。那些突然撲向自己的黑暗，像是一雙力量巨大的手，將自己抓起來，用力地拋向了另一個世界。

易遙再一次抬起手，揉了揉更加濕潤的眼睛，說：「嗯，是這樣啊。」眼眶像是漏水的容器。只是找不到缺口在哪兒。於是就只能更加用力地揉向眼眶。

「就是這樣啊。」易遙甚至微微笑起來。

說完，她看到了站在顧森西背後十公尺開外，朝著自己露出甜美微笑的唐小米。

第七回

你是不是很想快點離開我的世界？
用力地認真地，想要逃離這個我存在著的空間？

01

走進弄堂的時候天已經變得很黑了。

厚重的雲朵把天空壓得很低。像擦著弄堂的屋頂一般移動著。樓頂上的尖銳的天線和避雷針，就那樣嘩嘩地劃破黑色雲層，像撕開黑色的布匹一樣發出清晰的聲響。

黑色的雲朵裡移動著一些不知道是什麼東西的模糊光團。隱隱約約的紅色的黃色的綠色的紫色的光暈。

在雲與雲的縫隙裡間歇出沒著。

易遙把車停好，然後走進弄堂。右手死死地抓緊著書包一邊的肩帶，用盡力氣指甲發白。像溺水的人抓緊手中的淤泥與水草。

自己也不知道為什麼這樣用盡力氣。

覺得像是有什麼東西在飛速地離開自己的世界。所以想要抓緊一些，更緊一些。緊得透不過氣也沒有關係。

只要不離開自己的世界。

02

嗆人的油煙從兩旁的窗戶裡被排風扇抽出來直直地噴向對面同樣轉動的油膩膩的排風扇。凝固成黑色黏稠液體的油煙在風扇停止轉動的時候，會一滴一滴從葉片上緩慢地滴向窗臺。易遙差不多每個星期都要用洗潔精擦一次。那種手指上無論洗多少次也無法清除的油膩感，刻在頭皮的最淺層，比任何感覺都更容易回憶起來。

易遙穿過這樣的一扇又一扇黑色的窗戶，朝自己家裡走去。

走到門口的時候朝齊銘家看了看，暖黃色的燈光從窗戶投射出來，像一灘夕陽一樣融化在弄堂走道的地面上。

很多時候也會覺得，齊銘也像是夕陽一樣，是溫暖的，也是悲傷的，並且正在慢慢慢慢地，朝地平線下墜去，一點一點地離開自己的世界，裹著溫暖的光線和美好的時間一起離開自己的世界。

是悲傷的溫暖，也是溫暖的悲傷吧。

也許這樣的時刻，齊銘正拿著碗，面前是熱氣騰騰的飯菜，身邊是李宛心那張呵護備至到讓人覺得虛偽的臉。或許他已經吃完了晚飯，隨手擰亮書桌上的檯燈，翻開英文書的某一頁，閱讀著那些長長的詞條。或者他抬起頭，露出那張夕陽一樣悲傷而又溫暖的臉。

易遙突然被衝上喉嚨的哽咽弄得有點措手不及。她抬起手揉揉眼睛，用鑰匙打開自己家的門。

門裡是意料之中的黑暗。

冰冷的黑暗，以及住在不遠處悲傷的溫暖。

它們曾經並列在一起。

它們曾經生長在一起。

它們還在一起。

它們會不會永遠在一起？

03

易遙關上門，轉身的時候聞到自己頭髮上一股濃濃的油煙味道，忍不住一陣噁心。剛要轉身走進廁所，就聽到房間裡傳來的冷冰冰的聲音。

「這麼晚才回來。你乾脆死外面算了。」

易遙沒有搭話，走進廁所把剛剛湧上來的酸水吐進馬桶。出來的時候看到廚房裡什麼都沒有動過，沒有菜沒有飯，整個廚房冷冷清清的，像一個冒著冷氣的倉庫一樣。

易遙把書包放在沙發上，對房間裡躺著的林華鳳說：「你還沒吃飯嗎？」

「你死在外面不回來，吃什麼飯。」

易遙扯了扯嘴角：「照你這副樣子，我死在外面的話，你應該就接著死在裡面。」

易遙挽起頭髮，轉身走進廚房準備做飯。

從房間裡扔出來的拖鞋不偏不斜地砸在自己後背上，易遙像沒有感覺一樣，從櫃子裡拿出米袋，把米倒進盆裡擰開水龍頭。

水龍頭裡噴出來的水嘩嘩地激起一層白色的泡沫。

有些米粒黏在手背上。

從廚房望出去，可以看見齊銘房間的窗戶透出來的橘黃色的燈光。窗簾上是他低著頭的影子，安靜得像一幅恬淡的水墨畫。

易遙低下頭，米裡有一條黑色的短蟲浮到水面上來，易遙伸出手指把它捏起來，捏成了薄薄的一片。

04

易遙從包裡把那個從診所裡帶回來的白色紙袋拿出來塞在枕頭底下，想了想又摸出來塞進了床底下的那個鞋盒裡。後來想家裡有可能有老鼠，於是又拿出來鎖進了衣櫃。

關上衣櫃的門，易遙拍拍身上的塵土，胸腔裡心跳得太劇烈，像要從喉嚨裡跳出來了。

易遙摸出手機，打開新訊息，寫了一句「你別相信她們說的」，還沒寫完就啪啪啪地刪掉了，又重新輸了句「你相信我嗎」，寫好了停了半天，還是沒有發。游標又重新移動回初始位置。

最後易遙打了句「明天可以把學生證還給我嗎？我去找你。」然後在收件人裡選擇了「顧森西」，按了發送。

那個信封的標誌閃動了幾下之後消失了。螢幕上出現「訊息發送成功」的提示。易遙把手機放在書桌的玻璃上，螢幕一直安靜地沒有再亮起來。

過了十分鐘，易遙抬起手用袖子擦掉臉頰上的眼淚。她吸了吸鼻子，打開書包開始寫作業。

玻璃板下面是易遙從小時候到現在的照片，有一滴眼淚，正好落在一張照片中易遙的臉上。

那是易遙剛進國中時班級的團體照。所有的人都站在三層的紅色教學樓前面。藍色的校服在陽光下反射出年少時純潔的光芒。照片裡的易遙淡淡地微笑著，身後是一臉嚴肅的齊銘。他英俊的五官被劇烈的陽光照出了峽谷般深深的輪廓。狹長的陰影覆蓋著整個眼眶。

好多年就這樣過去了。

連一點聲音都沒有留下來。

像是宇宙某一處不知道的空間裡，存在著這樣一種巨大的漩渦，呼呼地吸納著所有人的青春時光，年輕的臉和飽滿的年月，唰唰地被拉扯著捲向看不見盡頭的谷底，被寄居在其中的怪獸吞噬。

易遙覺得自己就像是站在這樣的漩渦邊緣。

而思考的問題是，到底要不要跳下去呢。

05

早上喝完一碗粥之後，易遙把碗筷收拾好放進廚房。

林華鳳在房間裡不知道在整理什麼東西。

易遙輕輕打開衣櫃的門，把那個白色紙袋拿出來，然後再掏出裡面兩個更小的裝著藥片的紙袋。

白色的像維他命一樣的很小的那種藥片是藥流用的，另外一種稍微大一點的藥片是用來幫助子宮擴張的。

一天一次，每種各服用一片，連續服用三天。每天必須定時。第三天的藥需要到診所去吃，吃好後就需要一直等在醫院裡，然後聽醫生的指示。

前兩天不會有劇烈的反應，稍微的不舒服是正常範圍，如果有劇烈的不適就需要聯繫醫生。

把這些已經爛熟於心的話在腦海裡又重新複述了一遍之後，易遙把藥片放進嘴裡，一仰頭，就著一杯水喝了下去。

低下頭的時候看見林華鳳站在門口望著自己：「你在吃什麼？」

「學校發的。」易遙把杯子放好，「驅蟲的藥，明天還得吃一次。」

說完手機在口袋裡振動起來，易遙翻開蓋子，是齊銘的簡訊：「我要出發上學了，你呢？」

易遙回了句「弄堂口等」，就轉身進房間拿出書包背在背上，從林華鳳身邊走過去，打開門走進弄堂。

「我上課去了。」

林華鳳站在門口，看著易遙漸漸走遠的背影，表情在早晨還很淡薄的陽光裡深深淺淺地浮動起來。

易遙的腳步聲驚起了停在弄堂圍牆上的一群鴿子，無數灰色的影子啪啪地拍動著翅膀飛出天線交錯的狹窄的天空。

弄堂口的齊銘單腳撐著地，跨在單車上用一隻手發著簡訊，看見易遙推著車過來，就把手機放回口袋裡，從肩膀上把書包順到胸前，從裡面掏出一袋熱牛奶。

「不想喝。」易遙擺擺手。也不知道是心理作用還是因為剛剛吃了藥的關係，易遙覺得微微有些胸悶。她深吸了一口氣，跨上車：「走吧。」

騎出弄堂之後，易遙輕輕地說：「我吃過藥了。你也不用再整天逼問我怎麼辦了。」

「吃了什麼？」齊銘並沒有很明白。

「我說我吃過藥了。」易遙把聲音提高了些，「墮胎的，藥。」

身後並沒有傳來回答，只是耳朵裡傳來的清晰的剎車的聲音，以及小手臂突然被鐵鉗夾住般的疼痛感。

易遙好不容易把單車穩住沒有連人帶車翻下來，回過頭有點生氣地望向齊銘。「你瘋啦？！」易遙甩了甩手，「你放開我！」

「你才瘋了！」齊銘抓著易遙的手陡然加大了力量，指關節繃出駭人的白色，齊銘咬著牙，情緒激動，可是聲音卻壓得很低，「你知不知道藥流很容易就大出血，搞不好你會死的你知道嗎？你搞什麼！」

「你放開我！」易遙提高聲音吼道，「你懂個屁！」

「你才懂個屁！我上網查過了！」齊銘壓低聲音吼回去，兩條濃黑的眉毛迅速在眉心皺出明顯的陰影，狹長的眼睛變得通紅。

易遙停止了掙扎，任由齊銘抓著自己的手。

時間像是有著柔軟肉墊的獅子般腳步輕盈，從兩人的身邊緩慢而過。易遙甚至恍惚地聽到了秒針滴答的聲音。只剩下手臂上傳來的疼痛的感覺，在齊銘越來越大的力氣裡，變得越發清晰起來。齊銘的眼睛濕潤得像是要淌下水來，他哆嗦地動了動嘴唇，卻沒有再說出話來。

紅綠燈像背景一樣在兩人的頭頂上換來換去，身邊的車流人流像是嘈雜的河流。

也不知道過去了多長時間。

易遙慢慢地從齊銘的手裡抽回自己的手臂。

她揉了揉被抓出來的紅色指痕，低下頭輕輕地說：「那你說，我還有別的辦法嗎？」

說完她轉身跨上車，然後慢慢地消失在紛亂而嘈雜的滾滾人海裡。

齊銘趴在自行車上，用力彎下了嘴角。

地面上啪啪地掉下幾滴水，在柏油馬路上滲透開來。

口袋裡的手機突兀地響起來，齊銘掏出手機，看見電話是顧森湘打的。

齊銘接起電話，說了聲「喂」之後，就小聲地哭起來。

06

走進教室之後易遙就明顯感覺到一種不同往日的興奮的味道彌漫在周圍的空氣裡。直到自己打開筆袋時看到昨天記下來的便條，上面寫著下午的科技館之行。

原來只需要上上午的課，整個下午的課都被參觀科技館的活動代替。易遙看著自己裝滿全天課本的沉甸甸的書包嘆了口氣。

剛坐下來，就看到唐小米走進教室。易遙隨便看了看，就看到了她在校服外套下的另外一件外套，校服裙子下面的另外一條裙子。

沒必要為了一個科技館的活動而費盡心機吧。易遙扯著嘴角不屑地笑了笑，低頭準備第一節課的課本。

課間操的時候易遙請了假，跑去廁所檢查了一下身體。發現也沒有什麼感覺。沒有出現出血也沒有出現劇痛。

易遙從廁所隔間出來，站在洗手臺前面，她看著鏡子裡面的自己，皮膚簡直好得不像話。回到教室坐了會兒，空曠的教室只有易遙一個人。易遙想著早上吃下的藥片到現在卻沒有任何反應，甚至有點懷疑是否有用。那麼一丁點大小的藥片居然就可以弄死一個胎兒，易遙想著也覺得似乎並不是完全靠得住。

從窗戶望出去，可以看見滿滿一個操場的人，僵硬而整齊劃一地朝天空揮舞著胳膊。易遙覺得有點肚子餓了，於是起身下樓去學校的小賣部。

包子或者牛奶都顯得太膩，易遙買了一個饅頭和一瓶礦泉水，然後慢慢地走回教室。

所有的學生都在操場上做課間操，頭頂的空氣裡是從來沒有改變過的那個毫無生氣的女聲，拖長聲音喊著節拍，與激昂的音樂顯得格外疏離。

走到一半的時候音樂結束了，學生嘈雜的聲音慢慢從遠處傳來，像漸漸朝自己湧來的潮水一樣越來越嘈雜。易遙從小路拐進那條通往教學樓的林蔭大道，匯進無數的學生人群裡。

遠遠地看到齊銘走在前面，背影在周圍的女生裡顯得高大起來。顧森湘走在他的旁邊，手裡是齊銘的一件白色的外套。冬天裡齊銘經常穿著的那件，穿在身上的時候鼓鼓的像一隻熊。不過卻不知道是準備還給齊銘，還是齊銘剛剛給她。

天氣已經漸漸熱了起來，已經不會感覺冷了吧，而且早上來的時候，也沒有看到齊銘有帶這件衣服。所以應該是還給齊銘的吧。

那，又是什麼時候借給顧森湘的呢？

易遙遠遠地走在後面，無數的人群從她後面超過她，直到後來林蔭道上易遙落在了人群的最後面。

遠遠地看著齊銘側過來低頭看著顧森湘的側面，在無數的人群裡，變得格外清晰。像是被無數發著光的細線描繪了輪廓的邊緣，泛出溫柔的白光來。而他旁邊的顧森湘，正在眯著眼睛微微地笑著。不同於唐小米那樣擴散著濃郁芳香的笑容，而是真正乾淨的白色花朵。聞不到香氣，卻可以清楚地知道是清新的味道。

像有一把鋒利的刀片迅速地在心臟表面極淺極淺的地方突然劃過，幾乎無法覺察的傷口，也尋找不到血液或者痛覺。

同時想起的，還有另外一張一模一樣的臉。

易遙被吞下去的饅頭噎住了喉嚨，食道和呼吸道像是突然被橡皮筋紮緊了一樣連呼吸都不行。易遙擰開礦泉水的瓶子仰頭喝了幾大口水，憋得通紅的臉才慢慢地恢復蒼白。被嗆出的眼淚把視線弄得模糊一片。

易遙擰好蓋子，抬起頭已經看不到齊銘和顧森湘的背影。易遙朝教室走去，剛走了兩步，就突然朝道路邊的花壇彎下腰劇烈嘔吐起來。

胃被扯得發痛，剛剛吃下去的饅頭變成白花花的麵團從口腔裡湧出來。這種噁心的感覺讓易遙更加劇烈地嘔吐起來。

後背和手心都開始冒出大量的冷汗來。

從腹部傳來的痛覺像山谷裡被反覆激發的回聲漸漸變得震耳欲聾。有一把掉落在腹腔中的巨大鋒利剪刀，唦嚓唦嚓地迅速開合著剪動起來。

恐懼像巨浪一樣，將易遙瞬間沒頂而過。

07

最後一節課是體育課。

老師吹出的口哨的聲音清脆地迴蕩在空曠的操場上空，帶著不長不短的回聲，讓本來就空曠的操場顯得更加淒涼。

跑道周圍開始長出無數細細的雜草，天空被風吹得只剩下一整片乾淨的藍，陽光沒有絲毫阻擋地往下照耀。

晴朗世界裡，每一寸地面都像是被放大了千萬倍，再細小的枝節，也可以在眼睛中清晰地聚焦投影。

如果從天空的視角看下來，操場被分割為幾個區域，有一個區域的班級在踢球，有一個區域的班級在一百公尺直道上練習短跑，而在沙坑邊的空地處，散落著幾張墨綠色的大墊子，穿著相同顏色運動服的學生在做著簡單的柔軟體操。

前滾翻或者跳躍前滾翻之類的。

一個足球跳了幾下然後就徑直滾進了草叢裡，人群裡一片整齊的抱怨。隨後一個男生從操場中央跑過去撿球。他的額頭上一層細密的汗珠在陽光下變得很亮。

易遙坐在操場邊的臺階上，經過了之前的恐懼，易遙也不敢再有任何劇烈的動作，所以以「痛經」為理由向體育老師請了假。儘管眼下已經沒有了任何不適的感覺，一個小時之前像要把整個人撕開一樣的劇痛消失得無影無蹤。

春天永遠是一個溫暖的季節。氣流被日光烘得發出疲倦的暖意，吹到臉上像洗完澡之後用吹風機吹著頭髮。

易遙在明亮的光線裡眯起眼，於是就看到了踢球的那群人裡穿著白色T恤的顧森西。他剛剛帶丟了腳下的球，看樣子似乎有些懊惱，不過隨即又加速跑進人群。

易遙看著顧森西，也沒有叫他，只是定定地看著，他白色的T恤在強烈的光線下像一面反光的鏡子一樣。

易遙收回目光，低下頭看著面前自己的投影。風吹亂了幾縷頭髮，衣領在風裡立得很穩。

其實也並不是多麼熟悉的人，卻還是微微地覺得心痛。但其實換過來想的話，也還好是不太熟悉的人，如果昨天遇見自己的是齊銘，那麼這種傷心應該放大十倍吧。不過假如真的是齊銘的話，哪裡會傷心呢，可以很輕鬆地解釋，甚至不用解釋他也可以知道一切。

易遙想著，揉了揉眼睛。身邊坐下來一個人。

大團熱氣撲向自己。

易遙回過頭，顧森西的側面一半在光線下，一半融進陰影裡。汗水從他額頭的劉海一顆一顆地滴下來。他扯著T恤的領口來回扇動著，眉毛微微地皺在一起。

易遙把自己手中的礦泉水朝他遞過去，顧森西沒說什麼伸出手接過，仰頭咕嘟咕嘟喝光了裡面的半瓶水。

易遙看著顧森西上下滾動的喉結，把頭埋進膝蓋上的手心裡哭了。

男生準備著體操練習，女生在隔著不遠的地方休息，等待男生練好後換她們。

齊銘幫著老師把兩床海綿墊子疊在一起，好進行更危險的動作練習。彎下腰拖墊子的時候，聽到班裡同學叫自己的名字，抬起頭來看見幾個男生朝著一邊努嘴，不懷好意地笑著。齊銘回過頭去，看到站在旁邊的顧森湘。她手裡拿著兩瓶礦泉水。

在周圍男生的起哄聲裡，齊銘有點不好意思地笑起來。他朝顧森湘跑過去，問：「你怎麼在這裡啊？」

顧森湘笑了笑，說：「剛好看見你也在上體育課，就拿瓶水過來。」

齊銘接過她遞過來的水，擰開蓋子後遞回給她，然後把她手裡另外一瓶拿過來，擰開喝了兩口。

顧森湘從口袋裡掏出手帕來，問道：「擦汗嗎？」

齊銘臉微微紅起來，擺擺手連聲說著不用了不用了。

低頭講了幾句之後和對方揮了揮手又跑了回來。

年輕的體育老師也忍不住調侃了幾句，齊銘也半開玩笑地回嘴說他「為師不尊」。於是班上的人嘻嘻哈哈地繼續上課。

而本來應該注意到這一幕的唐小米卻並沒有把注意力放在這邊。她望著坐在操場旁邊的易遙，以及易遙旁邊那個五官清晰的白T恤男生，表情在陽光裡慢慢地消失了。

直到有幾個女生走過來拉她去買水，她才瞬間又恢復了美好如花的表情，並且在其中一個女生指著遠處的易遙說「她怎麼不過來上課」的時候，輕鬆地接了一句「她嘛，當然要養身子了」。

另外一個女生用尖尖的聲音笑著，說：「應該是痛經了吧，嘻嘻。」

唐小米微微笑了笑，說：「痛經？她倒希望呢。」

「嗯？」尖聲音的女生有點疑惑，並沒有聽懂唐小米的意思。

「沒什麼，快買水去，我要渴死了。」

08

「佈告欄裡貼出來的那個東西是真的？」顧森西眼睛望著操場的中央，盡量用一種很平靜的聲音問道。

「假的。」易遙回過頭去看著他的側臉。是比齊銘的清秀更深刻的側面，線條銳利到會讓人覺得有點兇。

「那你跑去那種鬼地方做什麼？」低低的聲音，盡力壓制的語氣，沒有發怒。

「你要聽嗎？」易遙低下頭來望著臺階前面空地上，他和自己濃黑的影子。

「隨便你。」顧森西有點不耐煩，揮了揮手沒有繼續說，過了會兒，他轉過頭來，盯著易遙的臉認真地說，「你說，我想要聽聽看。」

09

世界上其實是存在著一種叫作相信的東西的。

有時候你會莫名其妙地相信一個你並不熟悉的人。你會告訴他很多很多的事情，甚至這些事情你連你身邊最好的死黨也沒有告訴過。

有時候你也會莫名其妙地不相信一個和你朝夕相處的人，哪怕你們曾經一起分享並且守護了無數個秘密，但是在那樣的時候，你看著他的臉，你不相信他。

我們活在這樣複雜的世界裡，被其中如同圓周率一樣從不重複也毫無規則的事情拉扯著朝世界盡頭盲目地跋涉而去。

曾經你相信我是那樣地骯髒與不堪。

就像曾經的他相信我是一個廉價的婊子。

我就是這樣生活在如同圓周率般複雜而變化莫測的世界裡。

慢慢地度過了自己的人生。

其實很多時候，我連自己都從來沒有相信過。

春天把所有的種子催生著從土壤裡萌發出來。其實即將破土而出的，還有很多很多我們從來未曾想過的東西。

它們移動在我們的視線之外，卻深深地扎根在我們世界的中心。

10

「誰的？」顧森西的聲音很含糊，悶悶地從胸腔裡發出來。

「什麼？」

「我說那孩子，誰的？」顧森西抬高了音調，兇著表情吼過去。

「以前認識的一個男孩子。」易遙低著頭，臉上是發燒一樣滾燙的感覺。

「挺操蛋的，那男的。」顧森西站起來，把手裡的空礦泉水瓶朝操場邊緣的草地用力扔過去。瓶子消失在一片起伏的雜草中。

易遙抬起頭，看見顧森西因為嘆氣而起伏的胸膛。

眼淚又啪啪地掉在腳下白色的水泥地上。

「那佈告欄又是怎麼回事？」顧森西回過頭來。

「不知道，可能是唐小米做的吧，她一直很討厭我。但那張病歷單上的字也不是她的，她的字寫得好看很多。」易遙用手擦掉眼角的眼淚，「不過也說不準，可能她叫別人代寫的也不一定。」

「有可能，上次說你一百塊一次那個事情也是她告訴我的啊。」顧森西重新坐下來，兩條長腿朝前面兀自伸展著，「不過，她幹嘛那麼討厭你？」

「因為她喜歡齊銘，而她以為齊銘喜歡我。」

「哪個是齊銘？」顧森西朝易遙班級上課的那堆人裡望過去。

「站在老師旁邊幫老師記錄分數的那個。」易遙伸出手，在顧森西眼睛前面指著遠處的齊銘。

「哦，我見過他。」顧森西斜著嘴角笑起來，「眉清目秀的，我姊姊認識他的。你們這種女生，都喜歡這種男的。」顧森西不屑地笑起來。

易遙剛要說什麼，顧森西就站起來拍拍褲子：「我差不多下課啦，以後聊。」

然後就朝著操場中央的人群裡跑去，白T恤被風吹得鼓起來，像要發出嘩嘩的聲音。他抬起袖子也不知道是擦了擦額頭還是眼睛，然後飛快地衝進了踢球的人群裡，成為一個小小的白點，和其他無數個微小的白色人影一樣，難以分辨。

11

午飯的時候易遙也沒有和齊銘在一起。其實也不是刻意不和他在一起，只是體育課結束的時候齊銘幫著老師把用好的海綿墊子收回體育用品儲藏室，之後就沒有碰見他，而且他也沒有發簡訊叫自己一起。

所以易遙一個人排在食堂的隊伍裡。

排出的長龍朝前面緩慢地前進著。

易遙回過頭去看到旁邊一行，在自己的前面，唐小米紮在腦後的醒目的蝴蝶結。易遙本來想轉過頭，但正好唐小米回過頭來和後面的另外的女生打招呼，餘光看到了獨自站在隊伍裡面的易遙。

唐小米上下打量了幾下易遙，然後揚起眉毛：「喂，今天怎麼一個人呢？」

12

出發時間是下午一點半。

整個年級的學生黑壓壓地擠在學校門口，陸續有學校的專車開到門口來把一群一群的學生載去科技館。

易遙班級人多，一輛車坐不下，剩下的小部分人和別的班級的人擠一起。

易遙就是剩下的小部分人。

齊銘作為班長跟著上一輛車走了，走的時候打開窗戶拿出手機對易遙晃了晃說：「到那邊發簡訊，一起。」易遙點了點頭。車開走後收回目光就看到站在自己身邊的唐小米。作為副班長，她必然要負責自己在內的這少數人的車輛。

唐小米衝她「喂」了一聲。

然後接著說：「我幫你選個靠窗的位置好？吐起來方便一點哦。」

易遙面無表情地看著她，也沒有說話，就那樣毫不示弱地看著，有一種「你繼續啊」的感覺。

「別誤會，我只是怕你暈車。」唐小米也不是省油的燈，「沒別的意思。」

那些巨大的花瓣像一張張黑色的絲綢一樣纏繞過來，裹緊全身，放肆而劇烈的香氣像舌頭一樣在身上舔來舔去。易遙差點又想吐了，盡力忍了忍沒有表現在臉上。

但唐小米的目光在那千分之一秒裡清晰地聚了焦。她笑靨如花地說道：「你看，我說吧。」

上車之後易遙找了個最後的座位坐下來，然後把外套蓋在自己頭上睡覺。

車顛簸著出發了。從浦西經過隧道，然後朝世紀公園的方向開過去。道路兩邊的建築從低矮的老舊公房和昏暗的弄堂慢慢變成無數的摩天大樓。

從大連隧道鑽出地面，金茂大廈的頂端在陽光的照耀下發出近乎讓人覺得虛假的強光來。旁邊的環球金融中心頂上支著兩座巨大的吊臂，好像離奠基儀式也沒有過去多久的時間，而現在也已經逼近了金茂的高度。

再過些時候，就會成為上海新的第一高樓了吧。

經過了小陸家嘴後，摩天大樓漸漸減少。車窗外的陽光照在臉上，燙出一股讓人睏倦的溫度。易遙脫下外套，扯過來蓋住臉。

外套留下的縫隙裡，依然可以看見車內的情形。易遙在衣服下面睜開眼睛，透過縫隙看著前面無數黑色的後腦勺。看了一會兒有點發睏，於是閉上眼睛打算睡覺。而這個時候，剛好聽到前面幾個另外班級的女生在小聲地談論，雖然聽不清楚講了什麼，但是「一百塊」和「睡覺」這樣的字眼卻清晰地漏進耳朵裡來。易遙睜開眼睛，看見前面兩個女生正在回過頭來朝自己指指點點。

而在那兩個女生座位的斜前方，唐小米眉飛色舞的臉龐散發著興奮的光芒。

易遙把外套從頭上扯下來，站起來慢慢朝前面走過去，走到那兩個女生的面前停下來，伸出手指著其中一個女生的鼻子說：「你嘴巴再這麼不乾淨，我就把它撕得縫也縫不起來。」

那女生嚇得朝座位裡一縮：「你想幹嘛？」

易遙輕輕笑了笑說：「想讓你嘴巴乾淨些，我坐最後面都聞到沖天的臭味。」

唐小米唰地站起來，厲聲說：「易遙你這是幹什麼？」

易遙轉過身，把手指到唐小米鼻尖上：「你也一樣。」

唐小米氣得咬緊牙齒，腮幫上的咬肌變成很大一塊。

唐小米生氣之下臉漲得通紅，卻也不太好當著兩個班的人發作。

倒是她後面的一個戴眼鏡的男的站起來，說：「欺負我們班的女生？你算老幾啊？」

易遙看了看他凹下去的臉頰瘦得像一隻螳螂一樣，不屑地笑了笑說：「你還是坐下吧。」

說完轉身朝車後的座位走去。

那男的被易遙說得有點氣結，坐下來小聲說了句「囂張什麼呀，陪人睡的爛婊子」。

正在走回車後面的易遙停下腳步，然後轉過身徑直走到那男生面前，用力地抬起手一耳光抽了下去。

五個手指的紅印迅速從男生臉上浮現起來，接著半張臉就腫了起來。易遙根本就沒打算輕輕扇他。

在經過那男生的三秒鐘錯愕和全車的寂靜之後，他惱怒地站起來掄起拳頭朝易遙臉上砸過去。

「我操你媽逼！」

13

齊銘聽到後面的剎車聲的時候把頭探出窗戶，看見易遙坐的後面那輛車在路邊停了下來。齊銘皺著眉毛也只能看清楚車廂內亂糟糟移動的人影。

估計出了什麼故障吧。齊銘縮回身子，摸出手機給易遙打電話。

電話一直響了很久也沒有人接，齊銘掛斷了之後準備發一個訊息過去問問怎麼車停下來了，正好寫到一半，手機沒電了，螢幕變成一片白色，然後手機發出「嘀嘀」幾聲警告之後就徹底切掉了電源。

齊銘嘆了口氣，把手機放回書包裡，回過頭去，身後的那輛車已經看不見了。

左眼皮突突地跳了兩下，齊銘抬起手揉了揉，然後閉上眼靠著車窗玻璃睡了。

窗外明亮的陽光燙在眼皮上。
很多游動的光點在紅色的視網膜上交錯移動著。

漸漸睡了過去。
於是也就沒有聽見來自某種地方呼喊的聲音。

你沒有聽見吧？
可是我真的曾經吶喊過。

第八回

為了什麼而哭泣呢？
也就只能這樣了吧。

01

有時候會覺得，所有的聲響，都是一種很隨機的感覺。

有時候你在熟睡中，也聽得見窗外細小的雨聲，但有時候，你只是淺淺地浮在夢的表層，但是窗外颱風登陸時滾滾而過的響雷，也沒有把你拉出夢的層面。

所有的聲響，都借助著介質傳播到更遠的地方。固體、液體、氣體，每時每刻都在傳遞著各種各樣反覆雜亂的聲波。嘆氣聲，鳥語聲，灑水車的嘀嘀聲，上課鈴聲，花朵綻放和凋謝的聲音，一棵樹轟然被鋸倒的聲音，海浪拍打進耳朵的聲音。

物理課上曾經講過，月球上沒有空氣，所以，連聲音也沒辦法傳播。無論是踢飛了一塊小石子，還是有隕石撞擊到月球表面砸出巨大的坑洞，飛沙走石地裂天崩，一切都依然是無聲的靜默畫面。像深夜被按掉靜音的電視機，忙忙碌碌卻很安靜的樣子。

如果月球上居住著兩個人，那麼，就算他們面對面，也無法聽見彼此的聲音吧。是徒勞地張著口，還是一直悲傷地比畫著手語呢？

其實這樣的感覺我都懂。

因為我也曾經在離你很近很近的地方吶喊過。

然後你在我的吶喊聲裡，朝著前面的方向，慢慢離我遠去。

也是因為沒有介質吧。

連接著我們的介質。可以把我的聲音，傳遞進你身體的介質。

02

車廂裡的嘈雜讓顧森西一直皺緊著眉頭。

耳朵裡像是鐵盒子裡被撒進了一把玻璃珠，乒乒乓乓地撞來撞去。

男生討論的話題無非是火影和死神的動畫分別追到了第幾集，最近網路上發布了PS3的消息不知道什麼時候才能買。

身後的女生所談論的話題更是膚淺到了某種程度。一群拙劣地模仿日劇裡誇張的講話口氣的女生聚攏在一起，用動畫片和偶像劇裡的表情動作彼此交談，做作地發出驚訝的「啊」的聲音。

顧森西聽了有點反胃。

乾脆直接滾去做日本人好了。別在中國待著。

而現在她們正聚攏在一個拿著MP4的女生周圍看著最新一期的《少年俱樂部》。連續不斷此起彼伏的尖叫聲和「卡哇伊卡哇伊」的叫喊讓顧森西想伸出手去掐住她們的脖子讓她們閉嘴。

而且最最受不了的就是那一副做作的樣子。連聽到對方的一句「昨天買了新的草莓髮飾」也會像看見恐龍在踢足球一樣發出一聲又尖又長的「欸——」。

顧森西用手指揉著皺了大半天的眉頭。揉了一會兒終於還是爆發了。他站起來扭過身，衝著身後的那群女生吼過去：「你們小聲點！叫得我頭都要裂了！」

拿MP4的那個女生抬起頭來，不屑地笑笑，說：「你在這裡抖什麼抖呀，不就是經常在學校外面打架嘛，做啥？你要打我啊？你來試試看啊，小癟三。」[2]

顧森西嗤了一聲，轉過身坐回自己的座位。「十三點。」他翻了翻自己的書包，掏出上次踢球膝蓋受傷時從醫務室拿的一團棉花，撕開揉成兩團，塞進了耳朵裡。

然後抱著胳膊，把身子坐低一點，仰躺著看外面的風景。

已經開到了不繁華的區域。

但是依然是寬闊的八車道。和浦西那邊細得像是水管一樣的馬路不同，浦東的每一條馬路都顯得無比寬闊。但這樣的開闊讓四周都顯得冷清。

顧森西一直都覺得浦東像科幻電影裡那種荒無人煙的現代工業城市。偶爾有一兩個人從寬

2 上海話。用來形容一個人愚昧無知。也可以形容一個人性格或言行瘋瘋癲癲，做事不經大腦。

闊的馬路上穿過，走進摩天大樓的陰影裡。

正想著，遠處慢慢走過來一個人影。

顧森西再仔細看了看，就「噌」地站起來，衝到司機位置大聲叫司機停車。

03

顧森西還沒等車門完全打開就跳下了車，易遙只顧著低頭走路，突然看見自己面前出現的人影時也嚇了一跳。等看清楚了是顧森西後易遙鬆了口氣：「你搞什麼啊？」

顧森西看著易遙腫起來的太陽穴，紫色的瘀血有差不多一枚硬幣那麼大，不由得急了：「我才是問你搞什麼！你和人打架了？」

易遙也沒說話，只是一直用手揉著額頭。

身後車上的人都開始催促起來，司機也按了幾聲尖銳的喇叭。顧森西拉著易遙：「走，上我們班的車。」

易遙甩開顧森西的手，朝後面退了退：「不要了，我要回家。」

顧森西轉過頭來不耐煩地說：「你這樣子回什麼家，上來！」說完一把拉著易遙上了車。

易遙硬著胳膊，整個人不由分說地被拖了上去。

顧森西叫自己身邊的同學換去了別的空著的座位，然後讓易遙坐在自己的旁邊。

顧森西看著身邊頭髮被扯得散下來的易遙，額頭上靠近太陽穴的地方腫起來一大塊瘀青，嘆了口氣，然後從書包裡掏出跌打用的藥油。

「你隨身帶這個？」易遙看了看瓶子，有點吃驚，隨即有點嘲笑，「你倒是做好要隨時打架的準備了。」

「你就別廢話了。」顧森西眉心皺成一團，他把瓶子擰開來，倒出一點在手心裡，然後兩隻手並在一起飛快地來回搓著。

易遙剛想說什麼，就被顧森西扳過臉去：「別動。」

一雙滾燙的手輕輕地覆蓋在腫起來的地方。剛剛還在發出脹痛的眼角，現在被發燙的手心覆蓋著。溫度從太陽穴源源不斷地流淌進來，像是唰唰唰流竄進身體的熱流。

顧森西看著易遙什麼也沒說，只是靜靜地閉著眼睛，過了會兒，顧森西感覺到手心裡淌出更加滾燙的眼淚來。

顧森西拿開手，凝神看了看，低沉的聲音小聲地問：「痛啊？」

易遙咬著下嘴唇，沒有點頭，也沒有搖頭，一聲不響地沉默著，只是眼淚像豆子一樣啪嗒啪嗒地往下掉。

顧森西有點不知所措，擰好瓶蓋，坐在旁邊也沒有說話。

窗外整齊的鴿子籠一樣的房子唰唰地朝後面倒退而去。

身後有幾個多嘴的女生在說一些有的沒的，顧森西聽了一會兒，然後轉過身把裝瓶子的那個紙盒用力砸過去，啪的一聲砸在女生旁邊的車窗上。

女生扯開架勢想要開罵，看到顧森西一張白森森的臉，張了張口，有點膽怯地重新坐了下來。易遙低著頭，像是沒有看到一樣。手放在座位的下面，用力摳著一塊凸起來的油漆。

04

科技館外面的空地上停了七、八輛公車，而且後面陸續還有車子開過來。都是學校的學生。

密密麻麻的人擠在科技館的門口，嘈雜的聲音匯聚起來，讓人覺得是一群騷動而瘋狂的蝗蟲。

齊銘等車子停穩後下車來，朝車子駛來的方向張望著，等了一會兒，看見了開過來的大巴士。車上的人陸續地下來，然後就加入了人群，把嘈雜的人群變得更加嘈雜。

直到最後一個人走下車子，齊銘也沒有看見易遙。

唐小米下了車，正準備招呼著大家和前面一輛車上的同學會合，就看到穿著白襯衫的齊銘朝自己跑過來，陽光下修長的身影，輪廓清晰的五官讓唐小米心跳加快了好多。

齊銘站在她的面前，低下頭來微笑地打了下招呼，唐小米也優雅地笑著說：「你們先到了哦。」齊銘點點頭說：「嗯。」然後他朝空蕩蕩的巴士裡最後又張望了一下，問唐小米：「看見易遙了嗎？」

唐小米燦爛的表情在那一瞬間變得有點僵硬，隨即很自然地撩撩頭髮，說：「易遙半路下車回家去了。」

「回家？」齊銘似乎不太相信的樣子，從口袋裡掏出手機想要打，看到漆黑的螢幕才想起手機沒電了。「那個……」齊銘對唐小米揚了揚手機，「你手機裡有易遙的電話嗎？」

「沒有哦。」唐小米抱歉地笑了笑，「她從來不和班上同學來往吧。」

齊銘低頭沉默了幾秒鐘，然後抬起頭：「謝謝你。我們帶同學進去吧。」

「嗯。」

05

顧森西和易遙下車後，擁擠在科技館門口的學生已經進去了一大半，四下也變得稍微安靜了一點。只是依然偶爾會有女生細嗓門的尖叫或者笑聲，在科技館門口那個像是被隕石砸出來的巨大的凹地裡來回震動著。

顧森西揉揉耳朵，一臉反感的表情。

凹陷處放著渾天儀的雕塑。

幾條龍靜靜地盤在鏤空的球體上。後面是巨大的像是來自未來的玻璃建築。

科技館高大得有點不近人情，冷漠而難以接近的感覺。

這是科技館建成以來易遙第一次真正地走進來參觀。以前從外面經過時經常會看到這座全玻璃的巨大弧形建築。而現在真的站在裡面的時候，每一層的空間都幾乎有學校五層教學樓那麼高。易遙仰著頭目不轉睛地看著。

「你以前來過嗎？」顧森西站在易遙旁邊，順著易遙的目光抬起頭。

「沒有，第一次來。」

「我也是。」顧森西從口袋裡掏出錢包，「走吧，買票去。」

「買什麼？」易遙顯得有些疑惑，「學校不是發過參觀票了嗎？」

「我是說看電影。」顧森西抬起手，易遙順著他的手看過去，「那邊的那些電影，一起去吧。」

那邊的電子牌上，「球幕電影」、「4D影院」、「IMAX巨幕影院」等種類繁多的名字吸引著無數的人在購票窗口前面排隊。易遙又把目光看向那些價目表：《海底火山》40元，《回到白堊紀》60元，《昆蟲總動員》40元，《超級賽車手》40元。

看完後易遙搖搖頭，笑了笑說：「我不要看。」但其實真正的原因是因為「沒那麼多錢」，不過也不太方便說得出口。

顧森西回過頭看著電子看板，一副非常想看的樣子，回過頭來看了看易遙：「你真不想看？」易遙再次肯定地擺了擺手。顧森西說：「那我去看了。」說完朝買票的窗口走過去。

易遙摸出手機發了個簡訊給齊銘，問他：「你在哪兒？」過了半天沒有得到答覆。於是易遙打了個電話過去，結果聽到手機裡「您所撥打的用戶已關機」的聲音。

掛上電話抬起頭，顧森西站在自己面前，他遞過來兩張電影票，《海底火山》。

易遙抬起頭望著顧森西，顧森西沒等她開口，就抬了抬眉毛：「不喜歡也沒辦法了，只剩下這個了。其實我是想看恐龍的，霸王龍——」順手就學了學猙獰的樣子，等到看到易遙臉上的怪表情顧森西趕緊停下來，有點尷尬，好像確實是太幼稚了，「呵呵……」

06

易遙從來沒有見過這樣的電影院。

其實準確地說，也只有很小的時候，才有去電影院的經歷，長大了之後，就幾乎沒有再去過了。除了偶爾學校會安排在多功能會議廳裡播放一些讓人昏昏欲睡的科教電影之外，長大之後，易遙幾乎就沒有真正意義上去電影院看過電影。而眼前的這一個，就算是在電視裡，或者詭異荒誕的想像中，也沒有看到過。

粉紅色的銀幕。

整個電影院被放進一個巨大的粉紅色的球體內部。

柔和得近乎可愛的粉紅色光線把裡面的每一個人都籠罩得很好看。

很多學生掏出手機對著頭頂的巨大的粉紅色圓弧穹頂拍照。依然是聽到了「卡哇伊卡哇伊」的聲音。同樣一定也會看到的是對著手機鏡頭嘟起來裝可愛的嘴。

顧森西拿著手中的票，然後尋找著座位號碼，找到了排數後就推著易遙朝中間走。顧森西的手自然地搭在易遙的肩膀上，在身後慢慢地推著易遙朝前移動，沿路已經入座的人的腳紛紛收進座位底下，顧森西點著頭，抱歉地一路叫著「借過」走過去。

易遙突然冒出個念頭，有點想回過頭去看看顧森西現在的樣子。但是放在自己肩膀上的手太過自然，如果自己轉過頭去，未免有點太親熱了。

2號和4號在正中間。仰起頭正好看到穹頂的中心，像是經度緯度的白色線條聚攏在那一個點上。

易遙低下頭來正好看到身邊顧森西仰望著穹頂的側臉，粉紅色的光線下就像是一個陶瓷做成的乾淨少年一樣。

周圍的光線漸漸暗下來，一片整齊的興奮的聲音，然後隨著音樂響起慢慢小了下去。周圍安靜一片，粉紅色的穹頂變成一片目光穿透不過的黑暗。

電影進行了幾分鐘後，門口一束手電筒的光弱弱地在巨大的空間裡亮起來，兩個人慢慢朝裡面走，應該是遲到了的人吧。電影幾乎都是深海裡黑暗的場景，所以也沒有光線，看不清楚是誰。只是依稀分辨得出一前一後兩個人慢慢朝座位上走。

銀幕上突然爆炸出一片巨大的紅光，海底火山劇烈噴發，蒸氣形成巨大水泡洶湧著朝水面翻騰上去。整個大海像煮開了一般。

在突然亮起的紅光裡，齊銘白色的襯衫從黑暗中清晰地浮現出來，顧森湘跟在他的後面，兩個人終於找到了位置坐下來。

顧森西順著易遙的目光看過去，也沒看到什麼，不由得伸出手在她眼前晃了晃：「喂，看什麼呢？」

「看電影啊。」易遙回過頭有點不屑，「還能看什麼。」

兩張一模一樣的臉。

有時候覺得真彆扭。

07

真正進來之後，才會覺得科技館簡直大得有點可怕了。

看完電影出來後，易遙和顧森西開始隨著慢慢移動著的人流參觀各個展廳。從最開始的熱帶雨林，然後一層一層地往上面走。

走到「地殼的秘密」那一個展廳的時候，易遙覺得有點累了。腳步漸漸慢了下來。最後終於靠著牆壁停下來。不過顧森西倒是很感興趣。好像男生對於「古代地殼變化」和「水晶的形成與開發」都比女生的興趣來得濃厚。

甚至在那個用簡陋的燈光和音效構造起來的「火山噴發類比裝置」前面，顧森西也是瞪著他那雙本來就很大的眼睛小聲地說著：「哦——厲害！」而且看得出他還握緊拳頭，很激動。真是有點意外。這應該算是這個平日學校裡冷酷叛逆的問題學生「另類的一面」吧。

顧森西回過頭看見停下來的易遙，於是轉身走回來：「怎麼啦？」

易遙擺擺手，也沒答話，靠著牆壁繼續休息。

顧森西似乎也是有點累了，於是也沒說話，走到易遙旁邊，兩個手肘朝後撐著欄杆發呆。

兩個人前面一點的地方聚集著大概二十幾個人。顧森西跑到前面去看了一下，然後回來對易遙說：「前面是地震體驗館哎！」

易遙：「然後呢？」

顧森西明顯很興奮：「然後你就不想去體驗一下嗎？」

似乎一次只能容納四十個人進行體驗。

所有的人進入一個寬敞的電梯裡，頭頂是鐳射唰唰閃過的光線，模擬著飛速的下降感。電梯廣播裡的女聲用一種很輕快的聲音說著「各位旅客，歡迎乘坐時光機，我們現在在地下四千公尺的地方」。易遙想時光機不是野比大雄家的抽屜嗎？還在想著，電梯門就匡噹一聲打開了。

出乎易遙意料之外的，是這個地震體驗館模擬得挺像回事的。

四十個人沿著一條散發著硫磺味道的在廣播裡被稱為「廢棄的礦坑」的隧道往前走著，燈光，水氣，嶙峋的礦石，採礦的機器，其實已經可以算作真實的類似電影般的體驗了吧。而且鼻子裡還有清晰的硫磺味道。

走到一道鐵索橋中間的時候，好像前面路被堵死了的樣子，所有的人都停了下來。周圍也沒有光線，連站在自己身邊的人的臉也沒有辦法看得清楚。

易遙把眼睛睜得很大，也沒辦法看清楚顧森西站在哪裡。周圍都是伸手不見五指的黑暗。易遙的手輕輕地把衣角捏起來。

「我在這裡呢。」

黑暗裡，自己頭頂處的地方響起來的低沉而溫柔的聲音。

「沒事的。」

更低沉的，更溫柔的聲音。像哄小孩的聲音一樣。

易遙還沒來得及回話，腳下的地面就突然劇烈地震動起來。整個鐵索橋開始左右搖擺，黑暗裡小聲的驚呼此起彼伏。不時有一道一道強光像閃電一樣炸開來，頭頂的岩石層崩裂的聲音就像是貼著頭皮滾動的巨大悶雷。

易遙一個踉蹌，重心不穩朝旁邊一倒，慌亂中突然抓住了一雙有力的手。易遙抬起頭，顧森西輪廓分明的側臉在突然閃現的強光裡定格。有些被小心掩飾著的慌張，但更多的是堅定的表情。

易遙還沒來得及反應，腳下就開始了更加劇烈的地震。

一聲響亮的尖叫聲從前面傳來，易遙抬起頭，在突然被閃光照亮的黑暗空間裡，顧森湘長長的頭髮從齊銘的胸口散下來。

顧森湘把臉埋在齊銘的胸口上，手抓著齊銘肩膀的衣服，用力得指關節全部發白。而與之形成對比的，是齊銘放在顧森湘背後的手，手指平靜卻依然有力量。它們安靜地貼在她發抖的背上。

地震是在一瞬間就停止的。

燈光四下亮起。周圍是人們此起彼伏的劫後餘生的嘆息聲。

亮如白晝的空間裡，齊銘和顧森湘安靜地擁抱著。

就像所有好萊塢的災難電影裡，劫後餘生的男女主角，一定都會這樣擁抱著，直到亮起電影院裡的頂燈，浮起煽情的主題曲，工作人員拉開安全出口的大門。甚至連漸漸走出礦坑的人群，都像是電影院散場時的觀眾。

天時地利人和，烘托著這樣安靜的畫面。

08

在很小的時候，易遙還記得剛剛上完自然課後，就拿著家裡的放大鏡，在弄堂的牆邊，借著陽光在地面上凝聚出那個被老師叫作「焦點」的光斑。

牆角的一隻瓢蟲，慢慢地爬動著。

易遙移動著光斑去追那隻瓢蟲。瓢蟲受到驚嚇於是立馬把身體翻過來裝死。

易遙把明亮的光斑照在瓢蟲暴露出來的腹部上，過了一會兒，就從腹部流出亮亮的油來，之後就冒起了幾縷白煙，瓢蟲掙扎了幾下，就變成了一顆燒焦的黑色小硬塊。

易遙手一軟，放大鏡掉在了地上。

那個場景成為了很長一段時間裡，易遙的噩夢。

直到現在，易遙都覺得所謂的焦點，都是有兩種意思的。

一種是被大家關注著的，在實現聚焦的最中心的地方，是所謂的焦點。

就像那一天黑暗中彼此擁抱著的顧森湘和齊銘，在燈光四下亮起的瞬間，他們是人群裡的焦點。

而一種，就是一直被灼燒著，最後化成焦炭的地方，也是所謂的焦點。

就像是現在的自己。

被一種無法形容的明亮光斑籠罩著，各種各樣的光線聚攏在一起，定定地照射著心臟上某一處被標記的地方，一動不動的光線，像是細細長長的針，扎在某一個地方。

天空裡的那面巨大的凸透鏡。

陽光被迅速聚攏變形，成為一個錐形一樣的漏斗。

圓形光斑照耀著平靜的湖面。那個被叫作焦點的地方，慢慢地起了波瀾。

終於翻湧沸騰的湖水，化作了縷縷湧散開來的白氣，消失在熾熱的空氣裡。

連同那種微妙的介質，也一起消失了。

那種連接著你我的介質。那種曾經一直牢牢地把你拉攏在我身邊的介質。

化成了翻湧的白氣。

09

第二天早上依然是吃著那兩種藥片。

放下水杯的時候，易遙甚至有點滑稽地覺得，自己像是在服那種武俠小說裡的慢性毒藥。每天的那個時辰服下，連服數日，則暴斃身亡。

只不過死的不是自己而已。

10

中午吃飯的時候，本來是易遙自己一個人。

剛坐下來就遠遠聽到有人小聲叫自己的名字。

再也熟悉不過的聲音。

齊銘坐下來，看了看易遙碗裡僅有的幾片素菜，輕輕地嘆了口氣：「還是吃不下東西嗎？」

易遙點了點頭，心不在焉地用筷子撥著碗裡的青菜。

「那有沒有不舒服？」齊銘臉上的表情很關切，「我是說……吃了那個藥之後。」

易遙搖搖頭，說：「沒有。」

其實也的確是沒有。從昨天到現在，除了在走回教室的路上那突如其來的刀絞一樣的劇痛之外，幾乎就沒有任何的感覺。
但易遙剛剛說完沒有之後，就像是遭報應一樣，胃裡突然一陣噁心。
易遙捂著嘴，另一隻手從口袋裡掏紙巾，兩張電影票從口袋裡掉出來。
「昨天你也去看那個球幕啦？」
「窮人就不能看電影嗎？」易遙把嘴裡的酸水吐掉，不冷不熱地說。
「你說什麼呢！」齊銘有點不高興。
話說出口後，易遙也覺得過分了些。於是口氣軟了下來，找了個臺階下：「看了，看《海底火山》。」
齊銘臉色變得好看些，他從自己的口袋裡也掏出兩張電影票，看了看票根，說：「我們看的是同一場哎。不過我遲到了。開頭講了些什麼？」
「無非就是科學家本來覺得不應該有生物出現的地方，其實卻有著很多的生物，銀幕上看好像是一些蝦子吧，忙忙碌碌來來去去的樣子，反正就是說再惡劣的生活環境下，都會有神奇的生物存活下來。」
易遙說完看了看齊銘：「就這樣。」
「哦。」齊銘點點頭，用筷子夾了口菜送進嘴裡。
「其實你進來的時候並沒有遲到多久，開場一兩分鐘而已，所以不會錯過什麼。」
「嗯。」齊銘低頭吃飯。過了好一會兒，齊銘慢慢地抬起頭，臉上沒有什麼表情，他盯著易遙的臉，問：「你看到我進場了？」

易遙點點頭，說：「是啊。」

11

四周是完全而徹底的黑暗。

沒有日。沒有月。沒有光。沒有燈。沒有火。沒有螢。沒有燭。

沒有任何可以產生光線的東西。

從頭頂球幕上籠罩下來的龐大的黑暗。以及在耳旁持續拍打的近在咫尺的水聲。汩汩的氣泡翻湧的聲音。不知來處的聲音。

突然亮起的光束，筆直地刺破黑暗。

當潛水艇的探照燈把強光投向這深深的海溝最底層的時候，那些一直被掩埋著的真相，才清晰地浮現出來。

冒著泡的火紅滾燙的岩石，即使在冰冷的海水裡，依然是發著暗暗的紅色。

噴發出的岩漿流動越來越緩慢，漸漸凝固成黑色的熔岩。

在上面蠕動著的白色的細管，是無數的管蟲。

還有在岩石上迅速移動著的白色海蝦。它們的殼被滾燙的海水煮得通紅。

甚至有很多的腳，也被燙得殘缺不全。
它們忙碌而迅速地移動著，捕捉著在蘊含大量硫磺酸的有毒的海水中可以吸食的養分。

這樣惡劣的環境裡。
卻有這樣蓬勃的生機。

12

是不是無論在多麼惡劣的環境裡，都依然有生物可以活下去呢？
無論承受著多麼大的痛苦，被硫酸腐蝕，被開水燙煮，都依然可以活下去呢？

那麼，為什麼要承受這些痛苦呢？
僅僅是為了活下去嗎？

13

四張電影票安靜地被擺放在桌子上。
如果這四張票根，被一直小心地保存著。那麼，無論時光在記憶裡如何篡改，無論歲月在皮膚上如何雕刻，但是這四張票根所定義出的某一段時空，卻永恆地存在著。

在某一個相同的時間，相同的地方，相同的光線和音樂。無論是我和他，還是她和你，我們都曾經在一個一模一樣的環境裡，被籠罩在一個粉紅色的溫柔的球幕之下。

這像不像是所有青春電影裡都會出現的場景呢？

唯一不同的只是我和他並排在一起。你和她並排在一起。

連最深最深的海底，都有著翻湧的氣泡不斷沖向水面。不斷翻湧上升的白氣。

連續而永恆地消失著。

那些我埋藏在最最深處，那些我最最小心保護的連接你我的介質。連續而永恆地消失著。

連躲進暗無天日的海底，也逃脫不了。

還掙扎什麼呢？

14

齊銘吃完了一碗飯，起身去窗口再盛一碗。

易遙望著他的背影，眼睛濕潤得像一面廣闊的湖。

齊銘放在桌子上的手機響了起來，易遙低下頭看了看螢幕，就再也沒辦法把目光移動開來。

螢幕上顯示的來電人的名字是：湘湘。

不是顧森湘。

是湘湘。

易遙抓起手機按了掛斷。然後迅速撥了自己的號碼。

在自己口袋裡的手機振動起來的同時，易遙看見了出現在手機螢幕上的自己的名字：易遙。

不是遙遙。

是易遙。

儘管連自己也會覺得遙遙這個名字噁心。可是，噁心總是要比傷心好吧。

易遙掛斷了打給自己的電話，抬起頭看到齊銘。

易遙把手機遞給他：「剛顧森湘打你電話，響了一會兒就掛了。」

齊銘把手機拿過來，撥通了顧森湘的號碼。

「喂，你找我啊？」齊銘對著電話說話，順手把飯盒放到桌上。

「你幹嘛掛我電話啊？」電話裡傳來的聲音。

齊銘回過頭看了看易遙，然後對電話裡的人說：「哦，不小心按錯了。我先吃飯，等下打給你。」

掛掉電話之後，齊銘一聲不響地開始埋頭吃飯。

易遙站起來，蓋上飯盒走了。

齊銘也沒抬頭，繼續朝嘴裡扒進了幾口飯。

易遙走出食堂，抬起袖子擦掉了臉上的眼淚。

一臉平靜地走回了教室。

第九回

全世界起伏的巨大的潮汐。

01

那種不安的感覺在內心裡持續地放大著。

該怎麼去解釋這種不安呢？

不安全。不安分。不安穩。不安靜。不安寧。不安心。

身體裡像是被埋下了一顆定時炸彈。隨著時間分秒地流逝，那種滴答滴答的聲音在身體裡跳動著，格外清晰地敲打在耳膜上。對於那種不知道什麼時候就突然到來的爆炸，所產生的不安。不知道什麼時候，自己的世界就會崩裂成碎片或者塵埃。

其實身體裡真的是有一顆炸彈的。不過馬上就要拆除了。

但是電影裡拆除炸彈的時候，剪下導線的時候，通常會有兩種結局：一種是時間停止，炸彈被卸下身體；另一種是在剪掉的當下，轟然一聲巨響，然後粉身碎骨。

易遙躺在床上，聽著身體裡滴答滴答的聲音，安靜地流著眼淚。

齊銘埋頭吃飯的沉默的樣子，在中午猛烈的陽光裡，變成漆黑一片的剪影。

02

這天早上起來的時候，易遙與往常並沒有什麼不同。

倒是林華鳳坐在桌子邊喝粥的時候，發出了一兩聲嘆息來。

易遙微微皺了皺眉，本來沒想問，後來還是問出了口：「媽，你怎麼了？」

林華鳳放下碗，臉色很白。她揉了揉胸口，說：「人不舒服，我看我是發燒了。你今天別去學校了，陪我去一下醫院吧，我等下打電話給你老師，幫你請個假。」

易遙點點頭，然後繼續喝粥，喝了兩口，突然猛地抬起頭來，說道：「今天不行。」

林華鳳本來蒼白而虛弱的臉突然變得發紅，她吸了口氣：「你說什麼？」

「今天不行。」易遙咬了咬嘴唇，把筷子放下來，也不敢抬起眼睛看她，頓了頓又說，「要嘛我陪你到醫院，然後我再去上課。」

「你就是恨不得我早點死！我死了你好去找那個該死的男的！」林華鳳把筷子重重地摔在桌上，頭髮蓬亂地頂在頭上。

「你不要借題發揮。」易遙平靜地說，「我是今天有考試。」想了想，易遙又說：「話又說回來，出門走幾分鐘就是醫院，我上次發燒的時候，不是一樣被你叫去買米嗎？那二十斤重的大米，我不是一樣從超市扛回來……」

話沒說完，林華鳳一把扯過易遙的頭髮，抄起筷子就啪啪地朝易遙頭頂上打下去：「你逼嘴會講！我叫你會講！」

易遙噌地站起來，順手搶過林華鳳手裡的筷子朝地上一扔：「你發什麼瘋？你有力氣打我，你怎麼沒力氣走到醫院去？你喝杯熱水去床上躺著吧！」

易遙扯過沙發上的書包，走到門口伸手拉開大門：「我上午考試完就回來接你去醫院，我下午請假陪你。」

說完易遙關上門，背影消失在弄堂裡。

林華鳳坐了一會兒，站起來把碗收進廚房。

剛走進廚房門的時候，腳下的硬塑膠拖鞋踩在地磚上一滑，整個人朝前面重重地摔下去。

瓷碗摔碎的聲音，以及兩隻手壓在陶瓷碎片上被割破時林華鳳的尖叫聲，在清晨的弄堂裡短短地迴響了一下，就迅速消失了。

03

易遙走到弄堂口的時候看見了跨在自行車上等自己的齊銘，他看見易遙走過來，就順過背後的書包，掏出一袋牛奶。

易遙搖了搖頭，齊銘伸出來的手停在空氣裡，也沒有放回去。

易遙看著齊銘：「我真的不喝，你自己喝吧。」

齊銘一抬手把牛奶丟進路邊的垃圾桶裡。

「你發什麼神經！」

齊銘扭過頭，木著一張臉跨上車子：「走吧，去學校。」

易遙轉身把自行車轉朝另一個方向：「你先走吧，我不去學校。」

「你去哪兒？」齊銘轉過身來拉住易遙的車座。
「打胎！」易遙丟下兩個字，然後頭也不回地騎走了。

04

易遙大概在手術室外面的椅子上坐了半個小時，才從裡面出來一個護士。她取下口罩看了看易遙遞過來的病歷，然後問她：「今天的最後一次吃了嗎？」

易遙搖搖頭。

護士轉身走進房間裡面，過了會兒拿著一個琺瑯的茶杯出來，遞給易遙，說：「那現在吃。」

易遙從口袋裡拿出最後一次的藥片，然後捧著那個杯口已經掉了好多塊漆的茶杯，喝下了幾大口水。

護士看了看表，在病歷上寫了個時間，然後對易遙說了句「等著，痛了就叫我」之後，就轉身又走進房間裡去了。

易遙探過身從門縫裡看到，她坐在椅子上把腳蹺在桌面上，拿著一瓶鮮紅的指甲油小心地塗抹著。

易遙忐忑不安地坐在昏暗的走廊裡。

那種定時炸彈滴答滴答的聲音漸漸變得越來越清晰。易遙用手抓著胸口的衣服，感覺快要呼吸不過來了。

05

顧森西在易遙的教室門口張望了很久，沒有發現易遙，看見坐在教室裡看書的齊銘，於是扯著嗓子叫起他的名字來。

齊銘走到教室門口，顧森西問他：「易遙呢？」

「生病了，沒來上課。」齊銘看了看顧森西，說，「在家休息呢。」說完就轉身走回座位，剛走了兩步，就聽見門口唐小米的聲音：「休息什麼呀，早上來上學的路上還看見她生龍活虎地騎著自行車朝醫院跑。」

齊銘回過頭，正好看見唐小米意味深長的笑：「那個，醫院。」

顧森西看了看唐小米，一句話也沒說就走了。

齊銘走到唐小米面前，低下頭看著唐小米：「你不要亂講。」

唐小米抬起頭：「我講錯了什麼嗎？生病了是該去醫院啊，在家待著多不好。只聽過養身子，但沒聽過養病的，把『病』養得越來越大，怎麼得了！」

說完撩了撩頭髮，走進教室去了。

齊銘站在教室門口，覺得全身發麻。

就像是看見滿地毛毛蟲一樣的全身發麻的感覺。

06

易遙掏出口袋裡正在振動的手機，翻開蓋子，看見顧森西的簡訊：你又去那裡幹嘛！！！連著三個驚嘆號。

易遙想了想，打了四個字「你別管了」就發了回去。看見訊息發送成功之後就退出了畫面。

安靜的待機螢幕上，一則齊銘的訊息也沒有。

易遙把電源按鈕按了下去，過了幾秒鐘，螢幕就漆黑一片了。易遙把手機丟進包裡的時候，隱隱地感覺到了腹腔傳來的陣痛。

「阿姨，我覺得……肚子痛了。」易遙站在門口，衝著裡面還在塗指甲油的護士說。

護士回過頭來看了看易遙，然後又回頭看了看還剩三根沒有塗完的手指，於是對易遙說：「才剛開始，再等會兒。還有，誰是你阿姨？亂叫什麼呀！」

易遙重新坐回長椅上，腹腔裡的陣痛像潮水一樣一波一波地往上漲。

又過了十分鐘後，易遙重新站在門口叫著「護士小姐」。

護士塗完最後一根指甲，回過頭來看看易遙滿頭細密的汗水，於是起身從玻璃櫃子裡拿出一個小便盆一樣的東西遞給易遙：「拿著，去廁所接著，所有拉出來的東西都接在裡面，等下拿給我看，好知道有沒有流乾淨。」

之後她頓了一頓，說：「沒有流乾淨的話，要清宮的。」

易遙什麼都沒說，低頭接過那個白色的琺瑯便盆，轉身朝廁所走去。

易遙坐在馬桶上，一隻手扶著牆壁，另一隻手拿著便盆接在下面。

易遙滿頭大汗，嘴唇被咬得沒有一點血色。

像是有一隻鋼鐵的尖爪伸進了自己的身體，然後抓著五臟六腑一起活生生地往身體外面扯，那種像要把頭皮撕開來的劇痛在身體裡來回爆炸著。

一陣接一陣永遠沒有盡頭的劇痛。

像來回的海浪一樣反覆沖向更高的岩石。

開始只是滴滴答答地流出血水來，而後就聽見大塊大塊掉落進便盆裡血肉模糊的聲音。

易遙咧著嘴，嗚嗚地哭起來。

07

上午快要放學的時候，齊銘收到顧森湘的簡訊：「放學一起去書店嗎？」

齊銘打了個「好」字。然後想了想，又刪除掉了，換成「今天不了，我想去看看易遙，她生病了」。

過了會兒簡訊回過來：「嗯，好的。幫你從家裡帶了胃藥，放學我拿給你。你胃痛的毛病早就該吃藥了。」

齊銘露出牙齒笑了笑，回了個「遵命」過去。

發送成功之後，齊銘撥了易遙的電話，等了一會兒電話裡傳來「您撥打的用戶已關機」的聲音。

齊銘掛斷電話，抬起頭望著窗外晴朗的天空，白雲依然自由地來去，把陰影在地面上拖曳著，橫掃過每一個人的頭頂。

08

易遙恢復意識的時候，首先是聽見了護士推門的聲音，然後就是她尖著嗓門的叫聲：「哦喲，你搞什麼呀，怎麼躺在地上？」

然後就是她突然拉得更高的聲音：「你腦子壞掉啦！不是叫你把拉出來的東西接到小便盆裡的嗎？你倒進馬桶裡，你叫我怎麼看！我不管，你自己負責！」

易遙慢慢從地上爬起來，看了看翻在馬桶裡的便盆，還有馬桶裡漂浮著的一灘血肉模糊的東西，也不知道自己是什麼時候昏過去的。只記得從馬桶上摔下來的時候，頭撞在牆壁上咚的一聲。

易遙抓著自己的褲子，有點發抖地小聲問：「那……我該怎麼辦？」

護士厭惡地看了易遙一眼，然後伸手按了沖水的按鈕把那灘泛著紅色泡沫的血肉模糊的東西衝進了馬桶：「怎麼辦？清宮呀！不過我話說在前面，清宮是很傷身體的，如果你已經流乾淨了，再清宮，很容易會大出血，我不負責的！」

易遙抬起頭，問的第一句話，不是有沒有危險，也不是會不會留下後遺症，而是：「清宮的話，需要額外加錢嗎？」

護士拿眼睛掃了掃緊緊抓著褲子的易遙，說：「清宮不用加錢，但是你需要麻醉的話，那就要加錢。」

易遙鬆了口氣，抓緊褲子的手稍微鬆開來一點，搖頭說：「我不要麻醉。」

易遙躺在手術臺上，頭頂是曾經看過的泛黃的屋頂。依然是不知道蒙著一層什麼東西。耳邊斷續響起的金屬撞擊的聲音。

易遙抓著褲子的手越抓越緊。

當身體裡突然傳來冰冷的感覺的時候，易遙的那句「這是什麼」剛剛問出口，下身就傳來像要把身體撕成兩半的劇烈的痛感，易遙喉嚨裡一聲呻吟，護士冷冰冰地回答：「擴宮器。」說完又用力擴大了一下，易遙沒有忍住，一聲大叫把護士嚇了一跳，「你別亂動。現在知道痛，當初就不要圖舒服！」

易遙深吸了一口氣躺著不動了，閉上眼睛，像是臉上被人抽了一耳光一樣，易遙的眼淚沿著眼角流向太陽穴流進漆黑的頭髮裡。

一根白色的塑膠管子插進了自己的身體，易遙還沒來得及分辨那是什麼東西，就看見護士按下了機器上的開關，然後就是一陣吸塵器一樣的巨大的噪音，和肚子裡千刀萬剮的劇痛。

易遙兩眼一黑，失去了知覺。

09

再一次醒過來的時候，易遙躺在休息室的病床上。

「你醒了？」護士走過來，扶著她坐起來，「已經清乾淨了，你可以回家了。」

易遙點點頭，然後慢慢地下床，彎腰穿好自己的鞋子。直起身來的時候頭依然很暈。

像是身體裡一半的血液都被抽走了一樣，那種巨大的虛脫的感覺從頭頂籠罩下來。

易遙低聲說了聲「謝謝」，然後背好自己的書包拉開門走出去。

走到門口的時候，護士摘下口罩，嘆了口氣，有點同情地說：「你回家好好休息幾天，能不動就別動，千萬別劇烈運動，別吃冰的東西，也別碰冷水。最好今天明天都不要洗澡。這幾天會少量地流血的，然後慢慢會減少。如果一直都沒有減少，或者出血越來越多，你就趕快去醫院。知道嗎？」

易遙點了點頭，忍著眼淚沒有哭，彎下腰鞠了個躬，背著書包走了出去。

易遙摸著扶手，一步一步小心地走下昏暗的樓梯。兩條腿幾乎沒什麼力氣，像是盤腿坐了整整一天後站起來時的麻木感，完全使不上勁兒。易遙勉強用手撐著扶手，朝樓梯下面走去。

走出樓梯間的時候，易遙看到了站在門口的顧森西。

顧森西被自己面前的易遙嚇了一跳，全無血色的一張臉，像是一張繃緊的白紙一樣一吹就破。嘴唇蒼白地起著皺紋。

「你……」顧森西張了張口，就沒有說下去。其實不用說出來，易遙也知道他的意思。易遙點點頭，用虛弱的聲音說：「我把孩子打掉了。現在已經沒事了。」

「你這哪叫沒事。」顧森西忍著發紅的眼眶，走過去背對易遙蹲下來，「上來，我背你回家。」

易遙搖了搖頭，沒有動。過了會兒，易遙說：「我腿張不開，痛。」
顧森西站起來，翻了翻口袋，找出了一張二十塊的，然後飛快地走到馬路邊，伸手攔了一輛車，他抬起手擦掉眼淚，把易遙扶進車裡。

10

弄堂在夕陽裡變成一片血紅色。
顧森西扶著易遙走進弄堂的時候，周圍幾個家庭婦女的目光在幾秒鐘內變換了好多種顏色。最後都統一地變成嘴角斜斜浮現的微笑，定格在臉上。
易遙也無暇顧及這些。
掏出鑰匙打開門的時候，看見林華鳳兩隻手纏著紗布躺在沙發上。
「媽你怎麼了？」易遙走進房間，在凳子上坐下來。
「你捨得回來啦你？你是不是想回來看看我有沒有死啊？！」林華鳳從沙發上坐起來，披頭散髮地看著站在自己面前高大的顧森西。
「你是誰？」林華鳳瞪著他。
「阿姨你好，我是易遙的同學。」
「誰是你阿姨，出去，我家不歡迎同學來。」

「媽！我病了，他送我回來的！你別這樣。」易遙壓制著聲音的虛弱，刻意裝得有力些。

「你病了？你早上生龍活虎的你病了？易遙你別以為我不知道你在想什麼，你以為你病了就不用照顧我了？就應該老娘下床來伺候你了？你逼丫頭腦袋靈光來兮的嘛！」

「阿姨，易遙她真的病了！」顧森西有點聽不下去了。

「冊那[3]，你以為你是誰啊你！滾出去！」林華鳳走過來把顧森西推出門，然後用力地把門摔得關上。

林華鳳轉過身來，看見易遙已經在朝房間裡走了。她順手拿起沙發上的一個枕頭朝易遙丟過去，易遙被砸中後背，身體一晃差點摔下去。

「你想幹什麼？回房間啊？我告訴你，你現在就陪我去醫院，我看病，你也看病，你不是說自己病了嗎，那正好啊，一起去！」

「媽。」易遙轉過身來，「我躺一會兒，我休息一下馬上就起來陪你去醫院。」

11

顧森西站在易遙家門口，心情格外地複雜。

弄堂裡不時有人朝他投過來複雜的目光。

3 上海話。粗話，意思接近「我操、操你媽」。

轉身要離開的時候，看見不遠處正好關上家門朝易遙家走過來的齊銘。
「你住這裡？」顧森西問。
「嗯。你來這裡幹嘛？」
「我送易遙回來，她……生病了。」
齊銘看了看顧森西，沒有再說什麼，抬起手準備敲門。
顧森西抓著齊銘的手拉下來，說，「你別敲了，她睡了。」
「那她沒事吧？」齊銘望著顧森西問。
「我不知道。」

齊銘低著頭在門口站了一會兒，然後轉身走了回去。
顧森西回頭看了看易遙家的門，然後也轉身離開了。

12

躺下來還沒有半個小時，易遙就聽見林華鳳的罵聲。
好像是在叫自己做飯什麼的。
易遙整個人躺在床上就像是被吊在虛空的世界裡，整個人的知覺有一半是泡在水裡的，剩下另一半勉強清楚著。

「媽，我不想吃。冰箱裡有餃子，你自己下一點吧，我今天實在不想做。」

「你眼睛瞎了啊你！」林華鳳衝進房間一把掀開易遙的被子，「你看看我纏著紗布的手，怎麼做？怎麼做！」

被掀開被子的易遙繼續保持著躺在床上的姿勢。

和林華鳳對峙著。

像是挑釁一樣。

站在床前的林華鳳呼吸越來越重，眼睛在暮色的黃昏裡泛出密密麻麻的紅血絲來。

在就快要爆發的那個臨界點，易遙慢慢地支起身子，攏了攏散亂的頭髮：「你想吃什麼？我去做。」

易遙走去廚房的時候抬眼看到了沙發上的書包。

她走過去掏出手機，開機後等了幾分鐘，依然沒有齊銘的簡訊。

易遙把手機放回書包裡，挽起袖子走進了廚房。

從櫃子最上層拖下重重的米袋，依然用裡面的杯子舀出了兩杯米倒進淘米盆裡。

擰開水龍頭，嘩啦啦地沖起一盆子髒兮兮的白色泡沫來。

易遙把手伸進米裡，剛捏了幾下，全身就開始一陣一陣發冷地抽搐起來。

易遙把手縮回來，然後擰開了熱水器。

做好飯後易遙把碗筷擺到桌上，然後起身叫房間裡的林華鳳出來吃飯。

林華鳳頂著一張死人一樣的臉從房間裡慢慢走出來，在桌子旁邊坐下來。

易遙轉身走進房間：「媽，我不吃了，我再睡會兒。」

「你唱戲啊你！你演給誰看啊？」林華鳳拿筷子的手有些抖。

易遙像是沒聽見一樣，繼續朝房間走。

掀開被子躺進去的時候，易遙說：「我就是演，也要演得出來啊。」

說完躺下去，伸手拉滅了房間裡的燈。

在黑暗中躺了一會兒，就突然聽見門被匡噹撞開的聲音。

林華鳳亂七八糟語無倫次的咒罵聲，夾雜在巴掌和拳頭裡面，雨點一樣地朝自己打過來。

也不知道是林華鳳生病的關係，還是被子太厚，易遙覺得也沒有多疼。

其實經過白天的痛之後，似乎也沒有什麼痛是經受不了的了吧。

易遙一動不動沉默地躺在那裡，任林華鳳發瘋一樣地捶打著自己。

「你裝病是吧！你裝死是吧！你裝啊！你裝啊！」

空氣裡是林華鳳大口喘息的聲音，在極其安靜的房間裡面，像是電影裡的特技音效，抽離出來脫離環境的聲音，清晰而又銳利地放大在空氣裡。

安靜的一分鐘。

然後林華鳳突然伸手抄起床邊的凳子朝床上用力地摔下去，突然扯高的聲音爆炸在空氣裡。

「我叫你媽逼的裝！」

13

眼皮上是強烈的紅光。

壓抑而細密地覆蓋在視網膜上。

應該是開著燈吧。可是睡覺的時候應該是關上了啊。

易遙睜開眼睛，屋子裡沒有光線，什麼都沒有，可是視線裡依然是鋪滿整個世界的血紅色。

窗戶，床，凳子，書桌，放在床邊的自己的拖鞋。所有的東西都浸泡在一片血紅色裡，只剩下更加發黑的紅色，描繪出這些事物的邊緣。

易遙拿手指在眼睛上揉了一會兒，拿下來的時候依然不見變化。視線裡是持續的強烈的紅色。手上濕漉漉的黏稠感，易遙想自己也沒有哭，為什麼手上會是濕的，低下頭聞了聞，濃烈的血腥味道衝得易遙想嘔。

易遙伸出手掐了掐自己的大腿，清晰的痛覺告訴自己並不是在做夢。

易遙一把掀開被子，整個床單被血液泡得發漲。滿滿一床的血。動一動，就從被壓出的凹陷處，流出來積成一小灘血泊。

一陣麻痺一樣的恐懼感一瞬間衝上易遙的頭頂。

掙扎著醒過來的時候，易遙慌亂地拉亮了房間裡的燈，柔和的黃色光線下，乾淨的白色被單泛出寧靜的淡黃色。易遙看看自己的手，蒼白的手指，沒有血的痕跡。

易遙憋緊的呼吸慢慢擴散在空氣裡。

像一個充滿氣的救生艇被戳出了一個小洞，一點一點地鬆垮下去。易遙整個人從夢魘裡掙扎出來，像是全身都被打散了一樣。

靜了一會兒，就聽到林華鳳房間裡的呻吟聲。

易遙披了件衣服推開門，看見林華鳳一動不動地躺在床上。

「林華鳳。」易遙喊了一聲。

房間裡安靜一片，沒有回答，只有林華鳳斷續地呻吟的聲音。

「媽！」易遙推了推她的肩膀。依然沒有反應，易遙伸出手摸了摸她的額頭，就突然一聲大喊：「媽！」

14

易家言被手機吵醒的時候，順手拿過床頭的鬧鐘看了看，凌晨三點半。易家言拿過手機看了看螢幕，就突然從床上坐起來，披了件衣服躲進廁所。

電話那邊是易遙語無倫次的哭聲，聽了半天，才知道林華鳳發燒已經昏迷了。

握著電話也沒說話，易家言在廁所的黑暗裡沉默著。電話裡易遙一聲一聲地喊著自己。

爸爸。爸爸。

爸爸你來啊。爸爸你過來啊。我背不動媽媽。

爸爸，你別不管我們啊。

易遙的聲音像是朝他心臟上投過來的匕首，扎得生疼。

他猶豫了半天，剛開口想說「那你等著我現在過來」，還沒說出口，廁所的燈閃了兩下，就騰地亮了起來。

易家言回過頭去，臉色蒼白而冷漠的女人站在門口：「你說完了沒？說完了我要上廁所。」

易家言一狠心，對電話裡摞下了一句「你讓你媽喝點熱水，吃退燒藥，睡一晚就沒事了」。然後就掛斷了電話。

15

「嘟嘟」的斷線聲。

像是把連接著易遙的電線也一起扯斷了。

易遙坐在地上一動不動，像是一個被拔掉插頭的機器。手機從手上掉下來摔在地上，後蓋彈開來在地上蹦了兩下就不再動了。

16

李宛心怒氣衝天地拉開大門的時候，看見了站在門口滿臉掛滿眼淚的易遙。

開始李宛心愣了一愣，隨即怒氣立刻像火焰唰唰竄上心頭：「你大半夜的發什麼神經！」

「齊銘在嗎……我找齊銘……阿姨你叫叫齊銘……」易遙伸出手抓著李宛心的衣服，因為哭泣的原因口齒也不清楚。

「你瘋了嗎你！」李宛心探出身子，朝著易遙家門吼，「林華鳳你出來管管你女兒！大半夜的來找我兒子！這像什麼話！你女兒不要臉！我兒子還要做人呢！」

「阿姨！阿姨我媽病了。我背不動她……阿姨你幫幫我啊……」

李宛心甩開抓著自己衣服的易遙，一下把門轟地摔上了。

回過頭罵了句響亮的「一家人都是瘋子」，轉過身看見站在自己背後燒紅了眼的齊銘。

沒等齊銘說話，李宛心伸出手指著齊銘的鼻子：「我告訴你，你少管別人家的閒事，弄堂裡那些賤女人的七嘴八舌已經很難聽了，我李宛心還不想丟這個人！」

齊銘沒理她，從她旁邊走過去準備開門。

李宛心一把扯著齊銘的衣領拉回來，抬手就是一巴掌。

17

齊銘拿出手機打易遙的電話，一直響，沒有人接。

估計她大半夜地從家裡衝出來也沒帶手機。

齊銘掛了電話後走到自己房間門口用力地踢門，李宛心在外面冷冰冰地說：「你今天如果出去開門，我就死在你面前。」

齊銘停下動作，立在房間門口就不再動了。過了會兒齊銘重新抬起腿，更加用力地朝房門踢過去。

弄堂裡很多人家的燈都亮起來了。

有幾個愛看熱鬧的好事的女人披著睡衣頂著一頭亂糟糟的鬈髮站在門口，看著坐在齊銘家門口哭泣的易遙，臉上浮現出來的各種表情可以通通歸結到「幸災樂禍」的範疇。

甚至連齊銘都聽到一聲「自古多情女子薄情郎啊，嘖嘖嘖嘖」。應該是弄堂一端的女人朝著另一端的人在喊話。

李宛心利索地站起來拉開大門，探出身子朝剛剛說話的那個女的吼了過去：「薄你媽逼！你那張爛嘴是糞坑啊你！」然後更加用力地把門摔上。

易遙癱坐在地上，像是周圍的事情都和自己無關了一樣。也看不出表情，只有剛剛的眼淚還掛在臉上。

齊銘把自己的窗子推開來，探出去剛好可以看到穿著睡衣坐在自己家門口的易遙。

齊銘強忍著沒有哭，用儘量平靜的聲音喊易遙。

喊了好幾聲，易遙才慢慢轉過頭，無神地看向自己。

「易遙你別慌。你聽我說，打電話。打急救電話，120！快回家去打！」

「沒事的！你聽我說沒事的！你別坐在這裡了！」

「易遙！易遙！你聽得見嗎？」

易遙慢慢地站起來，然後快步朝家裡跑過去。

經過齊銘窗戶的時候，看也沒看他一眼。

齊銘看著易遙跌跌撞撞奔跑的身影消失在自己的視線裡面，那一瞬間，他覺得她像是再也不會回到自己的世界裡了。

齊銘離開窗戶，慢慢地蹲下來，喉嚨裡一片混沌的嗚咽聲。

18

淩晨四點的弄堂。

冷清的光線來不及照穿凝固的黑暗。

灰濛的光線拖曳著影子來回移動。

剛剛沸騰起來的弄堂又重新歸於一片寧靜。女人們嘀咕著，冷笑著，漸次關上了自己家的門。

拉亮的燈又一盞一盞地被拉滅了。

黑暗中慢慢流淌著悲傷的河流。淹沒了所有沒有來得及逃走的青春和時間。

你們本來可以逃得很遠的。

但你們一直都停留在這裡，任河水翻湧高漲，直到從頭頂傾覆下來。

連同聲音和光線，都沒有來得及逃脫這條悲傷的巨大長河。

浩渺無垠的黑色水面反射出森冷的白光，慢慢地膨脹起來。月亮牽動著巨大的潮汐。

全世界都會因為來不及抵抗，而被這樣慢慢地吞沒嗎？

第十回

那些被喚醒的記憶，沿著照片上發黃的每一張臉。
重新附上魂魄。

01

其實這個世界上，並沒有什麼是一定可以傷害到你的事情。

只要你足夠冷酷，足夠漠然，足夠對一切事情都變得不再在乎。

只要你慢慢地把自己的心，打磨成一粒光滑堅硬的石子。

只要你把自己當作已經死了。

那麼，這個世界上，就再也沒有東西可以傷害到你了。

不想再從別人那裡感受到那麼多的痛。那麼就不要再去對別人付出那麼多的愛。

這樣的句子如果是曾經的自己，在電視裡或者小說上看到的時候，一定會被噁心得冒出胃酸來。可是當這一切都化成可以觸摸到的實體，慢慢地像一團濃霧般籠罩你的全身的時候，你就會覺得，這些都變成了至理名言，閃爍著殘酷而冷靜的光。

02

幾天過去了。似乎身體並沒有出現流產後的大出血現象。手術之後的第一天還是像來例假時一樣流了些血，之後一天比一天少。

身體裡那顆一直滴答跳動著的定時炸彈似乎已經停了下來。晚上也漸漸地不再做夢。不過也並不是很沉很深的睡眠。總是像淺淺地浮在夢的表層。耳朵眼睛都保持著對聲音和光線依然敏銳的捕捉能力。偶爾有飛蟲在房間裡振動了翅膀，易遙就會慢慢地在黑暗裡睜開眼睛，靜靜地盯著看不清楚的天花板，直到再次潛進夢的表層。

林華鳳只在醫院住了一天，就掙扎著死活要回家。那天晚上120急救就花了四、五百塊錢。林華鳳一分鐘也不想在醫院待下去。回到家虛弱了兩天，然後也慢慢地恢復了。

同樣恢復了的，還有林華鳳對易遙砸過去的拖鞋，以及那句熟悉的「你怎麼不去死」。易遙也不太想躲了，任由拖鞋砸在自己的身上甚至是臉上。只是在每次聽到林華鳳說「你怎麼不去死」的時候，她會在心裡想，也許那天就讓你死在家裡才是正確的選擇。

恨不得你去死。就像你恨不得我去死一樣。

對於你而言，我是個多餘的存在，那麼，你那種希望我死的心情，我可以明白。

就像我自己的孩子一樣，它也是期待之外的突然意外，所以，我也希望它去死，而且，它也真的被我弄死了。

這樣的心情，你應該也可以明白吧。

其實誰死都是遲早的事情。

易遙每次看著林華鳳的時候，心裡都翻湧著這樣黑暗而惡毒的想法。無法控制地席捲著大腦裡的每一個空間，膨脹得沒有一絲縫隙來存放曾經稍縱即逝的溫暖。

03

其實也是非常偶然的機會。易遙聽到了唐小米打電話時的對話。

當時易遙正在廁所的隔間裡把衛生棉換下來，已經第四天了，換下來的衛生棉上已經沒有多少血跡。

穿好褲子的時候，隔壁間傳來打電話的聲音，是唐小米。

易遙本來也沒打算要聽，剛要拉開門走出去的時候，聽到隔壁唐小米嬉笑著說：「不過表姊，你也太能幹了點吧，那張病歷單怎麼弄來的啊？那麼逼真。你知道我們學校現在管易遙那賤人叫什麼嗎？叫一百塊。笑死我了……」

唐小米從廁所隔間出來的時候，看見正在水槽前面洗手的易遙，臉色瞬間變得蒼白。

「真是巧啊。」易遙從鏡子裡對著唐小米微微一笑，「你說是嗎？」

唐小米尷尬地扯了扯嘴角，露出一個比哭還難看的笑容。

回到教室的時候，易遙找到齊銘。她問他借了手機想要給媽媽發個訊息，因為自己的手機沒電了。

易遙啪啪地迅速打完一則簡訊，然後發送了出去。

把手機遞還給齊銘的時候，齊銘沒有抬起頭，只是伸出手接了過去，然後繼續低頭看書。易遙淡淡地笑了笑，沒所謂地坐回到自己的座位上面。

唐小米發現自己手機振動之後就把手機掏出來，翻開蓋子看見螢幕上的發件人是「齊銘」時突然深吸了一口氣。

她關上手機朝齊銘的座位望過去，齊銘低著頭在看書。光線從他的右邊臉照耀過來，皮膚上一層淺淺的金色茸毛像是在臉上籠罩著一層柔光。

唐小米深呼吸幾口氣，然後慢慢地回到自己的座位上。

在幾公尺遠處的易遙，此時慢慢收回自己的目光低頭扯著嘴角微笑起來。

剛剛她用齊銘的手機發送的簡訊是：「下午兩點上課前，學校後門的水池邊見。有話想要告訴你。」

收件人是唐小米。

04

中午下課的時候，齊銘正好和易遙一起走出教室門口。齊銘看了看面前的易遙，正在猶豫要不要叫她一起吃飯，還沒有開口，易遙已經頭也不回地走出教室去了。

齊銘站在門口，手拉在書包帶上，望著易遙慢慢走遠直到消失在走廊的盡頭。

手機響起來的時候，齊銘拿起來，聽了兩句，回答對方：「嗯好。我去你教室找你吧。」

易遙沒有去食堂吃飯。去小賣部買了一袋餅乾和一瓶水，然後慢慢走回了教室。

趴在走廊上朝下面看過去，操場上散著小小的人影來來回回移動著。陽光從圍繞操場一圈的樹木枝椏中間照耀過來，在操場灰色的地面上灑下明亮的光斑，被風吹得來回小距離地移動著。

空氣裡是學生廣播站裡播放的廣播小組選出來的歌曲。易遙也知道那小組，都是一些可以用粉紅色來形容的，把自己打扮成十四歲樣子的做作的女生，翻看著日韓的雜誌，用動畫片裡的語氣說話，熱衷於去街上對著機器可愛十連拍。

空氣裡的歌是倖田來未。日本最近紅得發紫的性感女人。

其實不帶著任何偏見去聽的話，她的歌也不會讓人覺得難受。

易遙探出頭，就看見慢慢走進樓梯口的齊銘和他身邊的顧森湘。易遙沒有表情地半閉上眼睛，躲避著照進眼睛裡的強烈光線。

還沒有到夏天，所以空氣裡也沒有響亮的蟬鳴。只是陽光一天比一天變得刺眼。正午的影子漸漸縮短為腳下的一團。不再是拉長的指向遠處的長影。

記憶裡的夏天已經遙遠到有些模糊了。就像是每一天在腦海裡插進了一塊磨砂玻璃，一層一層地隔絕著記憶。

只剩下遠處傳來的工地的雜音，好像是學校又修建了新的教學樓。一聲一聲沉悶的打樁的聲音，像是某種神秘的計時，持續不斷地從遠方迎面而來。

易遙把腳跨到欄杆上面，用力地把身體探出去，頭髮被風唰地一下吹開來。

易遙剛剛閉上眼睛，就聽見耳邊響亮的尖叫聲。

易遙回過頭去看見站在自己面前的不認識的女生，看了一會兒就呵呵地笑起來：「你以為我要幹嘛啊？嚇得那麼厲害。」

女生也沒有說話，只是用手抓著自己的裙子。

「你以為我想死嗎？」易遙問。

對方沒有回答，轉身快速地跑掉了。

「死有什麼可怕的，活著才痛苦呢。」易遙衝著逃走的女生甚至哈哈大笑起來。

「那你就去死啊你，等什麼！」身後傳來響亮的譏笑聲音，易遙回過頭去看見唐小米。

和早上不同的是，現在的她如果仔細看的話，就會看出來上過粉底，也搽了睫毛膏。頭髮上還別上了有著閃亮水鑽的髮飾。

易遙看著面前的唐小米，某種瞬間領悟過來的微笑在嘴角浮現起來：「等你啊。」

05

易遙坐在座位上看書，當書頁上被突然投下一塊黑影的時候，易遙抬起頭來，看見站在自己面前黑著一張臉的齊銘。

「讓開，我看書呢。」易遙不冷不熱地說完，把書移向有陽光的地方。

齊銘伸出手啪的一聲把書合上。

易遙皺起眉頭：「你發什麼神經，別沒事找事啊你。」

齊銘從口袋裡拿出手機，翻開蓋子調出已發訊息的其中一條，然後伸到易遙鼻子前面：

「是你在找事吧。」

易遙看了看螢幕上自己發給唐小米的那條簡訊，沒有說話。

齊銘的眼睛漸漸紅起來，像是被火炙烤著一樣，血絲像要把眼眶撐裂了。

易遙撩撩頭髮坐下來，剛想說「對不起」，眼角的餘光就看到了站在教室門口的唐小米。

剛剛還在學校水池邊等了半個鐘頭，一直到要上課了才不得不趕回來上課的唐小米。

在中午的時候抽空精心化好了妝的唐小米。

甚至連對白和表情都設計好了的唐小米。

此刻靜靜地站在教室門口，看著拿著手機對著易遙發怒的齊銘。

那一瞬間，她什麼都明白了。分佈在身體裡的複雜的電路，被迅速接通了電流，唰唰地流過身體，畢剝作響。

上課鈴把所有的人催促回了座位。

老師推開門的時候，每個人都從抽屜裡拿出書來。

唐小米從抽屜裡拿出那本不用的英文詞典，從背後朝易遙的頭上用力地砸過去。

當教室裡所有的人被詞典掉在地上「啪」的一聲巨響驚起的時候，每個人都看到了趴在桌子上用手按住後腦勺無法出聲的易遙。

過了很久易遙也沒有動，直到老師在講臺上發了火，問「怎麼回事」時，易遙才抬起頭來。

她拿下手看了看手心裡幾條沿著掌紋滲透開來的淡淡的血絲，然後回過頭看了看身後的唐小米，果然是那樣一副意料中的驚訝的表情，和她周圍的所有人的表情一樣。

易遙回過頭，起身撿起地上的詞典，對老師說：「老師，後面扔過來一本詞典，不過不知道是誰扔的，砸到我了。我剛痛得沒說出話來，對不起啊。」

老師看了看易遙，伸出手做了個「坐下吧」的手勢。

唐小米在背後咧著嘴冷笑起來。

老師剛要轉身繼續上課，易遙又突然站了起來，她翻了翻詞典，然後轉過身用響亮的聲音說：「唐小米？這上面寫著唐小米。唐小米，是你的書吧？」

易遙伸出去的手停在半空中，等待著唐小米接過去。

那一刻，唐小米覺得伸向自己的那本詞典，就像是一把閃著綠光的匕首。

而面前易遙那張凝固著真誠笑容的臉，像一個巨大的黑洞一樣吞噬了所有的光線和聲音。

06

如果易遙在把詞典伸向唐小米的那一刻轉頭看一看的話，她一定會看見在自己身後的齊銘，他望向自己的目光，就像是在漏風的房間裡燃燒的蠟燭，來回晃動著，在最後的一瞬間熄滅下去，化成一縷白煙消失在氣流裡。

07

黃昏時寂寞而溫暖的光線。

嘈雜的放學時的人聲像是海水一樣起伏在校園裡。

風吹著樹葉一層接一層地響動而過。

沙沙的聲音在頭頂上一圈一圈地蕩漾開來。

齊銘擦過易遙身邊，看也沒有看她，徑直朝走廊盡頭的樓梯走去。

易遙伸出手拉住他的衣服下擺。

「你是不是覺得我很過分？」易遙望著轉過身來的齊銘說。

「過分？」齊銘的臉被夕陽覆蓋著，有一層昏黃的悲傷的色調，「你覺得僅僅是過分而已嗎？你這樣和她們又有什麼區別。」

齊銘背好書包，轉身走了，走了兩步回過頭來：「你不覺得其實你自己，也是很惡毒的嗎？」

08

在還是很小的時候，大概小學四年級。

有一次在學校的遊園會上，齊銘和易遙一起在一個撈金魚的遊戲前面玩耍。

易遙探出頭去看魚缸裡的金魚的時候，頭上的髮飾突然掉進了水裡。

齊銘什麼都沒說，就挽起了袖子把手伸進魚缸裡，在水底摸了幾下，就撈出了易遙的髮飾。

那個時候是寒冷的冬天，齊銘的手臂從水裡抽出來時在風裡被吹得通紅。

而現在，他也像是若無其事地把手伸進水面一樣，在無數詞語組合而成的汪洋裡，選擇了這樣一枚叫作「惡毒」的石頭，撈起來用力地砸向自己。

易遙把書一本一本地放進書包裡，扣好書包扣子的時候覺得臉上很癢。她抬起手背抹了抹臉，一手濕答答的眼淚。

易遙飛快地抓起書包，然後朝學校門口用力地奔跑過去。

跑到停放自行車的車棚門口的時候，正好看見推著車子出來的齊銘。還有站在他身邊的顧森湘。

易遙站在齊銘面前，擦了擦汗水，沒有絲毫退縮地望著齊銘的眼睛說：「我們一起回家。」

不是「我們一起回家嗎？」

也不是「我們一起回家吧。」

而是「我們一起回家。」

就像是背誦著數學課本上那些不需要被論證就可以直接引用的公理。自然而又肯定地說著，我們一起回家。

易遙的手用力地抓緊著書包。

齊銘低著頭，過了一會兒，他抬起頭來看了看易遙，說：「你先回家吧。我還有事。」

易遙沒有讓開的意思，她還是站在齊銘的面前，定定地望著面前的齊銘，抓著書包的雙手微微顫抖著，沒有血色的蒼白。在那一刻，易遙前所未有地害怕，像是熟悉的世界突然間180度地水準翻轉過去，面目全非。

顧森湘看著面前的易遙，心裡有些自己也說不清原因的難過。她抬頭看了看齊銘，說：「要嘛我先……」

齊銘搖了搖頭，把車頭掉了個方向，朝身後伸出胳膊抓起顧森湘的手，輕輕但用力地一握：「我們走。」

09

曾經被人們假想出來的棋盤一樣錯誤的世界。

江河湖海大漠山川如同棋子一樣分佈在同一個水平面上。

而你只是輕輕地伸出了手，在世界遙遠的那一頭握了一握。於是整個棋盤就朝著那一邊翻轉傾斜過去。所有的江河湖泊，連同著大海一起，所有的潮水朝著天邊發瘋一樣地奔騰而去。曾經的汪洋變成深深的峽谷，曾經的沙漠高山被覆蓋起無垠的水域。

而現在，就是這樣被重新選擇重新定義後的世界吧。

既然你做出了選擇。

既然你把手放在了世界上另外一個遙遠的地方。

10

易遙把自行車拿出來，才發現鑰匙忘記在教室裡了。

她把車放回去，轉身回教室拿鑰匙。

學校的人已經漸漸散去了，剩下很少的住校生打鬧著，穿過操場跑回寢室。

易遙剛剛跑上樓梯，迎面一個耳光用力地把她抽得朝牆壁上撞過去。一雙閃亮的鑲著水晶指甲的手又甩了過來，易遙抓住抽過來的手腕，抬起頭，面前是一個畫著濃濃眼影的女人。她身後背著書包安靜站著的人是如純白花朵般盛開的唐小米。

易遙轉身朝樓下飛快地跑，剛跑出兩步，就被那個女人抓著頭髮扯了回來。

她伸出雙手抓著易遙的兩個肩膀，用力地扯向自己，然後在那瞬間，抬起了自己的膝蓋朝易遙肚子上用力地頂過去。

11

顧森湘看著坐在路邊綠地椅子上的齊銘，也不知道該說些什麼來打破眼下的沉默。

從剛剛半路齊銘停下來坐在這裡開始，已經過去半個小時了。

「你會不會覺得我剛才特別無情？」齊銘抬起頭，聲音悶悶的。

「你們怎麼了?」顧森湘在齊銘身邊坐下來。

「我也不知道。」齊銘把頭埋進屈起來的膝蓋裡,「就覺得好想逃開她,好想用力地遠遠地逃開她。可是我不是討厭她,也不是嫌棄她。我也不知道怎麼去說那種感覺。」

顧森湘沒有打斷他的話,任由他說下去。

——該怎樣去定義的關係?愛情嗎?友誼嗎?

——只是當你生命裡,離你很近很近的地方,存在著一個人。她永遠沒有人珍惜,永遠沒有人疼愛,永遠活在痛苦的世界裡,永遠活在被排擠被嘲笑的空氣中。她也會在看見別的女孩子被父母呵護和被男朋友照顧時心痛得轉過臉去。她也會在被母親咒罵著「你怎麼不去死」的時候希望自己從來沒有來過這個世界。她也會想要穿著漂亮的衣服,有很多的朋友關心,有美好的男生去暗戀。她也會想要在深夜的時候母親可以為自己端進一碗熱湯而不是每天放學就一頭栽進廚房裡做飯。她也會想要做被捧在手心裡的花,而不是被當作可以肆意踐踏的塵。

——當這樣的人就一直生活在離你很近很近的地方的時候,當這樣的人以你的幸福生活作為鏡像,過著完全相逆的生活來成為對比的時候,她越是默默地忍受著這一切,你就越是沒辦法抽身事外。

——你一定會忍不住想要去幫她擦掉眼淚,一定會想要買好多好多的禮物塞進她的懷裡,你一定會在她被毆打哭泣的時候感受到同樣的心痛,你也一定會在她向你求救的時候變得義無反顧，因為你想要看到她開心地微笑起來，哪怕一次開心地微笑起來。又或者不用奢求微笑，只要可以抬起手擦掉眼淚，停止哭泣也好。

——小時候你看見她被她媽媽關在門外不准她吃飯，你想要悄悄地把她帶回家讓她和自己一起吃點東西，可是你的母親卻怒氣衝衝地把她請出了家門。你偷偷地從窗戶遞出去一個饅頭，然後看見她破涕為笑，拿過饅頭開心地咬起來，可是只咬了一口，她媽媽就從家裡衝出來一抬手把那個饅頭打落在地上，然後連著甩了她兩個耳光，你看見她看著地上的饅頭用力抿著嘴巴卻沒有哭出聲音，只是眼睛裡含滿了沉甸甸的眼淚。

——你也看見過她突然就從家門裡衝出來哭著逃跑，因為年紀太小而跌跌撞撞又摔在地上，周圍弄堂裡的女人們並沒有去牽她起來，而是在她的周圍露出幸災樂禍的譏笑的目光，然後她站起來，又被追出來的林華鳳扯住頭髮拉回去再甩兩個耳光。

——更小的時候你看見她有一天追著提著箱子離開弄堂的父親一直追到門口，她父親把她推開然後關上了車門頭也不回地走了。她坐在馬路邊一直哭到天黑。天黑後她回家，門關著，母親不讓她進門，她拍著大門哭著求她媽媽讓她進去，不要也丟下她。

——長大後她學會義無反顧地去愛人。但是卻並沒有遇見好人。她懷著孩子去找那個男人的時候，卻看見那個男人和另外一個女人在房間裡相敬如賓夫妻般恩愛。

——你陪著她一起慢慢長大，你看著她一路在夾縫裡艱難地生存下來。

——你恨不得掏出自己的全部去給她，塞給她，丟給她，哪怕她不想要也要給她。

——這樣的她就像是身處流沙的黑色漩渦裡，周圍的一切都嘩嘩地被吸進洞穴。她就陷在這樣的漩渦裡。伸出手去拉她，也只能隨著一起陷下去而已。而如果放開手的話，自己就會站得很穩。就是這樣的感覺。

——就是這樣站在漩渦旁邊，眼看著她一天一天被吸納進去的感覺。

——甚至當有一天，她已經完全被黑色的漩渦吞噬了，連同著她自己本身，也已經變成了那個巨大的黑色漩渦時。

——好想要遠遠地逃開。逃離這片捲動著流沙的無情的荒漠。

顧森湘看著面前嗚嗚哽咽不停的齊銘，心臟像是被人用力地抓皺了。

她伸出手摸了摸齊銘乾淨而散發著洗髮精味道的頭髮。一滴眼淚掉下來打在自己的手背上。

——你難道沒有感覺到，其實我對你，也是恨不得掏出自己的全部去給你，塞給你，丟給你，哪怕你不想要也要給你嗎？

齊銘抬起頭，揉了揉已經紅成一圈的眼眶，把口袋裡振個不停的電話接起來，剛說了一聲「喂」，整張臉就一瞬間蒼白一片。

電話裡易遙的聲音像垂死一般。

「救我。」

12

齊銘衝回學校的時候，所有的人都覺得他發瘋了。

他飛一樣地朝教室那一層的廁所跑去。跑到門口的時候猶豫了一下，然後一低頭衝進了女廁所。

齊銘望著廁所裡一排並列的八個隔間，慢慢走到其中一個隔間前面。齊銘伸手推了推，門關著。齊銘低頭看下去，腳邊流出來一小股水流一樣的血。齊銘一抬腿，把門用力地踢開了。

沾滿整個馬桶的鮮血，還有流淌在地上積蓄起來的半凝固的血泊。

空氣裡是從來沒有聞到過的劇烈的血腥味道，甜膩得讓人反胃。

齊銘的腳踩在血泊裡，足有一公分深的血水，淌在地面上。

坐在角落裡的易遙，頭歪歪地靠在隔板上，頭髮亂糟糟地披散開，眼睛半睜著，渙散的目光裡，看不出任何的焦距。血從她的大腿間流出來，整條褲子被血水泡得發漲。

齊銘下意識地想要伸出手去探一探她的呼吸，卻發現自己全身都像是電擊一樣麻痺得不能動彈。

13

就像還在不久之前，齊銘和易遙還走在學校茂盛的樹蔭下面，他們依然在教室的螢光燈下唰唰地寫滿一整頁草稿紙。偶爾望向窗外，會發現長長的白煙從天空劃過，那是飛機飛過天空時留下的痕跡。

就彷彿僅僅是在幾個月之前，他剛剛從書包裡拿過一袋牛奶塞到她的手裡，用低沉卻溫柔的聲音說，給。就似乎只是幾天之前，齊銘和易遙還在冬天沒有亮透的凜冽清晨裡，坐在教室裡早自習。頭頂的燈管發出的白光不時地跳動幾下。

就如同昨天一樣，齊銘和易遙還和全校的學生一起站在空曠的操場上，和著廣播裡陳舊的音樂與死氣沉沉的女聲擺動著手腳，像機器人一樣傻傻地附和節拍。他們中間僅僅隔著一公尺的距離。在偌大的操場上，他和她僅僅隔著一公尺的距離。她望著天空說，真想快點離開這裡。

他抬起頭說，我也是，真想快點去更遠的遠方。

卻像是黑暗中有一隻手指，突然按下了錯誤的開關，一切重新倒回向最開始的那個起點。

就像那些切割在皮膚上的微小疼痛，順著每一條神經，迅速地重新走回心臟，突突地跳動著。

就像那些被喚醒的記憶，沿著照片上發黃的每一張臉，重新附上魂魄。

就像那些倒轉的母帶，將無數個昨日，以跳幀的形式把心房當作布幕，重新上演。

就像那些沉重的悲傷，沿著彼此用強大的愛和強大的恨在生命年輪裡刻下的凹槽回路，逆流成河。

第十一回

她把他留在悶熱的黑暗裡。
看著他倒退著，
漸漸離開自己的世界。
收穫之後被燒焦的荒野。

01

消毒水的味道一直刺激著鼻腔裡的黏膜。

一種乾淨到有些殘酷的感覺輕輕地落到皮膚上。

無法擺脫的空虛感。

或者說是虛空也可以。

這樣幽長的走廊，兩邊不規則地打開或者關上的房門。頭頂是一盞一盞蒼白的頂燈。把整條走廊籠罩在一種冷漠的氣氛裡面。

像是連接往另外一個世界的虛空的通道。偶爾有醫生拿著白色的琺瑯托盤慢慢地從走廊無聲地經過，然後不經意地就轉進某一個病房。

從某個病房裡面傳出來的收音機的聲音，電臺裡播放的武俠評書，雖然說書人用抑揚頓挫的激動聲音表達著情緒，可是在這樣的環境裡，卻變得詭異起來。過了一會兒又變成了緩慢的鋼琴曲。

走廊盡頭的地方，有一個坐著輪椅的老人正在慢慢地滑動過來。

以前總是聽人家說，醫院這樣的地方，是充滿著怨氣的。每天都可能有人死亡，每天也會有人離死亡更近一步。

所以在這裡出現的人們，無論是醫生還是病人，都是一張冷冰冰的臉，其實就算你有再多的生氣，再燦爛的笑容，當你慢慢走過這樣一條被慘白的螢光照成虛空的走廊時，你也會像是慢慢靠近死亡一樣，變得冷漠而無情起來吧。

齊銘和顧森湘坐在急救病房的外面。

玻璃窗裡面，易遙躺在白色的床上。頭髮被白色的帽子包起來，臉上套著氧氣罩。頭頂上是一袋紅色的血漿，連接下來的細小的透明的膠管，把被葡萄糖與各種藥劑稀釋後的血漿汩汩地輸進易遙的胳膊。

放在旁邊的心跳儀上，那個指針安靜而穩定地上下起伏著。

安穩而沒有危險的黃色電子波浪。

齊銘坐在玻璃窗的下面，一直把頭埋在膝蓋上的手心裡，看不出表情。但也沒有感覺到格外悲痛。

就像是一個因為太過疲憊而不小心睡著的人。

直到走廊上響起一陣暴躁的腳步聲，齊銘才慢慢地抬起頭，遠遠地看見林華鳳怒氣衝天的臉。

02

林華鳳的聲音在這樣虛空的走廊上顯得說不出的尖銳。

「這逼丫頭又怎麼了？天生賠錢貨！」
「醫院是自己家啊！鈔票太多了是！」
「天天住醫院！死了算了！我幫她燒炷香！」
一直罵到搶救室的門口，看見坐在椅子上的齊銘，才停了下來。她站在齊銘面前，沒好氣地問：「她怎麼了？」
齊銘也沒回答，只是把頭朝玻璃窗裡望了望。
林華鳳順著齊銘的目光朝裡面看進去。目光剛剛接觸到裡面套著氧氣罩正在輸血的易遙，就突然歇斯底里地叫起來。
醫生趕過來的時候，林華鳳正好在破口大罵地逼問著齊銘是不是有人打了易遙。看見醫生過來，林華鳳突然轉過身對著醫生，問：「我女兒怎麼了？被人打了是不是？媽逼的還有王法嗎？哪個畜生！」
走在最前面的那個中年婦女看起來似乎是主治醫生，她慢慢地摘下口罩，慢條斯理地看了林華鳳一眼，眼睛裡是厭惡而不屑的神色：「你激動什麼啊？你安靜會兒吧。這醫院又不是只有你們家一家病人。」
林華鳳把包往椅子上一扔：「你怎麼講話呢你！」
醫生皺著眉頭，沒打算繼續和她計較，只是拿出手中的記錄夾，翻到易遙的那一頁，翻著白眼說：「你女兒前幾天做過藥物流產，清宮的時候損傷了子宮內壁，剛剛可能又受到了撞擊或者拉扯之類的外傷，所以現在是屬於流產後的大出血。」說完合上夾子，又補了一句，「不過現在已經沒事了。」

林華鳳的表情突然慢慢收攏起來，她冷靜的表情盯著醫生：「你剛剛是說，流產？」

「是，流產。」醫生重複了一句，然後就走了，留下一句「你再大聲嚷嚷就叫人把你帶出去了」。

林華鳳望了望躺在裡面依然昏迷的易遙，又回過頭看了看坐在椅子上抱著頭沒有說話的齊銘，眼神在虛空的白色光線裡變得難以猜測。

同樣望向齊銘的，還有剛剛一直坐在他身邊的顧森湘。

她慢慢地站起來，手心裡一層細密的汗。

曾經散落一地的滾動的玻璃珠，突然被一根線穿起來，排成了一條直線，筆直地指向以前從來看不出來的事實。

顧森湘看著面前的齊銘，他還是抱著頭沒有說話。

林華鳳慢慢地跨了兩步，站在齊銘跟前，她低下頭，似笑非笑地看著齊銘，說：「以前我還真把你看走眼了哦。」

顧森湘站起來，抓起自己的書包轉身離開，她覺得自己再待一秒鐘人就會爆炸了。

轉過身的時候一隻手輕輕地抓住了自己。是齊銘的手。

他抓著顧森湘的手慢慢地拉向自己的臉。顧森湘的手背上一片濕漉漉的冰涼。齊銘小聲地說：「不是我。」

顧森湘沒有動，但是卻沒有再邁出去步子。她轉過身來看著面前脆弱得像個小孩一樣的齊銘，心裡說不出的心痛。

「不是你？」林華鳳突然扯高的尖嗓門，「你以為你說不是你，我就信啊？我們家易遙整天除了你，幾乎就沒跟男生說過話，不是你是誰？別以為我們易遙單純好欺負，她是好欺負，但是她媽可沒那麼好欺負！你把手機拿來。」

齊銘沒有動，林華鳳突然扯過他的外套去翻他的手機：「我叫你把手機拿來！」

林華鳳翻出齊銘的手機，在通訊錄裡找到李宛心的號碼，撥了過去，電話響了幾聲之後就聽見李宛心「寶貝你怎麼還沒回來啊」的聲音從電話裡傳來。

林華鳳冷笑一聲：「李宛心，我是林華鳳。」

03

李宛心和齊銘爸心急如焚地趕到醫院的時候正好看見林華鳳指著齊銘的頭頂罵出一連串的髒話，而自己的兒子坐在椅子上，抱著頭一聲不吭。李宛心就像是一顆炸彈被突然點著了。

「林華鳳你嘴巴怎麼那麼臭啊你！你做婊子用嘴做的啊！」

齊銘爸一聽這個開場就有點受不了，趕緊躲開免得聽到更多更年期女人所能組合出的各種惡毒語句。他轉身朝醫生辦公室走去。身後是越來越遠的女人的爭吵聲。

「媽逼李宛心你說什麼呢？你以為你們全家是什麼貨色？你男人在外面不知道養了多少野女人，你以為大家都不知道嗎？現在好了，你兒子有樣學樣，搞到我們易遙身上來了。今天不把話說清楚，誰都沒完。我們母女反正豁出去不要面皮了，就是不知道你們齊家一家子丟不丟得起這個人！」

「你把話給我說清楚了！婊子！我兒子有的是小姑娘喜歡，你們家那陰氣裹身的易遙送我們我們都不要，晦氣！看她那張臉，就是一臉晦氣！該你沒男人，也該她有爹生沒爹養！」

「呵呵！你在這裡說沒用。」林華鳳一聲冷笑，「我們就問醫生，或者我們就報警，我就要看看到底是誰的種！」

李宛心氣得發抖，看著面前坐著一直一聲不響的齊銘心裡也沒底。

弄堂裡早就在傳齊銘和易遙在談感情，只是李宛心死活不相信，她看著面前沉默的兒子，心裡也像是被恐懼的魔爪緊緊掐著。

她深吸一口氣，轉過身拉起自己的兒子。

「齊銘我問你，你看著我的眼睛說，易遙懷的孩子到底是不是你的？」

齊銘沒有動。

「你說話啊你！」李宛心兩顆黃豆一樣大小的眼淚啪嗒啪嗒地滾出眼眶來。

齊銘還是沒動。

身邊的顧森湘別過臉去。兩行眼淚也流了下來。她拿過書包朝走廊盡頭的樓梯跑去。她連一分鐘也不想繼續待在這裡。

頭頂是永遠不變的慘白的燈光。燈光下齊銘沉默的面容像是石頭雕成的一樣。在他身邊的李宛心，像是一瞬間老了十歲。她顫抖的嘴唇也不知道該說些什麼。她一下癱坐在旁邊的椅子上：「作孽啊！作孽啊……」

林華鳳趾高氣揚地站在李宛心面前，伸出手推了推她的肩膀：「你倒是繼續囂張啊你，說吧，現在你打算怎麼辦？」

齊銘站起來一把推開林華鳳：「你別碰我媽。」

他把李宛心扶起來，看著她的臉，說：「媽，你別急，孩子不是我的。我發誓。隨便他們要報警也好，要化驗也好，我都不怕。」

李宛心剛剛還一片虛弱的目光，突然間像是旺盛的火焰一樣熊熊燃燒起來，她矯健地跳起來，伸出手指著林華鳳的鼻子：「爛婊子，婊子的女兒也是婊子！你們一家要做公共廁所就算了，還非要把你們的髒逼水往我們齊銘身上潑……」

齊銘皺著眉頭重新坐下去抱起了頭。

那些難聽的話像是耳光一樣，不僅一下一下抽在林華鳳的臉上，也抽在他的臉上。他轉過頭朝玻璃窗裡面望過去，看見易遙早就醒了，她望向窗外的臉上是兩行清晰的眼淚，沿著臉龐的邊緣流進白色的被單裡。

齊銘趴在玻璃上，對著裡面動了動嘴，易遙看見齊銘的嘴型，他在對自己說：對不起。

04

家裡的氣氛已經緊張到了極點。

但是顧森西並沒有因此而收斂起他那副無所謂的腔調。他躺在沙發上，把腿擱到茶几上，悠閒地翻著當天的報紙。森西爸在旁邊戴著老花鏡看電視。

森西媽站在門口，一直朝走廊張望著。兩隻手在面前搓來搓去。

已經快要八點了。顧森湘還沒有回來。

森西媽一直在打她的電話，但是永遠都是關機狀態。

顧森西看著他媽在客廳裡轉來轉去，哪兒都坐不穩，於是放下報紙，說：「媽你就別急了，姊姊肯定是學校有事耽誤了，她也是大人了，還能走丟了嗎？」

「就是大人才更容易出事！她以前學校有事都會先打電話回來的，今天電話也沒打，手機又關機，能不擔心嗎？！」

「那你在這兒一直火燒眉毛的也沒用啊，你先坐下休息會兒吧。別等她回來了，你倒折騰出什麼毛病來。」顧森西把報紙丟下，起身倒了杯水。

「你看看你說的這叫什麼話！她是你姊姊呀！她這麼晚了沒回來你怎麼就跟沒事人一樣啊？你們以前都一起回來，你今天又瘋去哪兒野了沒和你姊一起回家？」

「你別沒事找事啊你！按你說的姊沒回來還怪我了啊？」

「你管管你兒子！」森西媽突然拉高的尖嗓門朝正在看電視的森西爸吼過去，「你看他眼裡哪有我這個媽！」

森西爸放下遙控器，說：「森西你也是，和媽媽講話沒大沒小的。」

顧森西回到沙發上看報紙，懶得再和母親計較。

剛剛把報紙翻到娛樂版，走廊裡就傳來電梯開門的聲音。森西媽像是突然被通了電一樣跳起來朝門外衝，然後走廊裡就傳來母親大呼小叫的聲音：「哎喲湘湘啊，你怎麼不打個電話啊，你要急死媽媽呀。哦喲，我剛剛就一直眼皮跳啊，還好你回來了，不然我就要報警了啊。」

顧森西放下報紙，走進廚房去把飯菜端出來。

吃飯的時候，顧森湘一直低著頭。

森西暗中偷偷看了看姊姊，發現她眼圈紅紅的。他在桌子下面踢了踢她，然後湊過去小聲問：「幹嘛，哭鼻子啦？」

顧森湘只是搖搖頭，但是那顆突然滴到碗裡的眼淚把大家都嚇了一跳。

最先爆發的就是森西媽。她聯想著今天這麼晚才回家的經過，又看看面前哭紅了眼眶的女兒，各種爆炸性的畫面都在腦海裡浮現了一遍。「湘湘……你可別嚇媽媽啊……」母親放下了筷子。

顧森湘可能也是覺得自己失態，於是擦了擦眼淚，說：「媽我沒事，就是今天一個女同學突然大出血，被送進了醫院。她是因為之前做了流產，所以引起的。我就是看著她可憐。」

顧森西突然站起來，把桌子震得直晃。

「你說的是易遙嗎？」顧森西問。

「是啊。」顧森湘抬起頭。

顧森西轉身離開飯桌，拉開門就想要往外走，走到一半突然折回來問：「她現在在哪兒？」

全家人還沒反應過來，沒有弄清楚是怎麼回事情，只是當顧森西發了瘋。

唯獨明白過來的是顧森湘。她看看面前緊張的弟弟，然後又想了想現在躺在醫院的易遙，還有齊銘的搖頭否認。她看著顧森西的臉，心重重地沉了下去。

「你坐下吃飯。」顧森湘板著一張臉。

「你告訴我她在哪兒啊！」顧森西有點不耐煩。

「我叫你坐下！」顧森湘把筷子朝桌子上一摔。

包括顧森西在內的所有人，都被她嚇住了。就連母親和父親也知道，顧森湘從來都是袒護這個寶貝弟弟的，今天突然的反常也讓人摸不著頭腦。

顧森西賭氣地拉開椅子坐下來，雖然不服氣，但是看見面前臉色發白的姊姊，也不敢招惹。

一家人沉默地吃完了飯。

顧森湘沒有像往常一樣起來收拾桌子，而是把碗一推，拉著顧森西進了房間。她把門關上，回過頭來問顧森西：「你是不是有事瞞著我？」

「姊你怎麼啦？」顧森西有點委屈的聲音。

「你和易遙什麼關係？」顧森湘的臉色變得更加不好看了。

「姊你想什麼呢？」似乎有點明白了，顧森西無奈地攤攤手。

「我問你……」顧森湘抓過弟弟的袖子，「易遙的孩子是不是你的？」

顧森西張了張口，剛要回答，門就被轟的一聲踢開來。

門口站著鐵青著一張臉的母親。

還沒等顧森湘說話，母親就直接朝顧森西撲了過去：「你找死啊你！作孽啊！」

劈頭蓋臉落下來的巴掌，全部打在顧森西的身上。

顧森湘想要去擋，結果被一個耳光正好扇到臉上，身子一歪撞到書桌的尖角上。

05

易遙躺在床上。眼睛直直地望著天花板。

好像很多年一瞬間過去了的感覺。所有的日日夜夜，排成了看不見尾的長隊。而自己站在隊伍的最後面，追不上了。於是那些日日夜夜，就消失在前方。剩下孤單的自己，留在了歲月的最後。

好像一瞬間就老了十歲一樣。易遙動了動身體，一陣虛弱的感覺從頭皮傳遞到全身。無數游動的光點幻覺一樣浮游在視線裡面。屋內是黃昏裡漸漸暗下去的光線。廚房裡傳來稀飯的米香。

林華鳳拿著勺子把熬好的稀飯盛到碗裡，抬起手關了火，擦掉了臉上的淚。她拿出來走到易遙的床前：「喝點粥。」

易遙搖搖頭，沒有起來。

林華鳳拿著碗沒有動，還是站在床前等著。

「媽你別這樣。」易遙閉上眼睛，兩行眼淚從太陽穴流下去。

「我別怎樣？我什麼都沒做。」林華鳳拿著碗，你現在知道疼，現在知道哭，你當初脫褲子時不是挺爽快的嗎？」

黑暗裡易遙沒有發出聲音，只是用力地咬著嘴唇發抖。

「你就是賤！你就是徹底地賤！」林華鳳把碗朝床邊的書桌上用力地放下去，半碗稀飯灑了出來，冒著騰騰的熱氣。

「對，我就是賤。」易遙扯過被子，翻過身不再說話。

林華鳳站在床前，任由心痛像匕首一樣在五臟六腑深深淺淺地捅著。

06

辦公室裡像是下雨前的天空。烏雲壓得很低，像是在每個人的頭頂停留著。

易遙站在所有老師的中間，旁邊站著林華鳳。

年級組長喝了口茶，不慌不忙地看了看易遙，然後對林華鳳說道：「家長你也知道，出了這樣的事情，學校也很難過，但是校規紀律還是要嚴格執行的。特別是對我們這樣一所全市重點中學而言，這樣的醜事，已經足夠上報紙了！」

「老師我知道，是我們家易遙胡來。但千萬別讓她退學。她還小啊，起碼要讓她高中畢業吧。」

「這位家長，她繼續在學校上學，那對別的學生影響多大啊！天天和一個不良少女在一起，別的家長該有意見了。」一個燙著鬈髮的中年婦女說。

易遙剛想抬起頭說什麼，就看見站在自己旁邊的林華鳳像一棵樹一樣筆直地跪了下去。

「媽你不用這樣！」易遙的眼淚從眼眶裡冒出來。

「媽逼的你閉嘴吧！」林華鳳尖厲的聲音，讓辦公室所有的人瞪大了眼睛。

黃昏時候響起的江上的汽笛。

每一次聽見的時候，都會覺得悲傷。沉重的悠長的聲音，在一片火紅色的江面上飄動著。

易遙和林華鳳一前一後地走著。

周圍的便利商店裡咕咕冒著熱氣的關東煮，乾洗店裡掛滿衣服的衣架，站立著漂亮假人的櫥窗，綠色的郵局，掛滿花花雜誌的書報攤。黃昏時匆忙的人群心急如焚地趕回家。有弄堂裡飄出來的飯菜的味道。亮著旋轉彩燈的髮廊裡，染著金色頭髮的洗頭妹倦怠地靠在椅子上。有飛機亮著閃燈，一眨一眨地飛過已經漸漸黑下來的天空。地面上有各種流動著的模糊的光，像是夏天暴雨後匯聚在一起的水流。這所有的一切被攪拌在一起，沉澱出黃昏時特有的悲傷來。

易遙望著走在前面一言不發的林華鳳，也不知道該說什麼。

在路口等紅綠燈的時候，易遙小聲地說：「媽，你剛才沒必要對他們下跪。我其實也不是一定要念書的。」

易遙低著頭，沒聽到林華鳳回答，抬起頭，看見她氣得發抖的臉。她突然甩過手裡的提包，朝自己劈頭蓋臉地打過來。

「我這麼做是為了誰啊！」林華鳳歇斯底里的叫聲讓周圍的人群一邊議論著，一邊快速地散開來。

「我不要臉無所謂了！我反正老不死了！你才多大啊！你以後會被別人戳一輩子脊樑骨啊！」

易遙抬起手擋著臉，任由林華鳳用包發瘋一樣地在大街上抽打著自己。手臂上一陣尖銳的疼痛，然後一陣濕漉漉的感覺襲過來。應該是被包上的鐵片劃破了。

易遙從擋住臉的縫隙裡看出去，正好看見林華鳳的臉。

在易遙的記憶裡，那一個黃昏裡林華鳳悲傷欲絕的表情，她扭曲痛苦的臉，還有深陷的眼眶裡積蓄滿的淚水被風吹開成長線，都像是被放慢了一千萬倍的慢鏡頭，在易遙的心臟上反覆不停地放映著。

07

空曠的操場陸續地被從教學樓湧出來的學生填滿。

黑壓壓的一大片。

廣播裡是訓導主任在試音，各種聲調的「喂」、「喂」、「喂」迴蕩在空氣裡。

在隊伍裡躁動著的學生裡有人清晰地罵著「喂你媽逼啊」。

躁動的人群排成無數的長排。

空氣裡的廣播音樂聲停了下來。整個操場在一分鐘內安靜下去。

每個星期都不變的週一例會。

主席臺上站著訓導主任，在他旁邊，是垂手低頭站立著的易遙。

主任在講完例行的開場白之後，把手朝旁邊的易遙一指：「同學們，你們看到的現在站在臺上的這位同學，她就是用來警告你們的反面教材。你們要問她幹了什麼？她和校外的不良人員胡來，發生性關係。懷孕之後又私自去墮胎。」

主席臺下面的人群突然轟的一聲炸開來，像是一鍋煮開了的水，嘩嘩地翻騰著氣泡。

易遙抬起頭，朝下面密密麻麻的人群望過去。穿過無數張表情各異的面容，嘲笑的、驚訝的、嘆息的、同情的、冷漠的無數張臉，她看見了站在人群裡望著自己的齊銘。

被他從遙遠的地方望過來。

那種被拉長了的悲傷的目光。

他的眼睛在陽光下濕漉漉的，像是一面淌著河流的鏡子。

易遙的眼眶一圈一圈慢慢地紅了起來。

訓導主任依然在主席臺上講述著易遙的劣跡。唾液在光線下不時地飛出來噴到話筒上。講到一半突然沒有了聲音。他拿著話筒拍了拍，發現沒有任何的反應。

主席臺牆壁背後，顧森西把剛剛用力拔下來的幾根電線以及插座丟進草叢裡，然後轉身離開了。

易遙像是消失了力氣一樣，慢慢地在主席臺上蹲下來，最後坐在了地上。眼淚啪啪地掉在水泥地上，迅速滲透了進去。

齊銘抬起手，沿著眼眶用力地揉著。

08

已經放學了很久。

教室裡已經走得沒有什麼人。齊銘站在教室門口，望著教室裡逆光下的易遙。

夕陽在窗外變得越來越暗。橘黃色的光隨著時間慢慢變成發黑的暗紅。

教室裡沒有人拉亮日光燈，空氣裡密密麻麻地分佈著電影膠片一樣的斑點。

易遙把書本一本一本地小心放進書包裡。然後整理好抽屜裡的文具，拉開椅子站起來，把書包背上肩膀。

走出教室門口的時候，從齊銘旁邊擦肩而過。

「一起回家吧。」齊銘輕輕地拉住她。

易遙搖了搖頭，輕輕拂開齊銘的手，轉身走進了走廊。

齊銘站在教室門口，心裡像是被風吹了整整一個通宵後清晨的藍天，空曠得發痛。

收割之後的麥田，如果你曾經有站在上面過，如果你曾經有目睹過那樣繁盛的生長在一夜之間變成荒蕪，變成殘留的麥稈與燒焦的大地。

那麼你就一定能夠感受到這樣的心情。

易遙走出樓梯間的時候，看見了站在昏暗光線下的顧森西。

他沉默地朝自己伸過手來，接過了易遙手上的書包，把它放進他的自行車籃裡。他推著車往外面走，沉悶的聲音在說：「上來，我送你。」

易遙坐在顧森西的車上，回過頭的時候，看見巨大的教學樓被籠罩在黃昏無盡的黑暗裡面。夕陽飛快地消失了，路燈還來不及亮起。

這是最最黑暗的時候。

易遙看著面前朝自己倒退而去的大樓，以及看不見但是卻可以清晰地感覺到的現在大樓裡站在教室門口沉默的齊銘，心裡像是有什麼東西在飛快地分崩離析。就像是被一整個夏天的雨水浸泡透澈的山坡，終於轟隆隆地坍方了。

如果本身就沒有學會游泳，那麼緊緊抓著稻草有什麼用呢？
只不過是連帶著把本來漂浮在水面的稻草一起拉向湖底。多一個被埋葬的東西而已。

易遙閉上眼睛，把臉慢慢貼向顧森西寬闊的後背。
襯衫下面是他滾燙而年輕的肌膚。透出來的健康乾淨的味道，在黑暗裡也可以清晰地辨認出來。

穿過學校的跑道。
穿過門口喧嘩的街。
穿過無數個紅綠燈的街口。
一直走向我永遠都沒有辦法看清的未來。
顧森西眯起眼睛，感受到迎面吹來的一陣初夏涼風。後背被溫熱的液體打濕了一大片。
他用力地踩了幾下，然後消失在茫茫的黑暗人海裡。

09

生活裡到處都是這樣悲傷的隱喻。
如同曾經我和你在每一個清晨，一起走向那個光線來源的出口。
也如同現在他載著我，慢慢離開那個被我拋棄在黑暗裡的你。其實在自行車輪一圈一圈滾動著慢慢帶我逐漸遠離你的時候，我真的是感覺到了，被熟悉的世界一點一點放棄的感覺。

在那個世界放棄我的時候，我也慢慢地鬆開了手。

再也不會有那樣的清晨了。

10

林華鳳死的時候弄堂裡一個人都不知道。

她站在凳子上去拿衣櫃最上面的盒子。腳下沒有踩穩，朝後摔了下來，後腦勺落地，連聲音都沒有發出來就死了。

易遙打開門看見一片黑暗。

她拉亮了燈，看見安靜地躺在地上的林華鳳，她慢慢地走過去想要叫醒她，才發現她已經沒了呼吸沒了心跳。

易遙傻站在房間裡，過了一會兒甩起手給了自己一個耳光。

11

幾聲沉悶的巨雷滾過頭頂。

然後就聽見砸落在房頂上的細密的雨聲。

漫長的梅雨季節。

第十二回

記憶裡你神色緊張地把耳朵貼向我的胸口聽我的心跳聲。
然後就再也沒有離開過。

01

依然無數次地想起齊銘。

課間時。夢境裡。馬路上。

下起毛毛雨的微微有些涼意的清晨。把池塘裡的水蒸發成逼人暑氣的下午。

有鴿子從窗外呼啦一聲飛向藍天的傍晚，夕陽把溫暖而熟悉的光芒塗滿了窗臺。

很多很多的時候，齊銘那張神色淡淡的臉，那張每時每刻都有溫情在上面流轉著的表情溫和的面容，都會在記憶裡淺淺地浮現出來。

雖然在時光的溶液裡被浸泡得失去了應該完整無缺的細節，可是卻依然留下根深蒂固的某個部分，頑強地存活在心臟裡。

每天都有血液流經那個地方，然後再流向全身。

02

好像也沒有辦法尋找到回去的路徑了。

就好像曾經童話故事裡的小姑娘沿路撒好麵包屑，然後勇敢地走進了昏暗的森林。但是當她開始孤單開始害怕的時候，她回過頭來，才發現丟下的那些碎屑，已經被來往的飛鳥啄食乾淨了。

也是自己親手養大了這樣一群貪食的飛鳥。

所以終有一天，報應一般地吞噬了自己回去的路徑。

就好像是偶然發現自己手腕上的手錶突然停了。想要重新撥出正確的時間，卻無法找到指標應該要停留的位置了。

根本沒有辦法知道現在是幾點。

因為你根本就不知道時間在什麼時候就停滯不前了。

03

易遙很多時候還是會夢見媽媽。

很多個日子過去之後，她終於可以坦然地叫出媽媽兩個字了。而之前每天呼喊林華鳳三個字的日子，就像是被風捲向了遙遠的海域。

其實林華鳳死的時候是想去拿櫃子最上面的一個鐵皮盒子。盒子裡除了一個信封外什麼都沒有，信封上寫著「遙遙的學費」。

信封裡有一些錢，還有兩張人身意外保險單，受益人是易遙。

好像是在之前的日子裡，自己還因為齊銘手機上自己的名字不是「遙遙」而是「易遙」生氣過。但其實，在世界某一個不經意的地方，早就有人一直在稱呼自己是遙遙。只是這樣的稱呼被封存在鐵盒子裡，最後以死亡為代價，才讓自己聽見。

易遙拒絕了法院建議的去跟著易家言生活。

她覺得自己一個人住在弄堂裡也挺好。

只是弄堂裡沒有了齊銘而已。

因為沒有了林華鳳的關係，易遙和鄰居的關係也從最開始的彼此針鋒相對變成現在的漠不關心。有時候易遙看見別人擰開了自己家的水龍頭，也只是不說話地去把它擰上而已。也不會像林華鳳一樣說出難聽的話語。

每天早上在天沒亮的時候就離開弄堂，然後在天黑之後再回來。

躺在母親的床上，睡得也不是不安穩。

夏天剛剛開始的時候，齊銘一家就搬進了裝修好的高級公寓。

「聽說那邊可以看見江面呢。」易遙幫著齊銘整理箱子，順口搭著話。

「是啊，你有空過來玩。」齊銘眯著眼睛笑起來。

「嗯。」離開的時候就簡短地說了這樣的一些話。

大概還有一些別的什麼瑣碎的對話吧，眼下也沒辦法記得了。

只記得齊銘離開的那一個黃昏下起了雨。弄堂的地面濕漉漉的。李宛心一邊抱怨著鬼天氣，一邊拎著裙子小碎步往外面走。弄堂門口停著的貨車上裝滿了傢俱。

經過易遙身邊的時候，李宛心停下來，張了張口想要說什麼，最後只是嘆了口氣，什麼都沒說就離開了。

其實這些易遙都懂。她心裡都明白。

她站在家門口對齊銘揮手。暮色裡的他和記憶裡一樣，永遠都是那麼好看。

溫情脈脈的面容讓人心跳都變得緩慢下來。

在學校裡也不太能夠碰見。

高一結束的時候年級分了班。齊銘理所當然地去了資優班，而易遙留在了原來的班級裡。出乎意料的是唐小米考試嚴重失誤，滿心怨恨地留了下來。

依然是與她之間停止不了的摩擦。

但是易遙漸漸也變得不在乎起來。

偶爾課間的時候趴在走廊的欄杆上，可以望見對面樓梯間裡穿著白襯衫的齊銘抱著作業朝辦公室走。

依然可以從密密麻麻的人群裡分辨出他的身影。依然是無論離得再遠，都可以把目光遙遠地投放過去。

易遙望著頭頂的藍天。

十八歲了。

04

因為同班的關係，大部分的時候，齊銘和顧森湘一起回家。少部分的時候，齊銘和易遙一起回家。

「怎麼？被拋棄啦？」易遙牽著車，跟著齊銘朝學校外面走。

「嗯是啊，她留下來學生會開會。大忙人一個。」齊銘摸摸頭髮，不好意思地笑起來。

易遙看著眼前微笑著的齊銘，心裡像是流淌過河流一樣，所有曾經的情緒和波動，都被河底細細的沉沙埋葬起來。也不知道什麼時候會被地殼的運動重新暴露在日光之下，也不知道那個時候是已經變成了化石，還是被消磨得什麼都沒有剩下。這些都是曾經青春裡最美好的事情，閃動著眼淚一樣的光，慢慢地沉到河底去。

一天一天地看著脫離了自己世界的齊銘重新變得光明起來。

一天一天地煥發著更加奪目的光彩。
再也不用陪著自己緩慢地穿越那條寒冷而冗長的昏暗弄堂。
「走吧。」
「嗯。」齊銘點點頭，抬起修長的腿跨上單車。
兩個人匯合進巨大的車流裡。
經過了幾個路口，然後在下一個分岔的時候，揮揮手說了再見。
騎出去幾步，易遙回過頭去，依然可以看見夕陽下同樣回過頭來看著自己的齊銘。
於是就在暮色裡模糊地笑起來。

大部分的時候，顧森西都會在樓梯口牽著單車等自己放學。
兩個人騎著車，慢慢地消磨掉一個個黃昏。他也和齊銘一樣，是個話不多的人。所以大部分時候，都是沉默的。或者是易遙講起今天班裡的笑話，顧森西聽完後不屑地撇撇嘴。
也會和他一起坐在操場空曠的看臺上吹風，或者看他踢足球。
初夏的時候，每到傍晚都會有火燒雲。汗水打濕了T恤，灑在草地上的時候就變成了印記。
可能很多年之後再重新回來的時候，這些印記都會從地下翻湧出來，跳動在瞳孔裡，化成傷感的眼淚來。

天空滾滾而過的雲朵。

「昨天我去看過醫生了。」顧森西喝著水，沉著一張臉。

「生病了？」易遙側過頭，看著他沿著鬢角流下來的汗水遞了張紙巾過去。

「心臟不好，心跳一直有雜音，心率也不整，搞不好活不長。」

「騙人的吧！」易遙抬起手拍他的頭，「沒事觸什麼霉頭！」

顧森西打開她的手，不耐煩地說：「沒騙你，你不信可以自己聽。」

易遙把臉貼到他的胸膛，整齊而有力的心跳聲，剛剛想抬起頭來罵人，卻突然被環繞過來的雙臂緊緊抱住無法動彈。

耳邊是他胸腔裡沉重有力的緩慢心跳。

一聲一聲的像是從天空上的世界傳遞過來。

學校的老校門被徹底拆除了。

連帶著那一個荒廢的水池也一起被填平。

拆除那天好多的學生圍著看，因為有定向爆破，聽起來很像那麼回事。顧森西站在遠處，對身邊的易遙說：「當初我大冬天地從水池裡幫你往外撈書的時候，你有沒有一種『非他不嫁』的感覺啊？」

易遙抬起腳踢過去：「我要吐了。」

然後就是轟隆一聲，面前高大的舊校門筆直地坍塌下來。

耳朵上是顧森西及時伸過來的手。

所以幾乎都沒有聽見爆炸時震耳欲聾的聲響。

易遙抬起手按向臉龐，輕輕地放到顧森西的手上。

樹葉在季節裡茂盛起來。

陽光被無數綠色的空間分割。光斑照耀在白襯衫的後背上來回移動著。

不記得是第多少次和齊銘一起穿越這條兩邊都是高大香樟的下坡了。

「接吻過了？」

「啊？」齊銘嚇了一跳，車子連帶著晃了幾下。

「我是說，你和顧森湘接吻了吧。」易遙轉過頭看向在自己身邊並排而行的齊銘。他的臉在強烈的光線下慢慢地紅起來。

「森西告訴你的吧？」

「嗯。」

「她還叫我不要說，自己還不是對弟弟說了。」齊銘低頭笑起來。

「別得寸進尺啊，小心玩過火。」易遙微微地笑起來。

那是一種什麼樣的心情呢？

就像是在有著燦爛陽光的午後，在路邊的露天咖啡座裡，把一杯叫作悲傷的飲料，慢慢地倒進另外一杯叫作幸福的飲料裡。緩慢地攪拌著，攪拌著，攪拌著。蒸發出一朵小小的雲，籠罩著自己。

「她才不會讓我得寸進尺，她保守得要死。上次親了一下之後死活不讓親了。她不要太會保護自己哦。」

易遙的臉笑得有點尷尬。

反應過來之後的齊銘有點內疚地趕緊說：「我不是那個意思……」

易遙笑著搖搖頭：「沒事啊，她之前看過我流產的樣子啊，肯定對男生防了又防，應該的。」

「對不起。」齊銘把頭轉到另外一邊，有點不太想看易遙的臉。

「別傻了。」易遙揮揮手。

沿路風景無限明媚。

「謝謝你。」齊銘從旁邊伸過來的手，在自己的手上輕輕地握了一下。

「謝我什麼啊？」

「沒什麼……就是謝謝你。」

05

——其實我也知道，你所說的謝謝你，是謝謝我離開了你的世界。讓你可以像今天這樣再也沒有負擔地生活。

——我雖然會因為聽到這樣的話而感受到心痛，可是看見你現在幸福的樣子，我也真的覺得很幸福。

——以前我每次聽到都會不屑的歌曲，那天也讓我流淚了。那首歌叫《很愛很愛你》。

06

其實青春就是些這樣的碎片堆積在一起。

起床，刷牙，騎車去上課。

跟隨著廣播裡的節奏慵懶地輪刮著眼眶。偶爾躲過廣播操偷跑去小賣部買東西。

今天和這個女生勾肩搭背，明天就因為某些瑣碎到無聊的事情翻臉老死不相往來。

日本男生精緻的臉和漫畫裡的男主角一樣吸引人。

弄堂裡彌漫著的大霧在夏天也不會減少。

公用廚房的水槽裡，用涼水浸泡著綠色的西瓜。

就是這樣一片一片裝在載玻片和覆玻片之間的標本，紋路清晰地對青春進行注解與說明。

但其實也並不完全是這樣。

就像易遙曾經經歷過的人生一樣。那些幾乎可以顛覆掉世界本來座標的事情，你以為就停止了嗎？

07

那天齊銘和顧森西一起收到顧森湘簡訊的時候，並沒有意識到那是她死前最後發出來的三則簡訊中的兩則。

「我討厭這個骯髒的世界。」

——應該是遇見了不好的事情。齊銘想了想，打了回覆：「那是因為我們都還保持著乾淨呢，傻瓜。」

「森西你要加油，你別惹媽媽生氣了。我永遠愛你。」

——應該又是媽媽在衝她數落自己的不是了吧。森西這樣想著，回了一則：「知道啦。我也永遠愛你，美女。」

顧森西從電梯走出來的時候就聽見母親撕心裂肺的哭聲從家裡傳進走廊裡。

顧森西趕緊跑過去，看見家門敞開著，母親坐在沙發上，雙手用力地捶著沙發的邊緣，臉上鼻涕眼淚一片濕漉漉地滲進皺紋裡。在看見顧森西的同時，母親發出了更加尖厲的哭聲來。

客廳一角，父親坐在凳子上，手撐著額頭，眼淚一顆接一顆從發紅的凹陷眼眶裡往外滾。

顧森西衝進姊姊的房間，剛把門推開，就彎下腰劇烈地嘔吐起來。

滿屋子濃烈的血腥氣味。甜膩得像是無數深海的觸鬚突然朝自己湧來，包裹著纏繞著自己，把劇烈的腥甜味道扎進身體的每一個細胞深處。

顧森湘安靜地躺在床上，頭歪向一邊，眼睛定定地望著窗外的天空，瞳孔放大得讓人覺得恐懼，床單被血泡得發漲，手腕處被割破的地方，像白色花瓣一樣翻起來的碎肉觸目驚心。

顧森西靠在牆壁上，張著口像是身體裡每一個關節都跳了閘，太過劇烈的電流流過全身，於是就再也沒辦法動彈。

書桌上是一張紙。

上面是兩句話。

和發給齊銘與自己的那兩則簡訊一模一樣。

——我討厭這個骯髒的世界。

——森西你要加油，你別惹媽媽生氣了。我永遠愛你。

08

顧森西沒有去上課。

上午課間的時候易遙有打電話來，顧森西也不太想多說，隨便講了兩句就掛斷了電話。

他坐在顧森湘的房間裡，望著乾淨的白色床單。

家裡也沒有人。母親和父親都住院去了。突然的打擊讓兩個人都一下子老了十歲。特別是母親，昨天晚上送進醫院的時候，臉上蒼白得像一張一吹就破的紙。送進醫院之前，母親尖厲的哭泣聲一直沒有停止過。

顧森西眼圈又紅起來。他伸手拉開抽屜拿了包紙巾。

抽屜裡是顧森湘的髮飾、筆記本、手機。

顧森西拿起手機按開電源。盯著螢幕上作為桌面的那張自己和她的照片，心口又再一次地抽痛起來。

過了幾秒鐘，手機振動起來。兩則簡訊。

打開收件箱，一則是齊銘的，一則是自己的。

顧森西按開來，看到自己寫的那句：「知道啦。我也永遠愛你，美女。」

淚水又忍不住地往外湧。

顧森西正要關掉手機，突然看見了在齊銘和自己的兩則簡訊下的一條來自陌生號碼的簡訊。顧森西看了看時間，正好是姊姊死的那一天。他把游標移到那則簡訊上。

「你是在和齊銘交往嗎？那下午兩點來學校後門倉庫吧。我有話想要告訴你。」

顧森西想了想，然後又按回到寄件匣裡，看見除了姊姊發給自己和齊銘的那兩則訊息之外，還有一則訊息是：「你滿意了嗎？」而發送的對象，正是剛剛收件匣裡的那個人。

顧森西看了看那個陌生號碼，印象裡好像看見過這串號碼。

他拿出自己的手機，按照號碼撥通了對方的電話。

在手機螢幕上的這串號碼突然變成名字出現的時候，顧森西全身瞬間變得冰涼。

這串號碼一直存在自己的手機裡面。

它的主人是：易遙。

09

電話響起來的時候，易遙正在食堂吃飯。她看了看來電人是顧森西，於是把電話接起來。剛要說話，那邊就傳來顧森西冷漠的聲音：「你去自首吧。」

「你說什麼？」易遙一時間沒有反應過來。

「我是說，你去自首吧。」
說完這句話，對方就把電話掛了。

10

其實很多我們看來無法解釋或難以置信的事情，都沒有我們想像中那麼複雜或不可思議。
就像小時候，我們無論如何也沒辦法理解那些噁心的毛毛蟲，竟然是美麗的蝴蝶們的「小時候」。
其實也沒什麼不可理解，那些蟲子把自己層層裹進不透明的繭，然後一點一點漸漸改變，最後變成了五彩的蝶。
其實就算變成蝶後，也可以引發更加不可思議的事情來。比如它在大洋的此岸振動著翅膀，而大洋彼岸就隨機地生成風暴。
其實事實遠比我們想像中要簡單。
只是我們沒辦法接受而已。
有一天易遙接到了一則陌生號碼的簡訊，簡訊裡說，如果她是齊銘的女朋友，那麼就請她去學校倉庫，有事情要告訴她。易遙下意識的反應就是對方「搞錯了」，齊銘的女朋友應該是顧森湘，所以她隨手按了按，就把這則訊息轉發給了顧森湘。她根本沒有想到，這樣一則口氣平和甚至稍微顯得有些禮貌的簡訊，會是顧森湘的死亡邀請卡。

至於顧森湘去赴約之後發生了什麼不好的事情，誰都沒辦法知道了。只有顧森湘自己知道，還有讓顧森湘遭遇那些骯髒的事情的人知道。

只是我們都知道，這些不好的事情，已經不好到了可以讓顧森湘捨棄自己的生命，說出「我討厭這個骯髒的世界」來。

11

易遙手腳冰涼地看著站在自己面前的顧森西。他冷冷地伸出手，說：「那你把手機拿給我看，是誰發的那個訊息，你把號碼給我，我去找。」

易遙把眼睛一閉，絕望地說：「那則簡訊我刪了。」

顧森西看著面前的易遙，終於哈哈大笑起來。

他抹掉了眼淚之後，對著易遙說：「你還有什麼要說的嗎？」

易遙低著頭：「真的不是我。」

顧森西眼睛裡盛著滿滿的厭惡的光：「易遙你知道嗎，我姊姊經歷的事情，本來都是屬於你的，包括去死的人，都應該是你。」

易遙沒有說話，風把她的頭髮突然就吹散了。

「我姊姊是個純潔的人，什麼都沒有經歷過，哪怕是一點點侮辱都可以讓她痛不欲生，你把那則簡訊轉發給她……我就當作真的有別人發給過你……你不覺得自己太惡毒了嗎？」

易遙把因為淚水而黏在臉頰上的頭髮用手指撚開：「你的意思是不是，我就是個不純潔的人，我就該去遭遇那一切，如果遭遇的人是我的話，我就不會自殺，我的命就比你姊姊的賤，你是這個意思嗎？」

「你連孩子都打過了，你還不賤？」

「你就是恨不得我代替你姊姊去死？」

「對，我就是恨不得你代替我姊姊去死。」

胸腔裡突然翻湧出來劇痛，易遙有點呼吸不過來。眼淚迅速模糊了視線。

那種已經消失了很久的屈辱感再次鋪天蓋地地湧來。

她深吸了一口氣，然後伸出手拉向顧森西的衣角：「我知道你現在很生氣……」

易遙剛說完一半，就被顧森西用力地朝後面推去：「你別碰我！」

朝後面重重摔去的易遙正好撞上騎過來的自行車，倒在地上的男生迅速地站起來，慌張地問易遙有沒有事。

易遙朝著發出疼痛的膝蓋上看過去，一條長長的傷口朝外冒著血。

易遙抬起頭，顧森西已經頭也不回地走了。

12

從每一個心臟裡蒸發出來的仇恨，源源不斷地蒸發出來的仇恨，那麼多的痛恨我的人蒸發出來的仇恨。

無數個持續蒸發的日子，匯聚在我的頭頂變成黑色的沉甸甸的雲。

為什麼永遠沒有止境呢？

為什麼停不下來呢？

你們那些持續不停地澆在我身上的、濕淋淋的仇恨。

我就是恨不得你去死。

我就是恨不得你代替她去死。

恨不得你去死。

恨不得你代替她去死。

你去死。

你去死。
你去死。
你去死。
你去死。
你去死。
你去死。
你去死。
你去死。
你去死。
你去死。
你去死。
你去死。
你去死。

13

齊銘看見手機來電的時候，猶豫了很久，然後才接了起來。

電話裡易遙的聲音聽不出任何的感情：「齊銘你放學來找我，我有話要和你說。」

「易遙你去自首吧。」

對方明顯沉默了一下，然後接著說：「……顧森西告訴你了？」

「你覺得他不應該告訴我嗎？」

「我想見你，不是你想的那樣的。」

「我不想看見你了……易遙，你去自首吧。」

「你什麼意思？」

「沒什麼。我要掛了。」

「你無論如何也不肯見我是嗎？」

齊銘沒有說話，聽著電話那邊傳來呼呼的氣流。

「……好，那我讓你現在就見到我。」

「你說什麼？」沒有明白易遙的意思，齊銘追問著，但是對方已經把電話掛了。

齊銘背好書包，走出樓梯間，剛走了兩步就聽見頭頂呼呼的風聲。

齊銘抬起頭，一個影子突然砸落在他的面前。

14

那種聲音。

那種吞沒了一切的聲音。
那種在每個夜晚都把齊銘拖進深不見底的夢魘的聲音。
那種全身的關節、骨骼、胸腔、頭顱一起碎裂的聲音。
那種可以一瞬間凝固全部血液，然後又在下一瞬間讓所有血液失控般湧向頭頂的聲音。

持續地響徹在腦海裡。
不休不止地咵嚓作響。

15

顧森西坐在沙發上。沒有開燈，電視裡播著今天的新聞。
他把身子深深地陷進沙發裡。
閉上眼睛，視線裡都是來回游動的白茫茫的光。
電視機裡新聞播報員的聲音聽起來毫無人情味。
「昨天下午六點，在上海市某中學內發生一起學生跳樓自殺事件。自殺者名為易遙，是該學校高二學生。自殺原因還在調查中。圖為現場拍到的死者的畫面，死者今年剛滿十八歲。據悉，這是該學校一個月內的第二起自殺案件，有關部門已經高度關注。」
顧森西睜開眼睛，螢幕上易遙躺在水泥地上，血從她的身下流出來。她目光定定地望著天，半張著口，像要說話。
顧森西坐在電視機前，沉默著，一動不動。
烏雲從天空滾滾而過。
凌晨三點。月光被遮得一片嚴實。
黑暗的房間裡，只剩下電視機上節目結束時那個蜂鳴不止的七彩條圖案。
電視機嘩嘩跳動的光，照著坐在沙發上從下午開始就一動不動的顧森西。

16

弄堂裡又重新堆滿了霧。
清晨慢慢擦亮天空。陸續有人拉亮了家裡昏黃的燈。
越來越多的人擠在公共廚房裡刷牙洗臉，睡眼惺忪地望著窗外並沒有亮透的清晨。
永遠有人擰錯水龍頭。
弄堂裡有兩間已經空掉的屋子。
其他的人路過這兩間屋子門口的時候，都加快腳步。
這個世界上每一分鐘都有無數扇門被打開，也有無數扇門被關上。光線洶湧進來，然後又在幾秒後被隨手掩實。

不同的人生活在不同的世界裡。紅色的。藍色的。綠色的。白色的。黃色的。

甚至是粉紅色的世界。

為什麼唯獨你生活在黑色的世界裡。

黑暗中浮現出來的永遠是你最後留在電視螢幕上的臉，呆呆的像要望穿螢幕的眼睛，不肯合上的口。欲言又止的你，是想對我說「原諒我」，還是想說「救救我」？是想要對這個冷冰冰的，從來沒有珍惜過你的世界，說一聲「對不起」，還是說一聲「我恨你」？

顧森西站在弄堂的門口，望著裡面那間再也不會有燈光亮起來的屋子，黑暗中通紅的眼睛，瀌瀌瀌的像是下起了雨。

17

記憶裡你神色緊張地把耳朵貼向我的胸口聽我的心跳聲，然後就再也沒有離開過。

最終回

不想要再聽到那種聲音在夢裡突然銳利地響起來。

不想再聽見那種聲音了。

01

齊銘醒來的時候已經傍晚了，窗外萬家燈火。坐在床上朝窗戶外看出去，江面上有亮著燈的船在緩慢地移動著。

他起床走動了一圈發現爸媽沒有在家。應該是出門辦事去了。

把電視打開看了看，滿是無聊的搞笑和噁心的對白。他按下遙控器去廁所刷牙洗臉。

齊銘拿著毛巾擦著剛洗好的頭髮，走到書桌前，翻開筆記本在紙上唰唰地寫了兩行字，然後起身關好了所有的窗戶，拉好了窗簾，之後他走到電話機前拔掉了電話線，然後又拉掉了家裡的電閘。

他做完這一切之後，起身慢慢走向了廚房。

之後他就回到房間，躺在床上，在一片黑暗裡慢慢地閉上了眼睛。

02

——黑暗中你沉重的呼吸是清晨弄堂裡熟悉的霧。

——你溫熱的胸口。

——緩慢流動著悲傷與寂靜的巨大河流。

番外篇
《黑暗源泉》

文／郭敬明

01

顧森西日記：

窗外下雨了。

我不太喜歡下雨的日子。濕淋淋的感覺像穿著沒有晾乾的衣服。

其實你離開也並沒有過去很久的時間。

但關於你的好多事情我都想不起來了。我一直在問自己為什麼。按道理來說，我不應該忘記你，也不太可能忘記你。對於一般人來說，發生這樣的事情，應該會在心裡留下一輩子都不會消失的痕跡吧。

可是真的好多事情，就那樣漸漸地消失在了我的腦海深處。只剩下一層白濛濛的膜，淺淺地包裹著我日漸僵硬的大腦。讓我偶爾可以回憶起零星半點。

今天生物課上，老師講起來生物本能，我才瞭解了為什麼，我可以這樣迅速地忘記你。

老師說，任何生物，都有一種趨利避害的本能，會自然選擇讓自己不受傷的環境，自然選擇讓自己舒服的環境，自然選擇讓自己活下去的環境。

比如水裡的草履蟲，會迅速地從鹽水裡游向淡水；比如羚羊，會在旱季裡飛快地從戈壁往依然有灌木生長的草原遷徙；比如人被針扎到，會迅速地在感受到疼痛之前就飛快地把手抽回；比如我，逼自己不要再去想起你。

因為我每次想到你的時候，就覺得痛苦得不得了。

所以每一個生命都是在頑強地保護著自己吧。

但那又是為什麼，你們通通都選擇了去死呢？

在最應該保護自己的時候，你們都不約而同地選擇了放棄。不僅僅是放棄了你們自己，而是連帶著這個均勻呼吸著的世界，一起放棄了。

02

日子慢慢接近夏季。

上海的天空很早地亮起來。六點多的時候，窗外的陽光已經非常明顯。

記憶裡五點就已經徹底亮透的清晨，應該再過些時日就會到來。

顧森西坐在桌子旁邊吃早餐。

母親依然在顧森湘平時習慣坐的那個座位上放了一碗粥。

顧森西看了看那個冒著熱氣的碗，沒說什麼，低下頭朝嘴裡呼呼地扒著飯。

電視的聲音開得很小，只能隱約地聽見裡面在播報最近的股市行情以及房價變動。森西媽坐在沙發上一動不動，目光呆呆地盯在電視與沙發之間的某一處。也不知道在看什麼。隔一段時間會從胸腔深處發出一聲劇烈但是非常沉悶的嘆氣聲。

其實聽上去更像是拉長了聲音在哭。

顧森西裝作沒有看到，繼續吃飯。

風捲動著灰色的雲從窗外海浪一樣地翻滾而過。可能是窗戶關得太緊的關係，整個翻滾沸騰著氣流的藍天，聽上去格外地寂靜。

像把耳朵浸泡在水裡。

這是顧森湘自殺後的第二十八天。

03

鐘源走進教室之後，就發現自己的椅子倒在地上。

鐘源環顧了一下周圍，每個人都在忙著自己的事情。旁邊的秦佩佩趴在桌子上，探出身子和前面的女生聊天，好像是在說昨天看完了《花樣少年少女》，裡面的吳尊真的是啊啊啊啊啊啊。

似乎沒有人看到自己的椅子倒在地上。所以理所當然，也沒有人會對這件事情負責。

鐘源咬了咬牙，把椅子扶起來，剛要坐下去，就看見兩個清晰的腳印。女生36碼的球鞋印。

鐘源沒說什麼，把椅子往地上用力地一放。

聽到聲音轉過頭來的秦佩佩在看見椅子上清晰的腳印後，就「啊」了一聲，然後趕緊從抽屜裡掏出一塊雪白的毛巾遞過來說：「喏，擦一下吧。也不知道是誰，真討厭。」

鐘源看著她手裡那塊白得幾乎一塵不染的毛巾，然後抬起頭看到周圍男生眼睛裡熊熊燃燒的亮光，心裡一陣噁心。

抬起袖子朝腳印抹過去。

留下秦佩佩尷尬的笑臉。

顧森西上學的第一天早晨。

坐在他前面的兩個女生發生的事情。

有一朵細小的蘑菇雲在心臟的曠野上爆炸開來。

遙遠的地平線上升起的寂靜的蘑菇雲，在夕陽的暖黃色下被映照得絢爛。無聲無息地爆炸在遙遠的地方。

似曾相識的感覺像是河流堤壩被螞蟻蛀出了一個洞，四下擴張的裂紋，像是閃電一樣劈啪蔓延。

一定在什麼地方發生過這樣的事情。

一定在什麼時候出現過同樣的表情。

04

「他的白襯衫真乾淨。比班上其他男生乾淨多了。」

「你有發現他把領子立起來了嗎？校服這樣穿也可以的哦。」

「他到底有沒有染頭髮？陽光下看起來有點紅呢。」

「他好像不愛講話。從早上到現在沒有說過一句話呢。」

處於話題中心的顧森西突然抬起頭來，拍了拍坐在他前面的鐘源的肩膀：「喂，可以告訴我學校的食堂在哪兒嗎？」

鐘源閉上眼睛，感覺像是被人塞了顆定時炸彈在肚子裡。她最後還是轉過頭來對顧森西說：「第二教學樓後面。」

鐘源不用看，也知道周圍的女生此刻都把目光鎖定在她的身上。那種芒刺在背的感覺。

「嗯，知道了。謝謝。我叫顧森西。」

鐘源轉過身去，低頭整理抽屜，再也沒有搭話。

顧森西摸摸頭，聳聳肩膀，也沒在意。

倒是旁邊的秦佩佩轉過身來，笑容燦爛地說：「中午一起吃飯吧，我帶你去，我叫秦佩佩。」

「哦，不用麻煩了，我自己就行。」顧森西笑了笑，然後起身走出了教室。

秦佩佩的笑容僵死在臉上，這是無論顧森西的笑容有多麼帥氣迷人，也無法挽救的事實。

鐘源忍不住微微側過頭，結果正好對上秦佩佩看向自己的目光。

也無所謂。

又不是第一次。

05

放學之後已經是傍晚了。

火燒雲從天邊翻騰起來。順著操場週邊的一圈新綠色的樹冠，慢慢地爬上頭頂的天空。也不知道那片稀薄的天空被燒光之後會露出什麼來。夏天裡感覺日漸高遠稀薄的藍天。

颳了整整一天的風終於停了下來。

只剩下一個被火光燒亮的天空。

顧森西推著車慢慢地從操場旁邊的小路走過。

操場上十幾個男生在踢球。

新的學校有更大更好的球場，有專業的室內游泳池和跳水台。

有四個網球場，還有一個是紅土的。

有比之前的學校更高的升學率和更激烈的競爭。有更強大的文科基地所以也有更多漂亮的女生。

有綿延不絕的高大的常年綠色的香樟，而不是以前學校裡每到秋天枝椏就會變成光禿禿的法國梧桐。

有超過五千的巨大的學生數量，如果要全校開會的話，整個操場都是黑壓壓的人。

可是這些很多很多的東西，顧森西都覺得和自己沒有關係。

那種孤單的感覺，會在每一個嘈雜的瞬間從胸腔裡破土而出。

然後在接下來的安靜的時刻，搖晃成一棵巨大的灌木。

就是沒有辦法融入這個新的環境裡。哪怕穿著一模一樣的校服，也會覺得有種微妙的介質，把自己包裹起來，隔絕在周圍所有人之外。

顧森西走出校門的時候，看見推著車從自己身邊走過的鐘源。自行車輪胎應該是被放光了氣，扁扁地軋在地上。

「怎麼了？」顧森西從背後招呼了下鐘源。

鐘源回過頭來，看見顧森西盯著自己癟癟的輪胎，明白他指的是自己的車。

不過鐘源也沒說什麼，搖搖頭：「沒什麼。」然後就轉身推著車走了。顧森西站在原地愣了會兒，然後跨上單車回家。

像是與自己沒有關係的世界。

每個人都像是存活在子宮中的胎兒一樣與這個世界保持著同步胎動的聯繫。

千絲萬縷的聯繫。

如果有一天切斷臍帶，抽空羊水，剝離一切與子宮維繫的介質，那麼，我們都會變成什麼樣子呢？

安靜而龐大的，與自己沒有關係的世界。

06

顧森西推門推不動，然後又敲了好幾下門，依然沒有動靜。

於是顧森西只好把書包放下來，在裡面翻了很久找出鑰匙，打開門。

母親坐在飯桌旁邊，也沒有吃飯，盯著電視發呆，父親坐在沙發上看報紙。

顧森西很難不去聯想如果回來的人是顧森湘的話，那麼從電梯門「叮」的一聲打開時，母親就會搓著手迎接在門口了。

當然他不會去和已經去世的姊姊比較這種東西。

所以他也沒說什麼，把鑰匙放進書包裡，換了鞋走進去。

父親聽見開門聲，把報紙放下來，從老花眼鏡後面把目光投到顧森西身上：「哦，森西回家啦，那吃飯吧。」

顧森西旁邊的位子依然空著，那個位置上也擺了一副碗筷，甚至還盛上了米飯。

顧森西裝作沒有看見，一邊埋頭吃飯，一邊不時晃一眼電視。

電視裡正在播放的是關於戰爭新型武器的研發和限制，所有男生都會感興趣的話題。顧森西吃完一碗米飯，因為眼睛捨不得離開電視，於是就順手把旁邊那碗擺在姊姊座位前面的米飯拿了過來。

「你幹什麼！」一直坐在旁邊本來一語不發的母親突然像是回過魂來一樣目不轉睛地盯著顧森西。

「吃飯啊。」顧森西淡淡地回了她一句，目光黏在電視機上也沒有挪開。

「你給我放回去！」母親突然拉高的音調把顧森西嚇了一跳，但隨即也產生了在他心裡撒下了一大把圖釘一樣的厭惡感。

「你放在這裡也沒人吃，最後不也是倒掉嗎？」顧森西忍不住頂了回去。

「我就是倒掉也不要被別人吃掉！」

「你倒掉了也是被老鼠吃！」

「你這個混帳東西！」母親抄起放在菜盤裡的調羹朝顧森西用力地砸過去，顧森西偏頭躲開了，但是頭髮上還是被甩上了一大團油膩。

顧森西噌地把椅子朝後面一踢，站起來，說：「是不是我也去死了，你就高興了，你就滿意了……」

話沒有說完，就被旁邊父親甩過來的一個響亮的耳光給打斷了。

07

顧森西日記：

其實我們每一個人，在過去、現在和未來這三個時態裡，一定都會願意活在過去。

現在的種種痛苦，和未來不知道會經歷的什麼樣的痛苦，都觸動著我們的本能。啟動生物趨利避害的系統，讓我們不願意活在當下，也不願意去期待未來。

而過去的種種，也在生物趨利避害的系統下，被日益美化了。忘記了所有的痛苦，只留下美好的記憶讓人們瞻仰。

所以，所有的過去都帶著一張美好得近乎虛假的面容出現在我們的面前，讓我們像是被繭包裹的幼蟲一樣，心甘情願地活在過去虛構的容器裡。

我也可以理解爸爸媽媽對你的懷念。

因為我也很想你。姊姊。

08

新學校的校服是白色的。有好處，也有很多壞處。

好處是可以讓女孩子顯得更純淨可愛，讓男孩子顯得更挺拔更王子，前提是穿校服的人都是帥哥美女。

壞處就是，對於個人衛生不講究的人來說，那是一場徹底的噩夢。

但是有時候，哪怕很講究個人衛生的人，也會遇見各種問題。

鐘源上完體育課後跑回教室，剛剛在座位上坐下來，屁股上就感覺到一陣濕潤的涼意。第一個反應是「糟糕，怎麼這個時候來了」，等發現潮濕感是從外面滲透進來的時候，鐘源站起來，轉身看了看椅子上，一灘紅色的墨水，不過大部分已經被白色的裙子吸掉了。剩下薄薄的一層殘留的墨水印子，清晰地留在椅子上面。

鐘源回過頭，看見自己裙子後面，一大塊紅色的印跡，眼淚唰地一下衝出了眼眶。

已經是上課的時間了，所以女生廁所裡沒有任何人。

鐘源把裙子脫下來，光著腿，只穿著內褲站在洗手臺旁邊，把裙子放在裡面洗。

四下一片安靜，只有水龍頭滴水的聲音，啪嗒啪嗒地響在地面上。

紅色墨水裡被人很有心機地加進了一些黑墨，看上去是一種非常容易讓人產生不好聯想的暗紅色。

鐘源一邊洗，一邊抬起手擦臉上的淚水。

中途一個女生突然闖進來，看見幾乎光著下半身的鐘源站在洗手臺旁邊，水槽裡一灘暗紅色，這樣另類的畫面讓那個女生飛快地轉身離開了廁所。

鐘源關上水龍頭。一直抿緊的嘴唇鬆開來。

滾燙的眼淚模糊了視線。

周圍非常地安靜，可以聽見剩餘的水滴從水龍頭滴進水槽的滴答聲。

還有窗戶外隱約的氣流聲。

09

鐘源重新回到教室的時候，已經上課十分鐘了。

不過她也沒有喊報告，直接走進了教室。

正在上課的物理老師剛想叫住這個目空一切的女生的時候，鐘源正好走過了講臺，朝下面自己的座位走去。轉過來的背影，一灘依然沒有洗掉的紅色，和濕淋淋還在滴水的裙子，讓老師閉上了想要訓斥的嘴。

鐘源在座位上坐下來，旁邊的秦佩佩悄悄地從桌子底下遞過來一包衛生巾。

鐘源盯著她看了半分鐘，然後抬起手把秦佩佩的手打開，因為很用力，所以聽得到很響的「啪」的一聲。

「你幹嘛啊？」秦佩佩委屈的聲音。

「我也想問你，你，幹，嘛？」鐘源擦了擦臉上半幹的淚水，平靜地轉過頭，看著秦佩佩。

10

放學的時候鐘源把裙子的背面轉向了前面，然後拿了一本很大的教科書擋著那團紅色的印跡。

顧森西騎車從後面遠遠地看到她，於是用力蹬了幾下趕上去。

「怎麼沒有騎車？」

「車壞了。」回過頭來看清楚是顧森西之後，鐘源低著頭淡淡地說道。

顧森西沒說話，陪著女生走了一會兒之後，突然問：「她們老欺負你？」

「別亂說。沒有的事。」鐘源抬起頭，望向身旁的顧森西。

夕陽下面，鐘源的臉龐看起來無限地透明，帶著一種悲傷的神色，在記憶裡緩慢地復活著。

顧森西被突如其來的熟悉感震撼了胸腔：「上來吧，我載你。」

鐘源顯然沒想到他會這樣講。對於一個剛剛轉到班級裡的男生來說。

「上來吧，你這樣走路多難看。」顧森西把身子朝前挪了挪，拍了拍後座。

鐘源低頭想了會兒，然後側身坐了上去。

就像所有電視劇裡演的那樣，在快要出校門的時候，碰見了迎面走過來的秦佩佩。

看見顧森西的時候，秦佩佩就笑容燦爛地打招呼。直到走近了，看見坐在顧森西後座低著頭的鐘源時，秦佩佩的笑容明顯地變得更加燦爛：「哎呀，顧森西你不能偏心哦，下次我也要坐。」

鐘源從車上跳了下來，飛快地朝前面跑了。顧森西穩住因為她突然跳車而搖晃不停的單車後，連著在後面喊了好幾聲「鐘源」，也沒有回應。

顧森西把頭轉過來，看了秦佩佩一會兒，然後說：「你知道嗎？我認識的一個女生特別像你。」

秦佩佩抬起頭，熟悉的花朵一樣的笑容：「真的嗎？是你以前的好朋友還是女朋友啊？嘻嘻。」

顧森西搖了搖頭：「不是。是我特別討厭的一個女生。」

11

空調開得很足，顧森西洗完澡後光著上身在房間裡待了會兒，就覺得冷了。起身將空調關掉。低頭拿遙控器的時候，看見玻璃窗上凝結的一顆一顆的水滴。

走回書桌前擰亮檯燈，顧森西翻開一本白色的日記本。

這是易遙自殺後一個星期，郵局送來的，顧森西拆開的時候，看見第一頁右下角「易遙」兩個字的時候，突然滴出眼眶的眼淚把郵遞員嚇了一跳。

顧森西看到了一半，這應該是易遙好多本日記本中的一本。

翻開的這一頁上，寫著：「今天有個男生給了我一百塊錢。我知道他想幹什麼。應該又是唐小米在背後說我。她什麼時候可以不要這麼噁心了呢。我快受不了了。」

「但是那個男孩子幫我撿了水池裡的書包，那麼冷的天，看見他光腳踩進水池裡，我也覺得很過意不去。本來想對他說聲謝謝的，但是一想起他之前給我一百塊，把我當作妓女，我就什麼都不想再說了。」

「或者他幫我撈書包，也是為了讓我和他上床呢。誰知道。」

顧森西揉了揉發紅的眼眶。

其實也就是上一個冬天的事情。

想起來卻那麼遙遠。遙遠到像是從此時到彼時的路途裡，每天與每天之間，都插進了一塊磨砂玻璃，兩百塊磨砂玻璃背後的事情，看上去就是一整個冬天也無法散盡的大霧。

12

世界上有很多很多的黑暗。

濃郁的樹蔭。月球的背面。大廈與大廈之間的縫隙。還沒亮透的清晨弄堂。

突然暗下去的手機螢幕。深夜裡被按掉開關的電視。突然拉滅的燈。

以及人心的深處。

無數的蘊藏黑暗的場所。

無數噴湧著黑暗的源泉。

它們滋養著無窮無盡的不可名狀的情緒，像是暴風一樣席捲著每一個小小的世界。

13

如果說之前所有的事情，都像是青春期女生之間的小打小鬧，那麼今天早上發生在班上的事情，就遠遠不能用這樣的定義來形容。

至少驚動了學校教務處。

早上一開門，就看見黑板上貼滿了無數的列印圖片，而圖片的內容竟然是班內的一個女生的裸照。

對於這樣的事情，學校的系統不會視而不見。

無論是男生女生，都難以掩飾眼睛裡興奮而期待的神色。

除了畫面上的主角鐘源。

還有坐在鐘源身後一言不發的新轉校生顧森西。

畫面的內容明顯是有人把鐘源的頭PS到了一個日本AV女優的身上，但是因為技術太好或者說剛好適合的關係，看上去，就像是鐘源本人一樣。

最早到教室的幾個男生甚至撕下好幾張放進了自己的書包。

等到大多數人都看到了的時候，已經剩下不多了。

等到鐘源進到教室的時候，她先是發現所有人的目光都落在她的身上，女生是一種幸災樂禍的表情，男生的眼光就變得更加複雜和含義深刻。

等到鐘源滿臉疑惑地回過頭看向黑板的時候，整個教室變得鴉雀無聲。

就是在那個安靜的時刻，顧森西推開門走進教室，看見在眾人安靜的目光裡，一邊紅著眼眶咬著下嘴唇，一邊撕黑板上的貼紙的鐘源。

鐘源撕完了所有剩下的列印紙，然後紅著眼眶走回到座位上。她坐下來之後，一直低著頭，肩膀因為憤怒而抖動著。

「秦佩佩，把你的紅墨水給我用一下！」突然回過頭來的鐘源，把正在發簡訊的秦佩佩嚇了一跳。

「我哪有什麼紅墨水……」秦佩佩小聲地回過話。

「你抽屜裡那瓶啊！用掉一大半的那瓶！」鐘源突然聲嘶力竭地吼過去。

教室裡安靜一片。

過了很久，秦佩佩才慢慢地對鐘源平靜地說：「你不說我還想問呢，不知道是誰，把一瓶用過的紅墨水放進我抽屜來了。」

14

課間操的時候鐘源被叫到了學校教務處問話。

顧森西看著排好的隊伍裡空出來的那個位置，心裡就像是初夏上海的颱風天氣一樣，無數捲動的氣流，讓所有的情緒都變得難以穩定。

前面幾個男生依然在討論著那些PS出來的電腦圖片。

零星可以聽到一些很猥瑣的想法。

顧森西捏緊了拳頭，感覺血管突突地跳動在太陽穴上。

15

放學之後人走得很快。

男生蜂擁著朝球場和網咖跑。女孩子三三兩兩地約好了一起去新西宮。

迅速走空的教室裡，鐘源趴在桌子上。

偶爾抽動的肩膀，在黃昏的模糊光線裡也不是十分容易覺察到。

她旁邊的高大的玻璃窗外，是一片絢麗的夕陽。

過了很久，她站起來，收拾好書包，慢慢走出了教室。

桌子上是一大片濕漉漉的痕跡。

站在走廊外的顧森西，在鐘源離開了教室之後，重新回到教室裡面，窗外是一片濃郁的樹木。

他從教室後面的清潔室裡找出乾淨的抹布，把鐘源濕漉漉的桌子擦乾淨了。

空氣裡浮動出來的噪點，密密麻麻地覆蓋在桌面上。

其實是覆蓋在了每一張桌面上。但是因為唯獨這張覆蓋著剛剛擦完的水痕，所以，在一堆桌子裡，顯得格外特別。

就像是所有穿著同樣校服的人群裡面，孤零零的自己。

顧森西站在空無一人的教室裡。

時間緩慢地流逝。

16

真的會有很多，湧動不盡的黑暗的源泉。

流淌出來的冰涼而漆黑的泉水，慢慢洗滌著所有人的內心。

17

顧森西日記：

不知道為什麼。我又突然想起你。

我已經好長一段時間沒有想起你了。

在日記裡用「你」這樣的字眼，難免會讓人覺得這是在寫信。可是真的好想寫信給你。那天在電視裡看到，說是聖母峰上的研究站，也可以寫信到達，就連月球空間站，也可以寫信到達。只要在這個世界上，就可以把想要說的話說給對方聽。

可是我也不知道你現在究竟在怎麼樣的一個世界裡。

不過，我想應該也沒有我們現在這個世界糟糕吧。這個世界，從來就沒有人珍惜過你。

連我自己也一樣。

我也沒有珍惜你。

很多話都可以用「如果當初……就會……」和「如果沒有……就好了」來作為開頭。但是這樣的話，完全沒有任何意義吧。

電視上你最後的面容，還有你墓碑上那張黑白的表情安靜的你的樣子。我這幾天一直在反覆地回憶起來。

心裡很難過。

上海的夏天真正地到來了。

整個世界都是一片綠色。記憶裡的你，好像很喜歡。

18

做課間操的時候，顧森西請假去了保健室，因為早上爬樓梯一腳踩空，扭了腳。

從保健室回來之後，課間操還沒有結束。教室裡都沒有人。所有的人都黑壓壓地堆在操場上，僵硬地揮舞著胳膊。

顧森西走回教室，腳上儘管貼上了跌打膏藥還有活血的塗液，但是還是使不上力。快走到座位的時候，突然腳上一陣劇痛，忍不住用手按向前面的桌子，結果秦佩佩的桌子砰的一聲倒在地上，抽屜裡的文具書包等嘩啦散出來，顧森西趕緊去撿，在拿起書包的時候，一疊列印紙從包裡嘩啦散落出來。每張紙上都是鐘源的臉，還有日本AV女優風騷的裸體。

顧森西把那一疊紙撿起來，慢慢地塞回秦佩佩的書包裡。

19

有一些痛覺來源於真實的肌體。比如從樓梯上一腳踩空之後留下的膝蓋和腳踝的傷患處，在整整一天的時間裡都持續地傳遞著清晰的痛覺。起立的時候，走路的時候，蹲下的時候，下樓梯的時候，每一個活動，都會拉扯出清晰的痛來。

而有一些痛覺，來源於你無法分辨和知曉的地方。只是淺淺地在心臟深處試探著，隱約地傳遞進大腦。你無法知曉這些痛的來源，無法知曉這些痛的表現方式，甚至感覺它是一種非生理的存在。

無數列印好的照片從秦佩佩書包裡嘩啦嘩啦掉出來的那一幕，在整整一個白天裡，持續地在顧森西身體裡產生出源源不斷的痛苦。像有一個永動機被安放在了身體裡面，持續不斷的痛苦。沒有根源。

曾經是費盡心機終於忘記的事情，在某一個時刻，突然被點燃了。

圖片上，鐘源那張沒有表情的蒼白的臉，和記憶裡某種無法描述的表情重疊起來。

你內心一定覺得特別痛苦吧？儘管你蒼白的臉上沒有任何表情。

20

顧森西日記：

新的學校有很多地方都和我以前的學校不同。

課程的安排，體育課區域的劃分，游泳池的開放時間，甚至食堂的菜色。

一切都標識著「這是新的環境」，每時每刻每分每秒都在提醒著我。有時候覺得自己像是從另外一個星球旅行過來的人，完全沒有辦法融入這個嶄新的世界。

這個學校的樹木大多以香樟為主。和我們以前的學校不一樣。很少能夠看見高大的法國梧桐。所以也很難看見以前那種朝著天空紛亂生長的尖銳的枝椏。

班裡有一個叫鐘源的女孩子，和你很像。我並不是指外貌的那種相似，而是你們藏在小小的身體裡面的被叫作靈魂的東西。

我也知道這樣的說法多少顯得矯情和做作。但是我真的就是這樣感覺的。

不知不覺又把日記寫成了信的樣子。用這樣「你，你，你」的口氣來寫日記，真的是一件奇怪的事情。

如果真的可以給你寫信就好了，很想問問你現在過著什麼樣的生活。

窗外是一片死寂一樣的深夜。偶爾有計程車亮著「空車」的紅燈開過去。

睡不著。

我睜著眼睛就總是看見你最後的那個樣子。

21

上完第二節課之後，班上的學生紛紛朝體育館的更衣室走去。

鐘源一個人走在比較後面，前面是三五成群的女生。鐘源從來不屬於任何一個團體。說不清楚是女生們排擠她，還是她自己本來就不願意和別人那麼地親近。

自己一個人其實並不會感受到所謂孤獨這樣的情緒。鐘源反而覺得這樣很清靜。

換上運動服，鐘源把腳上的皮鞋脫下來，從置物櫃裡把運動鞋拿出來。鐘源的置物櫃上的鎖已經壞掉了，不知道是誰，把鎖扣從木板上拆了下來。

總是有這樣的事情發生在她的身上。

課本經常不見。

自行車的輪胎經常沒氣。

放在課桌抽屜裡的水果經常被人拿出來丟進垃圾桶裡。

鐘源似乎是已經習慣了這樣的事情。

所以她也懶得再去把置物櫃裝上鎖扣，反正裝好了，隔幾天又會被拆下來。

所幸放在裡面的並不是什麼值錢的東西，鞋子和校服而已。

鐘源把運動鞋拿下來，剛穿上一隻的時候，就看見秦佩佩和幾個女生站在旁邊咬著耳朵，眼睛不時朝她瞄過來，在碰上鐘源的目光之後，趕快朝別的地方看去。

鐘源把頭轉回來，不想去管她們到底在幹嘛。總歸是在議論著自己。這也是已經習慣的事情。鐘源把另一隻腳套進鞋子裡，然後用力地伸了進去。然後就倒在地上沒有起來。

襪子上幾顆紅色的血點，還有從鞋子裡倒出來散落一地的圖釘。

秦佩佩睜著無辜的大眼睛，抬起手捂住嘴巴，像是驚嚇過度的樣子。她走到鐘源身邊蹲下來，用手握住鐘源的腳：「你沒事吧，我剛想提醒你，因為我在自己的鞋子裡也看見一堆這樣的東西。」

說完她抬起手，把她自己的運動鞋翻過來，一堆一模一樣的圖釘叮叮噹噹地砸到水泥地面上。

鐘源痛得滿頭細密的汗，她抬起頭，看著秦佩佩那張光滑得毫無瑕疵的臉，然後用力地一耳光甩了過去。

不過卻並沒有打到她。秦佩佩似乎是早就知道鐘源會有這樣的反應，輕輕偏了偏頭，避開了。她把鐘源的腳朝旁邊一甩，然後站起來，一張臉上寫著憤怒和不可思議的表情，她盯著躺在地上的鐘源，不輕不重地說：「你有病吧。」

22

鐘源一瘸一拐地走進學校的醫務室，剛開口，就看見坐在椅子上正在換藥的顧森西。

顧森西低頭看了看鐘源那隻只穿著襪子的腳，問：「你怎麼了？」

鐘源沒有回答，而是走到另外一個校醫面前坐下來，小聲地說：「老師，我腳受傷了。」

醫生叫她把襪子脫下來後，看了看那一塊密密麻麻的細小針眼，疑惑地說：「這怎麼搞的？」

「鞋子裡有圖釘。」

「什麼？」醫生摘下口罩，滿臉吃驚的表情。

旁邊的顧森西沒有說話，只是用目光看著低著頭的鐘源。

窗外是體育老師吹出的響亮的口哨聲。

夏天的烈日把整個操場烤得發燙。

23

上午的課結束之後，學生紛紛擁向食堂吃飯。

鐘源坐在座位上。腳上被圖釘扎出的針眼持續地發出細密的痛來。像是扯著頭皮上的一小塊部分，突突跳動著的痛。

教室裡的人很快地走空了。饑餓是最有效的鞭子，讓所有學生以競賽的速度往食堂衝。

顧森西看看坐在座位上的鐘源，然後走到她旁邊，說：「你要吃什麼，我要去食堂，幫你一起買回來。」

鐘源側過頭來看了看顧森西的腳：「你不是腳也受傷了嗎，不用麻煩了，我不吃也行。」

「無所謂的，我反正自己也要下去，我不吃可不行。你要什麼，我順路幫你一起帶了。」

鐘源抬起頭，看了看站在自己面前的挺拔的少年，嘴角抿了幾下，然後說：「那你隨便買點吧，食堂的菜反正都差不多。」

「嗯。」

顧森西的背影消失在走廊裡。

鐘源趴在桌子上，望著空曠的走廊，正午的陽光從玻璃窗戶上斜斜地穿透進來。剛才一群男生踢著足球跑過去的時候帶起來的灰塵，緩慢地飄浮在成束的光線裡。

鐘源把頭埋進胳膊，眼眶慢慢地紅起來。

24

顧森西到食堂的時候，大部分學生已經開始坐下來吃飯了。

窗口只有零星幾個和顧森西一樣晚來的學生在抱怨剩下的菜色。

顧森西從窗口拿回兩個速食外帶的飯盒，看了看裡面賣相不佳的幾片青菜和兩塊油汪汪的肥肉，嘆了口氣，然後探著身子往裡面說：「師傅，再加個茶葉蛋！」

秦佩佩面前那個學校統一的鋁餐盤裡，除了白飯什麼都沒有，她從來不吃學校的菜。手邊的那個真空飯盒內，是從家裡帶來的便當，裡面滿滿的各種菜色。

秦佩佩招呼著周圍的幾個女生一起吃：「你們幫我吃掉些吧，我一個人吃不完等下倒掉挺可惜的。」

顧森西站在她背後，皺起了眉毛。

他拍拍秦佩佩的肩膀，秦佩佩回過頭來，看見站在自己背後的那個最近在女生話題裡人氣超高的轉校生，眼睛突然亮起來，淺淺的笑容浮起在臉上，非常好看：「嘿，這麼巧。」

「鐘源鞋子裡的圖釘是怎麼回事？」

「啊？」秦佩佩的笑容慢慢在臉上消失，換上了一種讓人覺得害怕的臉色，「你說什麼？」

「我說……」顧森西把頭低下來，看著秦佩佩的臉，「鐘源鞋子裡的圖釘是不是你放的？」

25

顧森西把塑膠的便當盒放在鐘源面前，然後就在後面的座位上坐了下來，低著頭開始吃飯。

鐘源轉過身來，小聲說了句：「謝謝。」然後說，「一共多少錢啊？」

顧森西埋著頭吃飯，嘴巴裡含糊地答應著：「不用了，沒多少錢。」

過了半晌沒聽見回音，顧森西抬起頭，看見鐘源直直地盯著自己，顧森西問：「幹嘛啊？」

鐘源咬了咬嘴唇，說：「不用你請。我又不是沒錢。」

顧森西張了張口想說什麼，但是最後還是吞了回去：「四塊五。」

鐘源低頭掏口袋。

顧森西看著她的頭頂，柔軟的頭髮和一星白色的頭皮。顧森西看著她沉默的樣子，心慢慢地皺起來，像是一張浸濕的紙被慢慢風乾後，上面出現無數細小的密紋。

「謝謝你。」鐘源把幾枚硬幣輕輕地放到他的桌子上，然後就轉過身低頭靜靜地吃飯。

教室裡陸續有學生吃完了飯回來。

一個男生帶著籃球走回教室，在鐘源座位前面的空地上啪啪地運球。灰塵飛快地揚起來。

鐘源還是低著頭吃飯。

顧森西站起來，衝著那個男生說：「要打球出去打，我在吃飯。」

男生抬起頭來看了看這個高大的轉校生，嘴巴嘟囔了幾下，也沒說什麼，帶著球出去了。

窗外的空氣裡響起午後慵懶的廣播聲。一個女孩子甜美的聲音之後，就是一首接一首的流行歌。似乎這是唯一和以前學校相似的地方吧。

在十七八歲的年紀，永遠都流行著同樣的歌。

電波在香樟與香樟的縫隙裡穿行著，傳遞進每一個人的耳朵裡。偶爾的雜訊，嗶剝的電流聲，混在悠揚的旋律裡面。

是孫燕姿的《雨天》。

你能體諒，我的雨天。

26

秦佩佩從食堂回教室的時候，鐘源還沒有吃完飯。

她在鐘源旁邊坐下來，轉過頭盯著鐘源看。

鐘源繼續低著頭吃飯，沒有任何的變化。

顧森西從後面抬起頭，看著前面的兩個女生，之後秦佩佩轉回頭來，正好對上顧森西的目光。

秦佩佩回過頭，用不大不小，三個人剛好可以聽見的音量說：「亂嚼舌根，也不怕吃飯被噎死。」

鐘源停下筷子，慢慢地站起來，把飯盒收拾好，走出了教室。

27

下午的時候，時間總是過得很快。

夏日持續的悶熱，女生高高紮起的馬尾，男生敞開的襯衫，頭頂乾澀轉動的風扇杯水車薪地驅逐著炎熱，窗外的蟬鳴讓聽覺變得鈍重起來。

小部分的學生直接趴在課桌上睡覺，另外小部分的學生認真地寫著筆記。剩下大部分的中間段的學生，強打著精神，偶爾被哈欠弄得眼眶含滿眼淚。

一整個下午顧森西和鐘源都沒有離開過座位。偶爾腳上傳來痛覺的時候，顧森西會下意識地看看前面的鐘源。只能看見她馬尾下面的一小段脖子的皮膚，在夏日強烈的光線下顯得格外蒼白。

太陽從窗外慢慢地往下沉。

落日的餘暉把黑板照出模糊的紅光來。

黑板角落上值日生的位置上寫著：秦佩佩。

28

最後一節地理課晚下課了。

下課鈴聲已經過去了十五分鐘。窗外走廊上，無數學生嘈雜地從教室外走過。女生尖銳的嗓門混合著男生的鬼吼鬼叫，讓教室裡的人異常煩躁。

無論講臺上的老師多麼賣力，下課鈴聲之後的內容，除了那非常少的一部分人之外，沒有人會聽得進去。

有叛逆的學生在下面清晰地罵著「冊那，到底下不下課」，但是老師依然在上面裝作沒有聽見的樣子。

等穿著碎花連衣裙的地理老師拖著肥胖的身體走出教室之後，所有的學生飛快地從抽屜裡扯出書包來，然後魚群一樣地朝教室外面湧。

鐘源等在座位上，因為腳上有傷的關係，她不想和所有人一起擠。顧森西看了看靜靜坐在座位上的她，於是本來已經站起來的身子，又重新坐回座位上。

幾分鐘之後，暖紅色的光線下面，只剩下顧森西和鐘源兩個人，還有站在教室門口的值日生秦佩佩，不耐煩地抱怨：「你們兩個到底走不走？我要鎖門了。」

鐘源一瘸一拐地提著書包走出教室，顧森西跟了過去。

秦佩佩在背後用力地把教室門關上，走廊裡匡噹一聲巨大的響動。

29

「送你吧。」顧森西走快兩步，趕上前面拖著一隻腳走路的鐘源。

「什麼？」

「我說送你。」顧森西指了指她的腳，「你這樣也沒辦法騎車了吧。我也沒騎車，順路送你一程。」

「你又不知道我家在哪兒，順什麼路啊。」鐘源搖搖頭，勉強露出個笑容，「我坐公車，學校後門口有一路正好經過我家的。」

「那好吧。」顧森西把書包甩上肩膀，低下頭沒有再說話。

走出樓梯間，鐘源小聲地說了句再見，然後朝學校後門走去。

顧森西看著她一瘸一拐的背影消失在放學的人潮裡面。

夕陽像是被攪渾的蛋黃，胡亂地塗抹在天空裡。接近地平線的地方，已經有摩天大樓閃爍的信號燈一閃一閃地亮起來。

走到校門口才發現學生證忘記在抽屜裡了。沒有學生證明天進學校的時候又會被門口那個更年期的婦女盤問很久。

顧森西有點生氣地拖著依然在發痛的腳，重新爬上樓梯，朝教室走去。走到一半想起來值日生應該已經把門鎖了。翻了翻手機發現並沒有秦佩佩的號碼。

在走廊裡呆立了一會兒，顧森西還是繼續朝教室走。反正已經上來了，就去教室看看，如果有窗戶沒有關，那就還是進得去。

走到教室門口，果然門已經鎖了。顧森西走到窗戶外面，剛要伸手拉窗戶，抬起頭看見教室裡昏暗的光線下，有個人在黑板前面寫字。

顧森西皺了皺眉頭，沒有說話，轉身走到走廊轉角，靠著牆壁等著。

過了一會兒，走廊裡傳來撲通一聲腳步聲。應該是那個人從窗戶跳了出來。

顧森西探出頭去，然後看見鐘源一瘸一拐的背影慢慢地在走廊盡頭消失。

混濁的光線把她的身影慢慢地拖進黑暗裡。

30

噴湧而出的黑暗源泉，冰冷的泉水把整個沸騰的嘈雜的世界洗滌得一片寂靜。沒有溫度的世界，沒有光線的世界。

全宇宙懸停在那樣一個冷漠的座標上面，孤單的影子寂寂地掃過每一個人的眼瞼。

燥熱的喧嘩。

或者陰暗的冰冷。

世界朝著兩極奔走而去。

講臺上那本點名冊被翻到的那一頁，是鐘源的名字。書寫這個名字的人，是生活股長秦佩佩。

而黑板上是模仿得非常相似的字體。鐘源。
鐘源後面跟著兩個字，賤逼。

31

顧森西拿起黑板擦，慢慢地把那四個放大的粉筆字擦去。
唰唰的聲音又慢慢地在耳朵裡響起來，像是收音機沒有調對頻率時錯雜的電流聲音。
顧森西安靜地坐在窗臺上，鼻腔裡依然殘留著粉筆末的味道。
身後的玻璃窗外，一輪暈染的月亮寂寂地掛在天上。
耳朵裡是越來越清晰的水流聲，無數的湍急的水流，捲動著混濁的泡沫，沖刷著河岸，沖刷著岩石，沖刷著水草，沖刷著覆蓋而過的一切。各種各樣的水流聲。
眼前重現的，是那條緩慢流動著悲傷與寂靜的巨大河流。

32

顧森西日記：
為什麼世界和我想像的不一樣？
為什麼她們和曾經的你不一樣？

33

早上鐘源走進教室的時候，並沒有發現班上的同學有任何異常的反應。

她回過頭去，看了看乾乾淨淨的黑板，然後看了看坐在座位上對著鏡子紮頭髮的秦佩佩，輕輕地咬了咬嘴唇，然後什麼都沒說，在座位上坐下來。

顧森西看了看她，沒有說話。

34

鐘源挑了食堂角落裡一張無人問津的桌子吃飯。她低頭往嘴裡夾菜，眼睛的餘光裡，一個穿襯衫的身影在自己身邊坐下來。

「腳好點了沒？」顧森西把飯盒放在桌上，問。

「好多了。」鐘源放下筷子，輕輕地笑了笑。

「為什麼要這樣？」顧森西低著頭沒有看她。

「什麼？」鐘源揚起眉毛，沒有聽明白他的話。

「黑板上的字是我擦掉的。」顧森西抬起頭，「你昨天傍晚在黑板上寫下的字。」

鐘源的表情慢慢地消失在蒼白的臉上。她把飯盒蓋起來，手按在蓋子上。

「你為什麼要這樣？」顧森西繼續問。

鐘源依然沒有答覆，雙手放在飯盒上面，低著頭看不出表情。

「你說話。」顧森西有點發火了。

「這不關你的事吧？」鐘源站起來，拉開凳子朝外面走。

「抽屜裡的紅墨水，用來倒在你凳子上的紅墨水，也是你的吧？」

「這也不關你的事。」鐘源沒有回頭，慢慢朝食堂門口走。

「鞋子裡的圖釘，扎壞的輪胎，噁心的照片，丟失的課本，都是你一手策劃的吧？」顧森西站起來，對著鐘源的背影說。

鐘源停下來，回過頭望著顧森西，眼眶慢慢紅起來：「不關你的事。」

35

也許平凡而善良的灰姑娘並不善良，她只是平凡。

也許驕傲而惡毒的小公主並不惡毒，她只是驕傲。

灰姑娘用她的聰明伶俐，把自己塑造得善良而楚楚可憐，同時也把公主塑造得惡毒而遭人唾棄。

光線從億萬光年外的距離奔赴而來，照耀著溫暖而沸騰的半個地球。

而另外半個世界，沉浸在寂靜的黑暗裡。

36

電腦教室裡空調嗡嗡地運轉著。

下課鈴響過之後學生紛紛脫下鞋子上藍色的塑膠鞋套，然後提起書包回家。

作為值日生的顧森西，站在門口，把他們亂丟的鞋套收拾起來，放進門口的櫃子裡。

秦佩佩走到門口的時候，聽見低頭收拾鞋套的顧森西對自己說了一聲：「對不起。」她回過頭來看了看他，然後瀟脫地聳聳肩膀，伸出手在他肩膀上拍了拍：「沒關係。」然後跑進走廊。

紮在腦袋後面的馬尾輕輕地跳躍起來。

顧森西低下頭，淺淺地笑了。

所有的人都離開了教室之後，顧森西把部分人忘記關掉的電腦一一關掉。

走到某一個機器的時候，發現USB接口上還插著某個沒記性的人的隨身碟。

他點開下面工作列的資料夾，然後隨便看了看螢幕，結果目光就再也沒有移開過。

一個叫作「素材」的資料夾裡，是無數AV女優的裸體。

一個叫作「活該」的資料夾裡，是鐘源在學校網路上的那張大頭照片。

第三個叫作「done」的資料夾裡，是和上次黑板上貼出來的那些合成圖片一樣的鐘源的裸照。而且是和上次不一樣的圖片。

顧森西默默地把視窗關掉了。

剛剛站起身子，走廊裡傳來急促的腳步聲。

秦佩佩小跑著衝進機房，走到顧森西面前的這台電腦前，伸出手把USB接口上的隨身碟拔了下來。「哎呀，忘記隨身碟了，我永遠這麼沒記性。」說完把隨身碟放進口袋裡，衝顧森西笑了笑，然後轉身離開了。

走到門口的時候，秦佩佩轉過頭來，望著螢光燈下沉默不語的顧森西，揚了揚手上的隨身碟，抬起眉毛笑著問：「看到了？」

被燈光照得蒼白的顧森西，站在原地沒有說話。

秦佩佩臉上再次出現完美的笑容。

37

黑暗裡巨大的白色花朵。

被清涼的泉水洗滌之後，變得更加純白，並且擴散出更加清冽的芬芳來。

讀後感
《既然戰勝不了悲傷》

文／落落

這人又在挖掘讀者的淚腺了——我不是洩露劇情，僅僅從《悲傷逆流成河》這個題目，就是所有人都想像得到的結局。區別只在於身為讀者的我們所能揣測的永遠是一個模糊的大方向，而最後字字切膚的具體落點便全等候他的發落。

這人又在展示他的能力了——從最早期的《幻城》，到最近的《夏至未至》，直至眼下的《悲傷逆流成河》，他總能有不斷變化的筆觸顛覆著原本固定的形象。魔幻縹緲的，調侃寫實的，紮實溫和的，或是像現在這樣細緻壓抑的。

這個人，從我三年前知曉他開始，三年的時間能夠改變足夠多的東西，而作為更早認識他的讀者，可以一字一句讀到的變化，就是即將上市的《悲傷逆流成河》。

不清楚為什麼市場上依舊用「青春小說」來籠統地涵蓋所有年輕人寫的關於年輕人的故事。要知道即便是同樣的年紀，所看到和所想到的也可以有完全不同的差距。倘若依舊將《悲傷》歸類為「青春小說」的人，不妨用它來對比其他的同類型作品。哪怕更深的意義要在透讀後才可以把握，但僅僅是遣詞造句的功力，白描敘述的方式，也絕對是在寥寥幾句的閱讀後就能夠感受到的吧。

王子型男生和灰姑娘型女生的搭配或許常見於它類作品，然而題材最終依舊得借助講述人的能力來發揮它極致的力量。在《悲傷》中能夠讀到的是已經浮出水面的黑暗，遠遠地就和一貫的王子救公主脫離了關係。更多成熟化後成人化的劇情，擺開在我們面前的有時會是不忍想像的場面，而最可氣的便是在強大的寒冷氣息中又會時不時送上一縷彌足可貴的溫暖，變成伏筆，只等時機一到就在落差間賺走人的眼淚鼻涕。

確實有相當多殘酷的描寫，人性暗黑面裸露在外的嚴酷，《悲傷》一開場就流露的全書色感，鉛灰，暗藍，墨黑，讓裡面間隙的白色也看起來異常清冷。就是在這樣的局面中浮現在鏡頭裡的上海弄堂，生動到幾乎能讓你踏腳走在其間，而兩側分別傳來的截然不同的聲音，粗鄙的對罵和破罐破摔後絕望的哭泣，讓另一旁和煦如畫的關照聲顯得如此無稽。

一側的易遙和另一側的齊銘，走在同一條弄堂裡，也會出現你在日光下而我還沒有離開陰暗的局面。

塑造出易遙這樣一個形象無疑是最大的亮點，甚至她能夠將王子化的齊銘都顯出柔軟的無力。這個女孩子的身世遭遇影響出她此刻的個性，而此刻的個性又激化出她將來的旅途絕不可能變得平穩一些。在她的每句嘲諷似的對話或什麼都無所謂的舉止後，已經留下了足夠醞釀悲傷氣場的空間。他人面前越是挺得直的腰脊，就有夜晚睡覺時哭得越深的夢。

能不能將她從已經不加指望的黑暗中拯救出來，齊銘的每一次行動似乎都事與願違。畢竟這是在「悲傷」兩字開頭的故事裡，他的親近他的幫助，看來似乎只是徒增著黑與白的對比度，愈加懸殊的距離，不僅讓少年的腳步離終點更為遙遠，也讓易遙每嘗到一點溫暖便又掉進更冷的境地顯得無助可憐。

偏偏與此同時，比起美好少年的接近拯救，他的疏離遠去才顯得愈加壓抑。這樣的出乎意料就成為原本不在計畫案內的新高潮。易遙再一次沒有被「灰姑娘」式的光彩所籠罩，關於她的劇情，總是緊緊地只為「灰」字所眷戀。當自己的堅強決心不足以抵抗越來越高漲的黑暗時，當忍耐的極限已經被緩慢突破，回過頭時才發現已經站在了混濁的河沙裡。很多時候能夠清楚地感受到，這個女生內心的酸澀、不甘、寂寞、無助，以及為了應對這些，而不得不組織起來的倔強、憤怒、頑固，甚至是刻薄和惡毒。

如果僅僅是寬宏的釋然不能阻止各方的流言和誹謗，當它們愈加肆無忌憚，能夠與惡對抗的就只剩下毒。女生選擇了這樣的回擊，從三次忍耐後一次反擊，到一次忍耐後的三次反擊。拋下了原先的一切，擺出甚至是同歸於盡的表情。只不過，站在易遙似笑非笑的嘲諷面孔之後的，是齊銘一張愈加迷茫而失望的面孔。

為了繼續什麼而不得不丟棄什麼，這樣的掙扎只有當事人才能更清楚地明白。但對於一直以來陪伴在易遙身邊的齊銘來說，他所看見的就只有被女生丟棄了的原本乾淨單純的東西，她穿上陌生的黑衣，此刻的樣子讓人連想伸出手去擁抱的心情都杳無蹤跡。

人的心究竟能夠努力到什麼地步。而人的心又可以潰敗到什麼地步。《悲傷逆流成河》似乎就是要不斷地揭示這樣的結果。雖然每一次在故事裡我們以為已經獲得了答案，卻立刻讀到新的進展來破壞一再降低的防線。

顧森西出場，更加受歡迎的性格形象，宛如新的一小叢希望，用來實現一個相對平緩的結局。可既然命名為《悲傷逆流成河》，就足夠說明在這條無形無聲的路途上，沒有希望能夠逃脫被覆滅的結果。生活裡的每處點滴都會被負面的植物所寄生，父母的不被愛，同學的嘲弄心，再美好的東西努力昂著它的枝葉，也比不上攀附的藤蔓糾纏的速度更快。顧森西和他的姊姊顧森湘，從最初美好的微白色，變成最後為了反襯一切的黑暗而更顯刻骨的蒼涼，既然這個故事的主題名叫悲傷。

對於這個人和他的故事，從來不缺使人痛心的讀後感。他擅於創造各式各樣扼腕的結局，只是從幾年前更加直白化的悲傷，此刻已經純熟地運用著手法創造愈加多的障眼法。於是哪怕明知結局通向的不會是山清水秀的地方，可讀者還是會被簡短的柔軟描寫所麻痺，跟著好像一個掉落的線球那樣走。不是沒有美好，不是沒有浪漫，它們總是散落在各處，帶著那麼明顯的預謀心來暗算，只要你曾經有一時被這些欺騙，萌發出相信和嚮往的心情，那麼結果自然是毋庸置疑的，在爬得更高的地方摔得更痛。既然我們都戰勝不了悲傷。

後記

《對他說》

文/郭敬明

01

其實一開始並沒有想過要寫《悲傷》這樣的題材。黑暗的、繁複的、沉重的、壓抑的、細密的、絕望的、銳利的少年故事。

那個時候自己還在打算寫另外一個和眼下悲傷風格完全不一樣的黑暗系的東西。呵呵。那個時候正好是《最小說》創立，用柯艾眾小編們的話來說就是：「柯艾一哥都不來站臺助陣，那誰還能當此任。」所以，那個時候就想「OK，我來寫一個上下回的連載或者上中下回的連載吧」。

於是也就抱著這樣的心情，開始了《悲傷逆流成河》的創作，結果沒想到一寫就停不下來，故事越來越多，而且自己也越來越沉浸在這種和以前風格完全不一樣的創作狀態裡。導致的結果就是一直霸占了連續6期的《最小說》排行榜第一名……

……扯遠了。

02

其實如果有一直以來陪伴著我成長的讀者，如果我的每一本書都有看過的話，那麼也是可以從這本最新的小說裡，看出我文字的一些變化吧。

雖然還是有很多華麗的文字抒情和描寫，可是更多的時候，把所有的情節留給了簡單的白描，不想要再劇烈地煽情，不想要再掏心掏肺地呼喊，很多的對話或者情節，就在某一個中斷點戛然而止。

可能是自己的年齡也在一天一天成長起來，所以對年少時那種外露的情感已經覺得陌生了。而生活中更多的時候其實是充滿了這種直白的，一點都不浪漫的故事。無數的細節以最最平凡的樣子堆積在一起，在某一個角度插進你的心房，讓你眼眶發紅。

世界其實沒有那麼華麗和煽情，世界永遠都是一副冷冰冰的樣子，最簡單，也最殘酷。每分每秒不停地轉動著。

03

似乎也不是什麼關於創作的感言嘛。感覺好像在寫完了一本那麼長的小說之後，還要來寫一寫為什麼會想要寫這個小說啊，寫的時候的想法啊之類的，是非常無聊而又枯燥的事情。感覺就像是在開記者會呢。

硬要說起來的話，也無非就是比之前的文字更成熟更內斂，也更黑暗了吧……

書裡面真的是有一些描寫會讓別人覺得「血腥」或者「尺度太大」的感覺。但是也是為了讓比我更小的朋友明白這些事情其實比我們想像中要嚴重。

特別感謝和我從小一起長大的朋友，盈盈，還有西姊，對於女孩子方面的問題我請教了她們很多啊，常常就是一個電話打過去，然後就開始問這問那。她們兩個還特別提醒我，說在後記裡不准把她們兩個的名字寫出來，否則她們就殺了我。

記憶裡最好玩的一次，就是盈盈在電話裡支吾著，半晌對我說：「我爸爸在旁邊呢，你叫我怎麼說嘛！」

04

故事完成的時候是星期一的淩晨。

窗外的天空剛剛開始露出那種灰藍色。

因為我是差不多連續五十個小時沒有睡覺，所以當我拉開窗簾的時候我並不知道這是傍晚還是淩晨。後來看了看電腦右下角的時間，才發現已經是星期一的早晨了。

記憶裡那一天的早晨起了薄薄的霧，從江面上緩慢地飄蕩過去。東方明珠在霧氣裡還是很清晰，只是下面更加低矮的樓房就不再看得清楚。霧氣裡依然有悠揚的汽笛聲傳過來。

應該又有船在起航了吧。

裝滿沉甸甸的貨物，駛向下一個港口。

樓下的人聲開始重新鼎沸起來，經過一個黑夜的覆蓋，此刻重新恢復人世的繁盛和活力。

而我拉過被子，陷入沉甸甸的睡眠裡。

05

記憶裡最深刻的一段，是在第十一回的最後和十二回的前半部分。

易遙在黑暗裡，坐在顧森西的後座上，然後慢慢地把齊銘拋棄在暮色中黑暗的教學樓裡。那種雖然不甘心，但是也不得不放棄的感覺，我到現在依然可以很清楚地記得。就像高中每次體育課上的長跑考試，到最後筋疲力盡的時候，雖然你知道前面就是終點了，但是沒有力量了，只能慢慢地放慢了速度。

那麼，放棄自己的世界，一定是更加心痛的感覺吧。非常非常地捨不得，可是，卻沒有更多力氣去挽留了。在那個世界放棄自己的時候，自己也慢慢地鬆開了手。

這樣的感覺，在我們的人生裡，一定誰都有過的。

這樣不捨、不甘的沮喪心情，甚至不僅僅是沮喪，還有更多的悲哀和痛苦。

06

對於結尾的慘烈，我已經領教了身邊周圍的所有人的哭訴和哀號。而且他們都抱怨我，說看著我十二回的那種暴風雨後的平靜，以為一切就這樣淡淡地結尾了，結果到了最後幾千字，一切都變化了。

是陷阱嗎？也算吧。我除了嘿嘿地笑幾聲之外也無話可說啦。哈哈。

07

是自己的第幾本書了呢？而我開始寫書已經第幾年了呢？有時候也會這樣來問自己，從十七歲時的《愛與痛的邊緣》，到現在還差兩個月就滿二十四歲時寫的《悲傷逆流成河》，哇，快七年了。

七年是一個什麼樣的時間啊。

一個什麼都不懂的小學畢業生，變成一個大學生。也就七年的時間吧。七年可以做的事情很多，改變也很多。而正是因為太多，所以，當我站在聚光燈籠罩的舞臺上時，我卻說不出具體的話來，除了俗套的「謝謝你們」以外，只剩下微笑啦。